VIKTOR GLASS

Goethes Hinrichtung

VIKTOR GLASS

Goethes Hinrichtung

Roman

ROTBUCH VERLAG

ISBN 978-3-86789-058-8

1. Auflage

Umschlaggestaltung: Buchgut, Berlin,
unter Verwendung eines Motivs von
ullstein bild – Granger Collection
Druck und Bindung: CPI Moravia Books GmbH

Ein Verlagsverzeichnis schicken wir Ihnen gern:
Rotbuch Verlag GmbH
Neue Grünstraße 18
10179 Berlin
Tel. 01805/30 99 99
(0,14 Euro/Min. aus dem deutschen Festnetz,
abweichende Preise für Mobilfunkteilnehmer)

www.rotbuch.de

Für Analyn, in Liebe

* * *

Prolog

»Was ich brauche, lieber Wilke, ist ein blutfrischer Kopf mit intaktem Hirn, am besten mit einem einzigen Streich und gerade erst vom Körper getrennt, anders kann ich diese schwierige, aber reizvolle Frage nicht beantworten.« Professor Loder zuckt zweimal mit seiner linken Hand, ohne sie anzuheben, und fordert damit den Studenten, der aus Gründen des Anstandes einen Schritt hinter ihm geht, auf, sich auf gleiche Höhe mit ihm zu begeben. »Komme Er näher.«

Wilke, der an diesem Tag die Ehre hat, dem Professor die schwere Tasche mit den Instrumenten vom Anatomie-Theater bis zu dessen Wohnung tragen zu dürfen, holt scheu, aber ohne zu zögern auf. Justus Christian Loder, Anatomie-Professor an der Universität zu Jena, findet Gefallen an diesem jungen Mann, dessen Wissbegier ihm bereits mehrfach aufgefallen ist. Er nutzt die Gelegenheit eines solchen Dienstganges gern, um Fragen zu stellen, die ihm im Plenum vor all den Zuhörern nicht über die Lippen kommen. Was ihn jetzt beschäftigt, ist die Feststellung, dass ein Körper nach der Hinrichtung mit dem Schwert noch eine ganze Weile zuckt, bisweilen sogar zu fliehen versucht, wie ein Huhn, das geschlachtet wird, weshalb es üblich ist, einen Verurteilten durch zwei Schergen zu Boden zu pressen, bis Blut und Leben völlig aus ihm gewichen sind.

»Was aber ist mit dem Kopf?«, hat Wilke, der Student, ihn soeben gefragt. »Hat man an Köpfen auch solche

Zuckungen beobachtet, vielleicht eine Bewegung der Augen und der Lippen, oder das Öffnen des Mundes zu einem Schrei?«

»Schreien kann der Mund nicht mehr«, erwidert Loder, »dazu braucht er die Kraft der Lungen. Doch Er vermutet richtig: Solche Phänomene treten in der Tat auf. Deshalb bedeckt man das Gesicht des Delinquenten mit einer Kapuze, um das Publikum von diesem Anblick zu verschonen.«

»Angenommen, der Kopf hat noch so lange Leben in sich wie der übrige Körper, noch fünf Minuten oder zehn«, wagt der Student sich vor, »hat er dann noch ein Bewusstsein? Hat er Schmerzen?«

»Eher ein grenzenloses Entsetzen«, sagt Loder, »und auch die Gewissheit, dass er nun vor seinen höchsten Richter tritt. Einen Schuldigen wird das gewiss mit Angst erfüllen, einen Unschuldigen vielleicht mit Freude. Aber um das zu erforschen, mein lieber Wilke, brauchen wir mehr Leichen zum Sezieren. Wie Er weiß, plädiere ich seit Jahren dafür, dass mehr geköpft wird, aber wo man die Bequemlichkeit eines Gewässers in der Nähe hat, wird viel zu häufig ertränkt. Das verursacht weniger Kosten.«

»Und es ist grausam«, wirft der Student ein. »Ich stelle mir vor, gefesselt in einem Sack zu stecken, zusammen mit einer Katze und einem Huhn, wie es wohl üblich ist, und ins Wasser geworfen zu werden, ohne dass ich mich wehren kann, den Tod vor Augen, Katzenkrallen und Hühnerschnabel im Fleisch und das Wasser in den Lungen zu spüren – ein schrecklicher Tod.«

»Jeder Tod durch fremde Hand ist schrecklich«, erwidert der Professor. »Bis vor wenigen Jahren wurde in unserem Landstrich überwiegend lebendig begraben und anschließend ein Pfahl eingeschlagen, das sparte viel Zeit und Geld, denn die Hinrichtung war zugleich das Begräbnis. Die Anatomie ging in diesem Fall allerdings leer aus. Bedenke Er aber: Eine Hinrichtung ist gemeinhin die Strafe für eine andere, zuvor begangene Grausamkeit. Er hat mich jedoch mit seinem Gedanken zu einer neuen Überlegung gebracht, lieber Wilke. Wenn, wie Er – nicht unrichtig – vermutet, der vom Körper getrennte Kopf noch ebenso lange empfinden kann wie der Rest, dann ist es ganz gleich, wie jemand hingerichtet wird. Der Tod durch äußere Gewalt wird immer Schmerz und Entsetzen mit sich bringen. Immerhin besteht so die Aussicht, dass sich eine Seele, die sich bis zuletzt weigert, zu bereuen, im Todesmoment doch noch bekehrt. Ich werde diese Frage einmal mit Wieland erörtern, wenn ich demnächst wieder nach Weimar komme.«

Sie wenden sich jetzt vom Ufer der Saale stadteinwärts in die Gasse, in der Loder wohnt. Bevor er das Haus betritt, wendet der Anatom sich seinem Schüler zu und sagt: »Er stellt die richtigen Fragen, Wilke. Wenn wir mit unseren Forschungen dazu beitragen wollen, die Todesstrafe menschlicher zu gestalten, muss viel mehr mit dem Schwert gerichtet werden, damit wir unsere Untersuchungen anstellen können. Mit Wasserleichen können wir kaum etwas anfangen, und das Pfählen beim Lebendbegräbnis richtet zu große Zerstörungen an den Organen an.« Er hebt die Hand, da der Student offenbar etwas sagen will. »Mit der Geköpften von heute hatte ich es jedoch auch sehr schwer, wie Er gesehen hat. Zu viel unnützes Fett. Mit den Skalpellen, die wir haben, kommen wir nicht durch diese Schwarten, ohne sie arg zu verstümmeln. Ich bin übermäßig ins Schwitzen geraten. Ich werde aber heute noch dem Ersten Minister in anderer Sache schreiben und dieses Problem in meinem Brief ansprechen.« Er deutete auf die Bank neben der

Tür. »Stelle Er die Tasche dorthin. Ich lasse sie sogleich nach oben schaffen.«

An diesem Abend schreibt Justus Christian Loder, während er darauf wartet, dass das Essen aufgetragen wird, an den »wirklichen Herrn Geheimen Rat und Ersten Minister« Freiherrn von Fritsch: »Gestern habe ich wieder eine neue Arbeit durch den Körper der Kindermörderin bekommen. Ich wünschte nur, sie wäre in ihrem Gefängnis nicht so gut genährt worden, so wäre sie für meine Demonstrationen brauchbarer.«

1

Schon vor dem ersten Hahnenschrei ist sie aufgestanden. In der fensterlosen Kammer hat sie das Nachthemd abgestreift und das an vielen Stellen eingerissene Stück an den Nagel neben der Tür gehängt, ein grauer Schatten in der Dunkelheit. Ihr Tagesgewand zwängt sie nur mit Mühe über ihren Leib. Sie hat zugenommen in letzter Zeit, dabei kann sie wahrlich nicht sagen, dass sie zu viel isst. Das Gesinde in diesem Haus wird knapp gehalten. »Damit ihr mir nicht zu faul werdet«, pflegt der Müller zu sagen, wenn er die Suppenkelle nur einmal in die Schüsseln der Bediensteten leeren lässt. Er sieht dabei seine Frau an, die dazu nickt.

Johanna zieht die Tür ihrer Schlafstätte auf, nichts weiter als ein nachlässig gezimmerter Lattenverschlag, und tritt auf den Gang hinaus, schleppt ihre Körperfülle am Ziegenstall vorbei auf den Hof. Der Morgennebel vom nahen Fluss umklammert sie kalt. Sie beugt sich über den Brunnentrog an der Hauswand und spritzt sich mit beiden Händen Wasser ins Gesicht, um die Müdigkeit zu vertreiben. Sie hört Geräusche von der anderen Seite des Hauses, leises Scharren von Hufen, das Knarren hölzerner Wagenräder, gedämpfte Stimmen von vielen Leuten, hier und da das Schnauben eines Pferdes oder Esels: Geräusche, die einen arbeitsreichen Tag erwarten lassen.

Aus einem Lagerschuppen holt Johanna einen Armvoll Feuerholz, das einer der Knechte hier aufgeschichtet hat, und trägt es in die Küche, legt einige Scheite in die Restglut der offenen Feuerstelle und zieht die beiden schweren Kessel nach vorn. Sie hat den kleineren mit dem Essen für die Herrschaft bereits gestern Abend zur Hälfte mit Wasser gefüllt und die Hammelknochen hineingeworfen, die vor ein paar Tagen beim Schlachten übrig geblieben sind. Jetzt schaufelt sie aus der Kornkiste ein paar Becher Hirse hinein. In den größeren Kessel gibt sie eine Schaufel graues Weizenmehl und verrührt es schnell, damit es nicht so stark klumpt.

»Gib noch mehr Wasser und Mehl in den Gesindekessel«, hört sie eine barsche Frauenstimme hinter sich. »Und eine Handvoll dicke Graupen dazu. Du weißt, wir haben heute eine Menge zusätzlicher Leute zu verköstigen.«

Johanna hat gar nicht gehört, dass die Herrin gekommen ist, und fährt erschrocken herum. Die Müllerin, eine stets streng blickende, kräftige Frau, deutet auf einen Korb neben der Feuerstelle, in dem sich verwelktes, schmutziges Wurzelgemüse befindet, rote Rüben, ein halber Rettich und eine Ansammlung verkümmerter Pastinaken. »Schneide das in die Suppe für das Gesinde. Draußen sind heute die Knechte, die das Getreide zum Mahlen bringen, bis jetzt etwa zwanzig Leute, aber es werden noch mehr. Wenn sie unruhig werden, füllst du ihnen die Näpfe. Zuvor aber mistest du den Hühnerstall aus. Los, los, mehr Bewegung!« Die Müllerin duldet keinen Müßiggang. »Warum brennt noch kein Feuer?«

»Es steigt gleich auf«, sagt Johanna. Ihr ungeduldiger Ton grenzt an Widerspruch, und verlegen greift sie rasch nach dem Schürhaken, lockert die Asche, bläst in die Glut. Schon springen die Flammen um die Scheite: gelbrote Zungen, die an den schwarzen Unterseiten der Kessel lecken.

»Ich meinte, jawohl, Frau Müllerin.« Johanna hat sich erhoben, weil das so üblich ist, wenn sie Anweisungen empfängt, und nun macht sie einen ungeschickten Knicks, der ihre ausladende Gestalt ins Wanken bringt.

»Du wirst immer fetter«, stellt ihre Dienstherrin fest. »Ich werde dir eine Arbeit geben, bei der du dich mehr bewegst. Ab heute bekommst du nur noch eine halbe Kelle Brei zu jeder Mahlzeit und einen kleineren Brotkanten.«

Johanna wagt nicht, darauf etwas zu sagen, weil die Herrin merken könnte, dass sie den Tränen nahe ist. Sie ist von früh bis spät hungrig und kann sich nicht vorstellen, künftig nur noch von halben Portionen zu leben. Ihr ist schon jetzt oft schwindlig vor Hunger, und das wird schlimmer werden. Sie blickt nur kurz nach dem Feuer, das jetzt munter lodert, und geht hinaus zu den Hühnerställen.

Das Ausmisten des Hühnerstalls ist eine der unbeliebtesten Arbeiten im Haushalt. Die Hühner lassen ihren Kot überall fallen, der Gestank ist beißend, besonders wenn man mit der zerbrochenen Hacke, die dafür zur Verfügung steht, die verkrustete Masse von den Sitzrosten brechen muss. Dabei gilt es aufzupassen, dass man nicht ein irgendwo verstecktes Ei zerschlägt. Es gibt keine Schaufel, und Johanna wirft den Hühnerkot mit bloßen Händen in den hölzernen Eimer. Schon nach wenigen Augenblicken frisst sich die brennende Säure in Finger und Handflächen. Johanna trägt den Eimer hinaus in den Garten und verteilt den Inhalt auf den Beeten. Die Kohlköpfe werden im Herbst besonders dick davon.

Johanna spürt das Bedürfnis, kaltes Wasser über ihre Hände laufen zu lassen, doch sie weiß, dass sich das Brennen dann verschlimmert. Sie sieht sich um, niemand ist in der Nähe. Sie pflückt rasch ein Zweiglein Petersil und zerreibt es zwischen den Handflächen, dann wischt sie sie an ihrem Kleid ab.

Im Haus schürt sie das Feuer erneut. Die Hirsesuppe im Topf verdickt sich zu einem Brei. Der Herrentisch ist bereits gedeckt, und Marie, die erste Magd, die Hausmagd, kommt mit einer Schüssel, um für die Herrschaft das Dicke abzuschöpfen. Am Herrentisch sitzen bereits der Großknecht und der erste und zweite Mühlengeselle. Alle drei erheben sich, als der Müller kommt. Marie stellt den Brei in die Mitte des Tisches und reicht dem Müller das Brot. Dieser setzt sich, ein breiter Mann mit rundem Gesicht und lächelnden Augen, die aber auch gemein schauen können, wenn er zornig ist. Er schlägt sie oft, wenn seine Frau es verlangt. Nur zum Schein, hat er ihr einmal heimlich versichert, aber Schmerzen sind Schmerzen, und sie sieht, dass ihm das Schlagen Genuss bereitet. Die Müllerin nennt ihn immer »mein Meister«, wenn andere dabei sind. Johanna weiß, dass die Herrin das nicht wirklich meint. Denn das Sagen hat sie, da die Mühle früher ihrem Vater gehört hat, und der Meister hat nur eingeheiratet, aus Apolda, wo er bei seinem Onkel arbeiten musste, bis dessen Sohn die dortige Stadtmühle übernahm.

Johanna weiß viel über den Meister und seine Frau. Er hat ihr manches erzählt. Wenn die Müllerin nicht da ist, ruft er sie, Johanna, manchmal in das hintere Lager, wo die ausgeklopften Mehlsäcke gestapelt sind. Niemand kommt außerhalb der Erntezeit dorthin. Er ist dann ganz anders zu ihr, viel freundlicher. Er berührt ihren Körper, wiegt ihre Brüste in den Händen, küsst sie mit übel riechendem Mund. Sie hat noch nie gewagt, ihn abzuwehren, denn sie möchte nicht aus dem Dienst vertrieben werden. Wo sollte sie denn hin? Sie spielen das Eheleutespiel, und der Müller redet viel, weil er vorher immer seinen Weizenbrand trinkt, den er im Winter macht, wenn wenig anderes zu tun ist. Sie hat ihn einmal gefragt, warum ausgerechnet sie sein heimliches Nebenweib ist, wie er sie oft nennt. Es gibt ja genug Mägde in der Niedermühle, auch ganz junge, frische, die gerade dreizehn, vierzehn sind, noch Jungfern, wie die Männer sie mögen. Der Müller hat gelacht, hat ihr einen gut gemeinten Schlag auf das Hinterteil gegeben und gesagt: »Viel Fleisch – viel Frau!« Das hat Johanna gefallen. Der Müller ist der einzige Mensch, der es mag, dass sie so dick ist, und sie mag ihn gut leiden, auch wenn er manchmal sehr böse werden kann.

Sie hat es mit dieser Herrschaft nicht schlecht getroffen, obwohl sie vom ersten Hahnenschrei bis zur letzten Erschöpfung arbeitet. Es sind nur drei bis vier Stunden Schlaf, die sie nächtens, gekrümmt, auf feuchtem, nach Schweiß, Urin und Schimmel stinkendem Heu in ihrer fensterlosen Kammer neben dem Ziegenstall verbringt.

»Was hältst du hier Maulaffen feil!« Die Müllerin steht plötzlich vor Johanna. »Gieß mehr Wasser in den Brei für das Gesinde, wie ich es dir gesagt habe! Und schneide endlich das da!« Sie weist mit spitzem Finger, der vor Zorn zittert, auf das schmutzige Wurzelgemüse.

Der Müller sitzt am Tisch der Herrschaft, betet und bricht das Brot, teilt es den Anwesenden zu. Was übrig bleibt, kommt an den Gesindetisch. Für Johanna gibt es dort keinen eigenen Platz. Wenn jemand fertig ist, darf sie sich setzen, verschlingt eilig etwas von dem, was noch da ist, und hat wieder zu tun. Sie kennt es nicht anders, seitdem sie mit fünfzehn in dieses Haus kam – sieben Jahre jetzt, aber sie klagt nicht. Sie hat zu essen und einen Schlafplatz. Mehr als so viele andere.

* * *

Die Sonne steht schon bei Mittag, als Johanna hinausgeht. Einer der Knechte hat ihr den schweren Kübel mit der Graupen- und Mehlsuppe ins Freie getragen. Sofort springen Leute von Wagen und Karren, rennen herbei, umringen Johanna, halten ihr die hölzernen Näpfe hin. Es sind Knechte von den Höfen rings um Weimar, die mit Esels- oder Handkarren gekommen sind, um das Getreide anzubieten, das in diesen Erntetagen gedroschen wurde. Sie müssen lange anstehen, weil heute so viele da sind. Die lange Reihe der wartenden Wagen reicht bis hinter den weiten Bogen der Ilm.

Mit einer hölzernen Kelle teilt Johanna die dünne Suppe aus und widersteht dem Drang, den Schöpfer selbst einmal zum Mund zu führen. Die Männer schlürfen laut. Ihre mürrischen Gesichter hellen sich auf, als hätten sie mit der Suppe zugleich Freundlichkeit getrunken. Einige fangen an zu scherzen, machen Bemerkungen über Johanna. »Du hast wohl die fetten Fleischbrocken alle selbst herausgeangelt«, sagt einer. »Und uns lässt du nur das trübe Wasser übrig.«

»Wenn das Fleisch solche Zinsen bringt, ist es aber gut angelegt«, sagt ein anderer und streckt die Hand nach Johannas üppiger Brust aus, doch sie kann sich geschickt entziehen. Einige lachen.

»Zier dich doch nicht so!«, oder: »Du hast wohl einen heimlichen Schatz, für den du das alles aufhebst!«, albern die Männer, und Johanna errötet dabei. Sie mag es nicht, wenn sie im Mittelpunkt steht. Die Leute meinen es auch nicht ernst, denn jeder weiß, dass es für eine Dienstmagd unmöglich ist, einen Liebsten zu haben. Wohin sollte so etwas führen? Heiraten und Kinder bekommen ist nur etwas für Herrschaften. Gesinde muss von früh bis spät arbeiten, da bleibt keine Zeit. Außerdem – wer einen Schatz hat, bekommt ein Kind. Rätselhaft, aber das ist so. Welche Herrschaft würde schon ein fremdes Kind durchfüttern? Man wird aus dem Haus gejagt und findet als ledige Mutter keine andere Anstellung. Bettlerin im Straßengraben oder Gefangene im Arbeitshaus – beides ist gleich schlimm. Ein Kind würde schon im ersten Lebensjahr verhungern oder erfrieren. An Heirat ist nicht zu denken. Johanna hat gehört, dass es in vielen Fürstentümern dem Gesinde gar nicht erlaubt ist, zu heiraten.

Im Suppentopf ist nur noch ein Rest, den bringt sie zu den Leuten ganz vorn in der Reihe, die nicht gewagt haben, sich um sie zu drängen, da sie ihren günstigen Platz nicht aufs Spiel setzen wollten. Matthis der Einarmige und der Galgenpeter, Hans der Steinklopfer und der Hinkende Konrad halten ihr die Näpfe entgegen.

Der Müller prüft das Korn auf dem Handkarren, der gerade an der Reihe ist, direkt vor der Schütte zum Lager im unteren Geschoss der Mühle. »Was ist denn das?«, fährt er den Galgenpeter an, der aus einem der benachbarten Dörfer kommt. »Das sind ja mehr Distelsamen als Getreide! Fahr zurück. Was soll ich damit anfangen!«

Der hagere Alte macht ein Jammergesicht. »Bitte schickt mich nicht fort! Wenn ich mit der Ladung zurückkomme, jagt mich der Bauer vom Hof! Er braucht das Geld, die Ernte war schlecht, seine Frau bekommt gerade das fünfte Kind! Ich bitte Euch, Herr!«

Der Müller greift in das Getreide und lässt es zurückrieseln. »Siehst du, wie der Distelsamen im Wind davonweht?« Er deutet mit dem Kinn zum Dreschplatz neben der Mühle. »Fahr da hinüber und drisch es noch einmal aus, wie ihr es zuvor hättet tun sollen. Dann werden wir sehen.«

»Ich danke Euch, Herr, ich danke Euch!« Der Galgenpeter macht eine Verbeugung und zieht den Handkarren auf den Platz, der ihm zugewiesen wurde.

In diesem Moment ertönt Lärm von der Straße. Eine Kutsche kommt in Sicht, ein elegantes Gefährt mit dem herzoglichen Wappen an den Türen. Die Räder sind eisenbereift und übertönen den Lärm der Pferdehufe auf der mit Steinen gepflasterten Straße. Es ist ein gebieterischer Klang: Hier kommt die Obrigkeit! Der Kutscher, ein beleibter, kahlköpfiger Bursche in verschlissener Uniform, die an den Knöpfen sichtbar spannt, bringt Pferde und Wagen zum Stehen, springt vom Kutschbock und öffnet eine der Türen. Ein eleganter Mann steigt heraus, groß, in einem dunkelblauen Mantel mit breiten Kragenaufschlägen und einer bunten Weste darunter, die wie kostbare Seide schimmert. Die schwarzen, eng anliegenden Beinkleider stecken in weiten ledernen Stulpenstiefeln. Die trägt hier in Weimar nur einer, und so weiß Johanna, dass dieser Mann, den sie noch nie aus solcher Nähe gesehen hat, der Geheimrat Goethe sein muss, über den so viel geredet wird. Er hat nicht nur eines der höchsten Regierungsämter im Herzogtum inne, er soll auch ein berühmter Dichter sein. Johanna kann sich darunter nicht viel vorstellen. Eine Magd kann nicht lesen, und es soll ja auch gefährlich sein. Viele empfindsame Jungfern haben sich, nachdem sie seinen Roman gelesen hatten, das Leben genommen. Erst kürzlich hat sich eine in der Ilm ertränkt. In ihrer Tasche wurde ein Buch mit dem Titel *Die Leiden des jungen Werthers* gefunden.

Das Gesicht des Mannes wirkt gutmütig, beinahe belustigt, die hervortretenden Augen über der großen Nase blicken hin und her, als wollten sie die gesamte Umgebung auf einmal erfassen. Er trägt unter dem Dreispitz seine weiße Amtsperücke, die ihn in der Mittagssonne schwitzen lässt. Warum müssen die hohen Herren auch solche Perücken tragen? Die des Geheimrats hat seitlich zwei große pomadisierte Locken, und hinten steht ein winziger Zopf in die Höhe wie ein aufgerichteter Rattenschwanz.

Der Müller schimpft: »Steh nicht dauernd mit offenem Maul und Kuhaugen herum! Geh ins Haus und mach dich nützlich!« Dann dreht er sich um und macht einen Kratzfuß vor dem hohen Herrn. Johanna hört noch, dass dieser sich nach der diesjährigen Getreideernte erkundigt – nach Menge und Qualität – und nach den Preisen, die der Müller in diesem Jahr dafür zahlt. Er gebietet einem Begleiter, der nach ihm aus der Kutsche gestiegen ist, alle Angaben genau zu notieren.

Johanna eilt zum Abtritt im Anbau hinter dem Haus. Sie spürt erst jetzt, dass ihr in der Hitze übel geworden ist. Das passiert ihr in letzter Zeit öfter. Marie, die Hausmagd, hat einmal gesagt, das liege daran, dass sie immer fetter werde. Jeder sagt das. Aber wie soll sie das ändern? Sie arbeitet viel und bekommt immer weniger zu essen. Ob sie krank ist? Vielleicht stimmt etwas mit ihren Därmen nicht. Manchmal spürt sie ein seltsames Rumpeln, das ihr nicht geheuer ist. Es ist der Hunger, der da in ihrem Magen rumort. Oder vielleicht ein böses Gewächs? Sie hat Angst. Wenn sie krank ist, verliert sie ihre Stellung, und dann weiß sie nicht, wohin. Eine andere Stellung findet sich nicht so leicht, vor allem nicht mitten im Jahr. Im Haus ihres Vaters ist kein Platz mehr, seit der neu verheiratet ist und mit ihrer Stiefmutter Kinder hat. Ihre Geschwister können sich nicht um sie kümmern. Und welcher Dienstherr würde sie aufnehmen, wenn sie nicht in der Lage ist, zu arbeiten? Sie will nicht am Straßenrand verenden wie eine Hündin.

* * *

Der Geheime Rat von Goethe steht am Fenster seiner neuen Wohnung in einem der schönsten Bürgerhäuser der Residenzstadt und lässt den Blick über den Innenhof schweifen. Da unten kann er einen Kräutergarten anlegen lassen, eine kleine botanische Sammlung für seine wissenschaftliche Katalogisierung. Dieses Haus ist überhaupt ideal für seine Kollektionen von Steinen, Knochen, Käfern, Schmetterlingen, Vogelfedern und vielem anderen, das er mit seinem Forscherdrang zusammengetragen hat. Kein Spaziergang, kein Ausritt, keine Reise vergeht, ohne dass er mit vollen Taschen heimkehrt. Das Gartenhaus an der Ilm, das ihm der Herzog vor ein paar Jahren geschenkt hat, ist für solche Zwecke ungeeignet, und hier im repräsentativen Haus am Frauenplan, einem zentralen Platz der Stadt, hat er vorerst nur eine Wohnung zur Miete bekommen. So bald wie möglich wird er das ganze Haus erwerben. Er muss sich ausdehnen können. Ein großer Geist braucht auch viel Platz.

Er hat seine unbequeme Perücke abgenommen und sie Seidel in die Hand gedrückt, das ist immer das Erste, wenn er das Haus betritt. Die Werther-Stiefel hat er gegen bequeme Seidenschuhe getauscht. Er ist müde heute, die Fahrt durch Weimar und die nähere Umgebung war anstrengend. Überall haben die Bauern das Getreide eingefahren und gedroschen, und Goethe hat mit einem der Amtsschreiber die Mühlen rund um die Stadt besucht, in denen die Ernte aufgekauft wird. Er hat sich Mengen, Qualität und Ankaufspreise nennen lassen, woraus dann schon die Marktpreise für gutes Kernmehl und das billige Graumehl zu errechnen sind und gleich auch die Steuern, die daraus in den Staatssäckel wandern werden. Nicht eben viel! Das macht ihm Sorgen, denn seit Kurzem ist er für die Kasse des Herzogtums Sachsen-Weimar-Eisenach verantwortlich.

Er ist überhaupt mit Aufgaben überhäuft. Vor sieben Jahren ist er nach Weimar gekommen, war zuerst Freund und Gesellschafter des jungen Herzogs, ein »Favorit«, wie sie sich viele deutsche Fürsten hielten, wollte nur ein paar Monate bleiben, und nun ist er Kammerpräsident, der erste Mann der Finanzen im Herzogtum. Höher kann er als fürstlicher Beamter nicht steigen, er bezieht das zweithöchste Gehalt im Lande. Vor wenigen Wochen hat er ein Schreiben aus Wien bekommen, ein von Kaiser Joseph II. ausgestelltes Diplom, das ihn in den Adelsstand erhebt. Eine schöne Zwischenbilanz für einen Mann von dreiunddreißig Jahren. Sein Vater hätte es ihm sicher nicht so prophezeit.

Es ist ein kleines Fürstentum, dieses Sachsen-Weimar-Eisenach, das durch Erbteilung zerrissen ist – einzelne Landesteile sind nur über fremdes Hoheitsgebiet zu erreichen. Die Straßen sind schlecht, oft aufgeweichte, kaum befahrbare Wege. Selbst in der kleinen Hauptstadt mit ihren sechseinhalbtausend Einwohnern laufen einem ständig Schweine und Hühner vor den Füßen herum.

Goethe muss viel im Land umherreisen, er muss sich um alles selbst kümmern. Meist ist er zu Pferd unterwegs, auf seinem Schimmel, den er »Poesie« genannt hat, ein leicht bockiges Vieh, mit dem nur er selbst richtig umgehen kann. Die Regierungsarbeit ist liegen geblieben in den letzten Jahren. Karl August, der junge Herzog, hat nur an seine Vergnügungen gedacht – Theater, Musik, Tanz, Landausflüge, Jagd auf Wild und Bauernmädchen. Goethe hat bei allem mitgemacht, gern sogar. Er muss lächeln, wenn er an die wilden Jahre zurückdenkt, in denen er so manche Possen gespielt hat, zusammen mit dem Herzog. Er war ja nicht als dessen Erzieher angestellt – diese Aufgabe kam dem armen Wieland zu, der trotz dieses gut dotierten Postens sehr darunter gelitten hat. Goethe hat die Zügellosigkeit des Herzogs unterstützt, ja oft kamen die wüstesten Ideen von ihm selbst. Hier konnte Goethe sich endlich austoben nach all den Jahren im strengen Frankfurter Elternhaus. Karl August hatte seine Freude daran, auf dem Markt mit Peitschen herumzuknallen und jedermann zu erschrecken, bevor sie gemeinsam in den Wald preschten, um dann bis zum späten Abend irgendwo mit Jägern oder Husaren beim Feuer zu sitzen und über Welt, Wild und Weiber zu lästern. Weiber vor allem, je derber, desto besser! Daran hatten sie beide ihr Vergnügen, und wenn einmal nur eine willige Bauerntochter oder Magd zu finden war, so wurde brüderlich geteilt und bisweilen auch gemeinschaftlich genossen. Wenn sie dann lärmend heimgekehrt waren, mit Reitstiefeln in Gesellschaftsräume platzten – noch trunken vom Wein des vergangenen Tages – und mit den Sporen Löcher ins Parkett rissen, dann war das Entsetzen der feinen Gesellschaft, die an der Tafel saß, über alle Maßen ergötzlich, und manchmal hatte Goethe sich lachend am Boden gewälzt und so getan, als müsste er ersticken an seinem »genialischen« Spott über die Pudergesichter.

Wie haben sie ihn gehasst, diese Bürger und Höflinge, besonders wenn er verlauten ließ, er dürfe sich so benehmen: Es sei das Vorrecht eines Genies. Als Favorit des Herzogs, der seine Freude an alldem hatte, konnte er vor Strafe sicher sein. Und wie groß war allseits das Entsetzen, als er, der furchtbare Goethe, der Vorreiter und Ideengeber all solch üblen Treibens, sein erstes Amt bei Hofe bekam. Den Leuten waren die Trinkgelage noch in deutlicher Erinnerung: als Gläser aus fürstlichen Fenstern auf die Straße flogen und drinnen lästerliche Reden auf den Staub »echter alter Deutscher« gehalten wurden – den Staub, den man nachts unter Gelächter in Pokalen von den Gräbern geholt hatte.

Die wüsten Jahre sind Vergangenheit. Goethe sagt sich heute, das alles hat er tun müssen, um das Vertrauen des Herzogs Karl August zu gewinnen, Vertrauen und Freundschaft, denn beides ist notwendig, um den Fürsten zu lenken. Karl August hat absolutistische Macht, aber er kann sie auf zweierlei Art anwenden. Er kann die Bevölkerung knechten und auspressen. Er kann aber auch die Menschen in die neue Zeit führen, die irgendwann anbrechen wird. In Frankreich und anderswo fangen die Stände an zu murren, man gibt sich nicht mehr zufrieden mit dem, was vom Tisch der Fürsten abfällt. Es wird nicht mehr lange dauern, bis der Bürger seinen Anteil an der Macht verlangt oder gar der Bauer das sonntägliche Huhn im Topf, wie es schon vor Dekaden in Frankreich ein König zu versprechen gewagt hat, ohne es zu halten. Wohl den Landesherrn, die gerüstet sind und rechtzeitig ihr Haus gerichtet haben.

Der Fürst in Weimar, Herzog Karl August, ist in vielen Dingen unbekümmert. Goethe empfindet es als seine Pflicht, ihn zu einem guten Herrscher heranzubilden, doch das ist nicht einfach, zumal ihm niemand anders als er selbst diesen Auftrag erteilt hat. Als Goethe vor sieben Jahren hierherkam, war der Herzog gerade achtzehn Jahre alt, Anna Amalia, seine Mutter, hatte sich von den ungeliebten Regierungsgeschäften zurückgezogen, obwohl Karl August keinerlei Interesse aufbrachte, diese ernsthaft zu übernehmen. Mit jugendlichen Vergnügungssüchtigen veranstaltete er Trinkgelage, ballerte mit ihnen zusammen aus Pistolen in den Fluren des Fürstenhauses herum, steckte mit ihnen nackt im Fluss. Sie vergnügten sich mit Mädchen aus dem Volk, oft sogar gemeinschaftlich – welche wagte schon, ihnen zu widerstehen – und ließen auch außerhalb der mit viel Pomp angelegten Jagden die Lerchen vom Himmel regnen. Er selbst, Goethe, hatte an diesem Leben Gefallen gefunden, dabei aber nie vergessen, dass er Größeres im Sinn hatte.

Und jetzt? Der Herzog hat den ernsten Sinn des Regierens noch immer nicht begriffen. Goethe ist offiziell sein Berater, einer von mehreren im Geheimen Consilium, aber einer, der den Vorteil des freundschaftlichen Ohres genießt. Der Herzog ist ruhiger geworden, kann aber vom Vergnügen nicht lassen. Um alles andere kümmern sich Hofbeamte. Dass diese schlecht und oft gar nicht bezahlt werden und daher Zuflucht zu Bestechung, Fälschung und Betrug nehmen, muss Karl August erst zu sehen lernen. Manchmal möchte Goethe vor dieser Verantwortung fliehen, irgendwohin, nach Italien vielleicht. Er war schon unterwegs dorthin gewesen, von Frankfurt immerhin bis Darmstadt gekommen, als ihn der Ruf nach Weimar per Postillion erreichte.

Goethe wendet sich vom Fenster ab, als Philipp Seidel den Raum betritt. Seidel bringt einen Weinkrug und einen Becher, er kennt Goethes Bedürfnisse genau. Goethe hat den Mann aus Frankfurt mitgebracht, Seidel ist jetzt Haushaltsvorstand, Diener und Sekretär in einem und zugleich Freund und Vertrauter. Er gießt Weißwein in den Becher und reicht ihn Goethe.

Es ist hiesiger Saalewein, ein herber Tropfen, etwa mittelforte, den der Geheime Rat zu schätzen gelernt hat, auch wenn er sich für die festlicheren Gelegenheiten gern Weine aus dem Elsass und aus der Schweiz schicken lässt. Gegen einen guten Malvasier kommt kein anderer an, aber zur Erfrischung genügt dieser hier.

»Sind Briefe gekommen?« Im Stehen leert er den Becher und reicht ihn dem Diener zurück.

Philipp Seidel bestätigt ihm den Eingang einer Anzahl von Sendungen, von denen einige amtlicher Natur sind, viele aber von jungen Dichtern, die Abschriften von ihren Werken enthalten: Goethe wird um Protektion oder wenigstens um eine gute Beurteilung gebeten. Goethe winkt ab: Nicht jetzt!

»Und das hier«, sagt Seidel und reicht ihm einen gefalteten Bogen, dessen in die Mitte geknickten Ecken vom herzoglichen Siegel zusammengehalten werden – dem kleinen Siegel, das anzeigt, dass es sich nicht um ein dienstliches Schreiben handelt. Goethe bricht den Lack und liest die Einladung zur Jagd. Er möge sich vor dem Morgengrauen einfinden. Er verzieht das Gesicht. Also doch! Seit Wochen hat Karl August immer wieder davon gesprochen, eine »dieses Mal wirklich großartige« Sauhatz zu veranstalten, und Goethe hat versucht, ihn davon abzubringen. Die Staatsfinanzen erlauben das nicht. Eine Jagd mit allem, was dazugehört, kostet ein Vermögen. Man braucht Treiber, Reitknechte, Falkner, Jagdlakaien und andere Helfer, da muss Munition beschafft werden, und da verlangen Bauern Entschädigungen für Zerstörungen an Wäldern, Wiesen und Feldern, und oft gilt es, Verletzte ärztlich zu versorgen. Da rund um Weimar kaum noch geeignetes Jagdgetier zu finden ist, wird Schwarzwild aus dem Harz gekauft und in den Wäldern ausgesetzt, vor allem am Ettersberg, wo die Bauern schon murren. Goethe hat Karl August erst kürzlich vorgetragen, wie schlecht es um die Finanzen steht. Der Herzog ist verschuldet, der Hofstaat verschlingt Unsummen, einige der niederen Beamten haben seit Jahren kein Geld bekommen, den Bauern kann man nicht noch mehr Steuern abpressen.

»Der Herzog tut etwas Unschickliches mit dieser Jagd«, sagt er zu Seidel. »Ich werde nicht daran teilnehmen.«

Er überlegt, mit welcher Begründung er absagen könnte, ohne die Etikette zu verletzen. Eine Krankheit vielleicht, ein hässlicher Schnupfen, Halsweh oder Zahnweh. Ja, Zahnweh, das sieht man einem nur ausnahmsweise an. Es kann plötzlich kommen und ebenso plötzlich wieder verschwinden.

Seidel ist bereits an das Stehpult getreten, hat Papier, Schreibfeder und Tintenfass herausgeholt und die Schwanenfeder mit dem Messer frisch gespitzt. Er schreibt mit Sorgfalt die höfliche Anrede, die dem Herzog zukommt, und Goethe beginnt zu diktieren.

»Ich bin recht unglücklich, dass ich Ihrer Einladung nicht folgen kann und zu Hause bleiben muss. Ein Knötchen an dem Zahn, der mir vorm Jahr so viel zu schaffen machte und das ich schon seit einer Woche dissimuliere, ist nun zum Knoten geworden, spannt und zuckt, sodass ich mich jeden Augenblick eines üblen Anfalls versehe. Garten und Wiese habe ich verlassen und bin nun mit Akten und Papieren heraufgezogen. Ihre Expedition können Sie gar wohl ohne mich vornehmen. – Das genügt, Philipp, findest du nicht? Mit Zahnweh schreibt man keine langen Nachrichten. Bring mir lieber noch einen Wein und bedenke dich auch selbst damit.«

Seidel reicht ihm eine andere Feder, es ist die Rabenfeder, die Goethe für Unangenehmes verwendet, und mit Schwung setzt dieser seine Unterschrift unter den Brief. Er überlässt es Seidel, ihn zu schließen und zu siegeln. Ein Grinsen darf Seidel sich erlauben, er ist Goethe ein treuer Freund und war lange Zeit sein nächster und bisweilen einziger Gesprächspartner. Wie oft hat dieser Mann ihn auf die Jagden mit dem Herzog begleitet, wie oft hat er mit ihm Expeditionen ins Gebirge gemacht, um an felsigen Klippen Gesteinsproben und Abdrücke von Pflanzen oder Urgetier zu sammeln, und Goethe hat sich mit ihm zusammen an Wurzelwerk in die Höhe gehangelt oder auf seinen Schultern gestanden. Wie oft haben sie in Scheunen und Schuppen genächtigt oder an Flussufern gelegen und die Sterne gezählt. Und diese Gerüchte, sie beide hätten wüste Nächte mit einem Küchenjungen verbracht, einem vierzehnjährigen Knaben, sind Anlass zu Scherzen zwischen ihnen – sie beide wissen, dass nichts Wahres daran ist. Kaum jemand glaubt ihnen, dass sie mit diesem Burschen im engen Gartenhaus an der Ilm oft bis in die Morgenstunden über die Weite des Weltalls, das Alter der Erde, die Vielfalt der Pflanzen und Tiere und die Dumpfheit der Menschen philosophiert haben, alle drei nebeneinander im einzigen breiten Bett. Der Ruf Goethes war viel zu schlecht, um die Leute von der Wahrheit überzeugen zu können, und die Fantasien der Menschen sind viel umfangreicher als das Weltall, zumal sie zu allem ihre eigenen heimlichen Wunschträume hinzuaddieren, um es dann anderen zum Vorwurf zu machen, wenn sie unerfüllt bleiben. Wäre in der Tat alles so passiert, wie es von neidischen Seelen ersponnen wurde, was für ein köstliches Abenteuer wäre das doch für die eigene Sammlung menschlicher Erfahrung gewesen!

Durch dieses Gerede hatte Goethe einmal einen Traum, über die Maßen widernatürlich und ebenso aufregend, mit klebenden Händen am Morgen. Ein frischer Knabe lag neben ihm, ein griechischer Gott, zart wie eine Jungfrau, aber viel fester, griffiger. Vielleicht sollte man doch einmal einen Versuch wagen oder zwei, allein um der Wissenschaft willen! Man müsste das dann exakt beschreiben, wie ein naturkundliches Experiment.

Seidel hat unter den Gerüchten über den Küchenjungen damals weit mehr gelitten als Goethe, hat sich aber bald von dessen Unbekümmertheit überzeugen lassen, und in den letzten Jahren hat sich solches Gerede beruhigt und ist durch anderes hinreichend ersetzt worden.

Philipp Seidel hält das Kuvert, das Goethe ihm gegeben hat, in der Hand. Er will gleich jemanden mit dem

Brief an den Herzog losschicken, doch Goethe hält ihn zurück. »Haben wir die kleine Weltkarte noch?«, fragt er.

»Gewiss.« Seidel weiß genau, was er meint. Vor ein paar Tagen ist ein wahres Kleinod mit der Post gekommen, ein Kupferstich, kaum größer als ein Handteller, darauf ist mit feinen Linien die ganze Welt verzeichnet – die Umrisse der Kontinente, soweit man sie kennt oder vermutet, die breiten oder schmalen Streifen der bekannten Küstenländer, Afrika wie ein Faustkeil aus der Steinzeit mit einem Nashorn in der sonst gänzlich weißen Mitte. Sein Diener reicht ihm das kostbare kleine Blatt.

Goethe betrachtet es kurz und sagt: »Nur rasch ein Billett. Es ist wichtig und soll eiligst zuerst zugestellt werden. Karl August kann warten.«

Er dreht das Blatt um und schreibt: »Werde wohl bald wieder reisen müssen, liebe Lotte.« Er denkt an die paar Tage, die er in Ilmenau verbringen muss, um dort das vor langer Zeit stillgelegte Silberbergwerk in Augenschein zu nehmen. »Es gibt keinen Ort der Welt, an dem ich dich nicht ebenso sehr liebe, und keinen, an dem ich nicht so einsam wäre wie hier und heute, da ich dich nicht sah«, schreibt er. »Erwarte dich und Stein heute Abend zum Tee. Man wird gemeinsam etwas essen.«

Er faltet ein Blatt Papier zu einem Umschlag, schiebt das Billett hinein und reicht ihn Seidel. »Frau von Stein wartet darauf«, sagt er.

* * *

Schon den halben Tag sitzt Johanna in der Küche der Niedermühle und schneidet Äpfel. Die Kinder, die die Ziegen hüten, müssen im Herbst das gefallene Obst von den Wiesen sammeln, und alle paar Stunden kommen in diesen Tagen große Körbe mit Äpfeln oder Birnen, die sofort verarbeitet werden müssen, da sie schon angeschlagen sind und schnell faulen. Es ist die Aufgabe der Hausmagd Marie, die übrigen Mädchen zur Arbeit einzuteilen, und Johanna ist froh, heute nicht in den Hühnerstall zu müssen. Sie hat sich auf eine fröhliche Runde Geschwätz gefreut und ist erstaunt, mit Marie allein zu sein. Die anderen Mägde säubern heute das Mahlwerk – nach der Erntezeit hat es viel Arbeit gegeben, und nun wird alles für den Winter vorbereitet. Die Reinigung des Mahlwerks ist schwierig und gefährlich, erst neulich sind einem Knecht beide Arme zermalmt worden. Und mit fünf Leuten ist man da mehrere Tage beschäftigt. Johanna ist froh, für die Küche eingeteilt zu sein.

Aber allein mit Marie? Die hagere, fast immer mürrische Frau ist doppelt so alt wie Johanna, weit über vierzig, und gewohnt, die anderen Mägde zu befehligen. Dass sie heute selbst beim Verarbeiten der Äpfel Hand anlegt, ist ein seltenes Ereignis.

Die beiden Frauen schälen das Obst, schneiden es in Viertel, lösen die fauligen Stellen und die Kerngehäuse heraus. Diese Abfälle kommen in einen eisernen Kessel, der über dem Feuer hängt, das gute Fruchtfleisch wandert in eine Reihe von Eimern für die weitere Verarbeitung. Die Messer sind stumpf, die Schalen dick. Der Kessel, in dem die Abfälle kochen, wird ab und zu von einem Burschen abgeholt und durch einen leeren ersetzt. Einmal kommt der Hinkefritz, ein zahnloser Greis von fast sechzig mit silbernem Bart und geschwollenen, kirschroten Lippen, und sagt: »Den nächsten Kessel soll die Johanna zum Meister bringen.«

Er geht, und Marie schaut Johanna an. »Also du.« Sie sagt es mit einer seltsamen Betonung.

»Also ich?« Johanna weiß nicht, was Marie meint. Sie schneidet Äpfel. Ihre Finger sind schon wellig.

»Ja«, sagt Marie. »Ich habe lange überlegt, wer mich beerbt hat. Ich dachte zuerst an die lange Lilli. Der Müller hat es gern mit dürren Weibern. Aber du …?«

»Dürre Weiber?« Johanna kann gerade noch vermeiden, dass ihr das Schälmesser in den Daumen fährt. »Und was meinst du mit ›beerbt‹?«

»Das weißt du doch. Du bist die, die nun für ihn die Beine breit macht.« Marie sieht Johanna streng an. »Warum sonst sollst du ihm jetzt den Kessel bringen? Während er seinen Schnaps brennt, wird er dich im Lager auf die Säcke werfen, und bestimmt nicht zum ersten Mal. Ich weiß nur nicht, was er an einer Mastgans wie dir findet.«

»›Viel Fleisch, viel Frau‹, sagt er immer.« Johanna spürt, wie sie rot wird. Sie hat sich verraten.

»Ach so«, sagt Marie. »Mir hat er gesagt: ›Zwischen den Sprossen einer Leiter kann man zum Glück nicht ertrinken.‹ Na, dann geh zu ihm. Ich bin ja froh, dass dieser zahnfäulige Trunkenbold endlich nichts mehr von mir will. Fünfmal schwanger, das ist genug.«

»Fünf Mal?« Johanna kann es nicht glauben. »Du hast Kinder? Und gleich fünf! Aber wo denn?«

Marie hält das schartige Messer hoch, mit dem sie die Äpfel verarbeitet. »Da kleben sie dran«, sagt sie.

Johanna schweigt, schält Äpfel, und wenn Marie nicht hersieht, steckt sie sich einen Streifen Schale in den Mund. Satt wird sie nie.

Der Kessel mit den Abfällen füllt sich. Über dem Feuer wird ein dunkelbrauner Matsch daraus. In der Küche hängt schwer der süße Duft. Schließlich nimmt Johanna den Kessel und geht damit zur Tür. Die Griffe schneiden in ihre aufgeweichten Hände. Sie dreht sich um, als Marie ihren Namen ruft.

Die Hausmagd hält wieder das Messer hoch. »Wenn

du einmal Rat und Hilfe brauchst«, sagt sie, »dann weißt du, wo du beides bekommst.«

Johanna ist verwundert und auch froh über diese Worte. Marie ist noch nie so freundlich zu ihr gewesen, und jetzt hat Johanna das Gefühl, als wären sie Verschworene.

Sie schleppt den schweren Kessel über den Hof zum Lager. Sie sieht den Meister nicht sofort, aber sie hört ihn im hinteren Teil hantieren. Dort ist ein kleiner Verschlag, der sonst hinter Stapeln von leeren Mehlsäcken und allerhand Arbeitsgerät verborgen ist. Jetzt aber ist der Eingang frei geräumt, und die Lattentür steht ein Stück offen.

»Herr Meister?«, ruft sie.

Zur Antwort erhält sie ein aufgeregtes Klappern, als würden hastig ein paar Dinge weggeräumt, und dann steht der Meister keuchend und mit gerötetem Gesicht im Eingang des Verschlags. »Was machst du hier? Warum bist du nicht in der Küche? Wo ist der Fritz?«

»Er hat mir aufgetragen, diesen Kessel mit den gekochten Apfelresten zu bringen.«

»Er hat niemand anders zu beauftragen, wenn ich ihn schicke«, sagt der Müller. »Gib schon her. Und warte.« Er greift hastig nach dem Kessel, sodass die heiße Brühe überschwappt, und trägt ihn in den Verschlag. Dann steht er vor Johanna. Sein Atem stinkt nach scharfem Schnaps. »Jetzt bist du schon mal hier. Komm.«

Er greift nach ihr, schiebt sie in eine Ecke des Schuppens, wo niemand sie sehen kann, der zufällig hereinkommt. Staub wirbelt auf, als der Müller sie an die Wand stößt. Schon werfen seine Hände ihr den Rock über den Kopf, sodass sie nichts sieht, aber auch vor der widerlichen Schärfe seines Atems verschont bleibt.

»Bitte nicht!«, fleht sie. »Ich muss zurück in die Küche. Man wird mich suchen.«

»Halt schon still.« Sofort dringt er hart in sie, dass es schmerzt wie ein Dolchstich. Im gleichen Moment lässt er wieder von ihr ab und stößt einen Schrei aus.

Drei Herzschläge lang passiert nichts. Johanna wagt, ihren Rock niederzustreifen. Sie hält vor Schreck die Luft an. Hinter dem Müller steht dessen Frau, hält ihm die Spitze des Schlachtmessers, das scharf genug ist, um Hühner und Gänse mit einem Streich zu köpfen, mit der linken Hand an die Kehle. Die Augen des Müllers sind weit aufgerissen. Mit beiden Händen hält er seine Hose fest, schafft es aber nicht, seine Blöße zu bedecken, eine mickrige Ansammlung von Haaren und Falten.

»Ich habe es geahnt«, sagt die Herrin. »Ich wollte das Getuschel nicht glauben, aber jetzt habe ich es mit eigenen Augen gesehen.« Sie nimmt das Messer langsam herunter und versetzt ihrem Mann mit der rechten Faust einen harten Schlag gegen die Schulter. Aber es ist mehr seine Trunkenheit, die ihn zu Boden gehen lässt. Er liegt im Dreck, mit halb herabgelassener Hose, und streckt die Hände in einer lächerlich flehenden Geste nach den Füßen seiner Frau.

»Wir reden später darüber, wenn du nüchtern bist«, sagt sie und spuckt ihm auf die Finger. »Bilde dir nur nicht ein, du kommst heil davon.« Johanna befiehlt sie, mitzukommen.

Johannas Gesicht ist kalt, und ein Frösteln geht durch ihren ganzen Körper. »Jagen Sie mich fort?«, fragt sie.

»Sei still.« Die Herrin geht mit Johanna durch die Küche, wo Marie und der Hinkefritz miteinander tuscheln. Die Müllerin nickt ihnen zu.

In diesem Moment versteht Johanna. Es war alles ein abgekartetes Spiel.

Die Herrin setzt sich. Johanna muss vor ihr stehen, den Blick gesenkt. Was kommt jetzt? Was soll sie sagen? Sie bringt nichts heraus. Ihr Blick schnellt zu Marie und dem Hinkefritz, die keine Anstalten machen, die Küche zu verlassen.

»Ich müsste dich auf die Straße werfen«, sagt die Müllerin. »Wenn sich ein Wort davon herumspricht, werde ich es auch tun. Oder ich verkaufe dich nach Leipzig in das Hurenhaus bei der Messe, da hast du nicht einen Trunkenbold, sondern hundert am Tag. Wenn ich dich hierbehalte, dann nur aus Christenpflicht, und dafür hast du dankbar zu sein. Du wirst ab sofort all die Arbeiten machen, die sonst niemand tun will. Der Hühnerstall ist künftig allein deine Aufgabe, der Ziegenstall auch. Ich werde dir morgens persönlich auftragen, was sonst noch zu erledigen ist. Du wirst dich nicht mehr im selben Raum aufhalten wie der Müller, auch nicht bei den Mahlzeiten. Wenn er hereinkommt, hast du zu gehen. Dein Essen nimmst du künftig allein in deiner Kammer ein. Hast du alles verstanden?«

»Ja, Frau Müllerin.« Johanna möchte am liebsten laut heulen. Sie hat immer gewusst, dass sie die niedrigste Magd hier ist, aber dass es ihr noch schlechter gehen könnte, weiß sie erst jetzt.

Die Müllerin erhebt sich. »Ich habe sofort etwas für dich zu tun. Komm mit in die Wäschekammer. Die Katze hat sich erlaubt, ihre Jungen dort zur Welt zu bringen.«

Johanna folgt ihr in die Kammer, wo die Katze in einer Ecke am Boden Tücher und Laken zusammengerauft hat. Das Tier hat keinen Namen, nur »Katze«, aber Johanna liebt das weiche schwarze Fell, das sie so oft berührt hat. Oft ist die Katze zu ihr gekommen, wenn Johanna auf der Bank saß und Kleider geflickt oder Gemüse geputzt hat, und hat sich an sie gedrückt. Ihre Wärme breitete sich dann immer in Johannas Körper aus, bis hinauf zum Herzen. Jetzt liegt sie gekrümmt da und in ihrer Rundung birgt sie fünf winzige Wesen, nicht einmal faustgroße Fellkugeln, deren Augen noch verklebt sind, und doch haben sie alle eine Stelle gefunden, wo sie an der Mutter saugen können. Am liebsten möchte Johanna jedes Einzelne in die Hand nehmen und mit dem Zeigefinger behutsam darüberstreichen.

»Wir können keine weiteren Katzen durch den Winter füttern«, sagt die Müllerin. »Außerdem machen sie Dreck. Du nimmst einen Sack, steckst sie hinein und gehst hinunter zum Fluss und ersäufst sie.«

»Das kann ich nicht«, sagt Johanna.

Die Müllerin beachtet ihre Worte nicht. »Wenn sie tot sind, bringst du sie wieder mit und zeigst sie mir, damit ich sicher bin, dass du sie nicht hast laufen lassen. Vergrab sie dann ganz hinten im Garten.«

»Ich kann das nicht«, wiederholt Johanna.

»Dann verkaufe ich dich nach Leipzig.« Die Müllerin wendet sich zum Gehen. »Vielleicht habe ich Glück, und sie zahlen da nach Gewicht.«

Was Johanna tun muss, tut sie unter Tränen. Am Ufer der Ilm wirft sie sich in den Morast und erbricht unter Krämpfen.

* * *

Der Winter in diesem Jahr ist streng, aber trotzdem ist Goethe oft zu Pferd unterwegs. In diesem Jahr will er die Bauern an ihre Pflicht erinnern, Straßen und Wege instand zu halten. Im ganzen Land sind diese in einem schlechten Zustand, selbst die Hauptzufahrten nach Weimar. Die Bauern kommen ihrer Aufgabe nur widerstrebend nach. Sie haben nicht das nötige Geld für Befestigungen und Reparaturen, und es ist auch ein willkommener Nebenverdienst, wenn sie stecken gebliebene

Kutschen aus dem Schlamm befreien oder umgekippte Wagen aufstellen helfen, daher haben sie gar kein Interesse an ordentlichen Wegen. Einen regelmäßigen Postdienst, der verpflichtet gewesen wäre, wenigstens eine Hauptstraße von und nach Weimar in gutem Zustand zu halten, gibt es nicht, dazu ist die Stadt zu klein und zu weit entfernt von den großen Verkehrswegen.

Goethe hat vor Kurzem einen Wegeaufseher bestellt, Johann Friedrich Vulpius, einen früheren Mitarbeiter der Finanzkanzlei. Vulpius war eines Dienstvergehens beschuldigt und suspendiert worden, da sich aber keine Beweise finden ließen, wurde das Verfahren über Jahre verschleppt. Vulpius hat es aufgegeben, Eingaben zu machen, die immer nur ad acta gelegt wurden, doch seine Familie, die kein anderes Einkommen mehr hat als die Darlehen auf voraussichtliches Gehalt des Vaters, wurde immer wieder vorstellig, erst die Frau, dann der Sohn, ein angehender Jurist, und mittlerweile die siebzehnjährige Tochter Christiane – mit besonderer Hartnäckigkeit. Die Stelle als Wegeaufseher sorgt erst einmal für Ruhe, Goethe ist in diesem Punkt entlastet, muss nur noch die trotzigsten Bauern selbst aufsuchen. Dort bekommt er allerdings viel zu hören von Missernten und Flurschäden durch Jagden, von übermäßigen Steuerlasten und sonstigen Sorgen. Die Bauern sind renitent und weigern sich, weitere Belastungen auf sich zu nehmen. Einer sagt ihm direkt: Das Geld, das bei Hof in einer einzigen Ballnacht verjubelt wird, würde ihm reichen, um ein ganzes Jahr oder länger mit seiner Familie, den greisen Eltern, der Frau und neun Kindern zu leben.

Bälle, Feuerwerke, Konzert und Theater bieten der Weimarer Gesellschaft Abwechslung an den Winterabenden, und Goethe wird dem Herzog hiervon kaum abraten, hat er doch selbst Interesse daran. Karl Augusts

Mutter hat Weimar bereits in den Ruf eines »Musenhofes« gebracht, Goethe ist, besonders was das Theater betrifft, daran gelegen, ihn weiter auszubauen. Er hat selbst kleine Stücke geschrieben, setzt sie in Szene und spielt oft persönlich mit. Mit der Ehe des Herzogs steht es nicht zum Besten, Goethe wird oft um Rat gefragt, und was er nicht direkt beantworten kann oder will, sagt er in diesen Stückchen.

Ansonsten liegt seine literarische Arbeit darnieder. Seit fast sieben Jahren hat er nicht ernsthaft geschrieben, und ihm sind schon mehrmals Gerüchte zu Ohren gekommen, mit dem Schriftsteller Goethe sei es vorbei. Manchmal sitzt er abends über seinen Papieren, aber er schreibt nicht, sondern denkt daran, den *Egmont*, die *Iphigenie* und vieles andere, was er begonnen und nicht zu Ende geführt hat, als Fragment herauszugeben. Andere publizieren längst seine »Gesammelten Werke«, ohne dass er daran einen Heller verdient, also korrespondiert er jetzt mit dem Verleger Göschen wegen einer Gesamtausgabe eigener Hand einschließlich der Fragmente. Vielleicht bleibt er wirklich für immer Staatsmann statt Dichter, wenn auch nicht ewig hier in Weimar.

An einem dieser Winterabende, als Goethe über seinen Papieren sitzt und mit dem Gedanken spielt, sich bei Wielands zum Essen anzumelden – er ist dort gern gesehener Gast, besonders die Kinder mögen ihn – klopft es heftig an der Gartentür. Seidel macht auf, Goethe hört ihn mit jemandem reden, dann meldet Seidel den Herzog. Solcher Besuch ist keine Seltenheit, denn Karl August hat oft Streit mit seiner Frau und holt sich dann bei ihm freundschaftlichen Rat, und manchmal kommt er auch nur, um mit Goethe oder seinen Gästen einen Wein zu trinken. Er geht dann den kürzesten Weg, durch den Garten zur Hintertür.

Karl August ist schlecht gelaunt, das sieht Goethe gleich. Er bietet ihm Platz an und winkt Seidel, um ihn Wein holen zu lassen, doch der hat bereits verstanden.

»Lies mir aus deinem *Faust* vor«, sagt Karl August.

Das hat Goethe schon oft getan. Das ursprüngliche *Faust*-Manuskript hat er damals nach Weimar mitgebracht, lauter einzelne Blätter, planlos vermengt in einer Papiertasche. Manchmal hat er einfach hineingegriffen und ein paar Zeilen vorgetragen, oder er hat eine ganze Szene ausgewählt, diesen Teil des Manuskripts ins Schloss mitgenommen und in einer der abendlichen Vorlesestunden zum Besten gegeben. Alles ist nur noch ein papierenes Durcheinander, und oft ist er über seinen Fund selbst überrascht, wenn er vorzutragen beginnt. Jetzt aber kann er mit dem *Faust* nicht dienen. Er wagt kaum zu sagen, weshalb.

»Warum nicht?«, fragt der Herzog.

»Die Göchhausin hat es.« Das Geständnis hat Goethe einigen Mut gekostet, denn er weiß, der Herzog ist auf die alte Dame nicht gut zu sprechen.

»Du hast es ihr hoffentlich nicht geschenkt!« Karl August springt auf. »Ausgerechnet ihr!«

»Sei unbesorgt.« Wenn sie allein sind, duzen die beiden sich, auch in Gegenwart Seidels, während sie bei Hof und im Dienst die Form wahren. »Die Göchhausin«, sagt Goethe, »bringt die Blätter wieder in die richtige Reihenfolge und schreibt das ganze Manuskript für mich ab.«

»Das ist anständig von ihr«, sagt der Herzog. »Wenn man bedenkt, was wir ihr für einen üblen Streich gespielt haben!« Er muss lachen, obwohl das Ereignis schon ein paar Jahre her ist.

Fräulein von Göchhausen ist Hofdame von Anna Amalia, der Mutter des Herzogs, eine kleine, bucklige Frau, sehr hässlich. Die Herzoginmutter hat sie zur Hofdame erwählt, damit ihre eigene äußere Erscheinung nicht gar so niederschmetternd wirkt. Goethe und Karl August haben die Göchhausin manchmal, mit Bettlaken oder grässlichen Masken verkleidet, in den nachtdunklen Fluren erschreckt, und einmal, vor ein paar Jahren, als die Bucklige abends ausgegangen war, haben sie den Eingang ihres Zimmers zumauern und mit Tapete verkleiden lassen, sodass es so aussah, als wäre dort nie eine Tür gewesen. Die alte Hofdame irrte durch die Flure, als sie nachts heimkam, suchte nach ihrem Zimmer und zweifelte an ihrem Verstand. Den Rest der Nacht brachte sie bei einer Freundin auf dem Sofa zu. Das Ereignis kommt immer wieder zur Sprache. Der Herzog imitiert gern ihre Stimme, wie sie sagte: »Ich glaube, jetzt bin ich vorzeitig vergreist!«

Seidel kommt mit dem Wein, den er in einen großen Krug aus böhmischem Glas umgefüllt hat, gießt ein und zieht sich zurück.

»Soll ich dir etwas anderes vorlesen?«, schlägt Goethe seinem Besucher vor. »Ich ordne gerade meine Arbeiten für eine Gesamtausgabe.«

Karl August schüttelt den Kopf. »Der *Faust* wäre mir schon recht gewesen. Du bist darin so wohltuend meiner Meinung.«

Goethe nickt ihm zu. Er weiß, dass die Gestalt der Margarete Karl Augusts Lieblingsfigur ist. »Offenbar hat dir jemand widersprochen, als es um das Problem der ledigen Mütter ging.«

Der Herzog antwortet lange nicht. Das Thema »ledige Mütter« beschäftigt ihn sehr, zumal er selbst viele Bauernmädchen geschwängert hat, und es gibt das Gerücht, dass jeder vierte Förstersohn im Land eigentlich ein herzoglicher Bastard sei. Karl August lässt seine über dreißig außerehelichen Kinder nicht im Stich. Die männlichen Nachkommen bringt er tatsächlich meist in Försterhaushalten unter, die Mädchen sollen früh und gut verheiratet werden, sobald sie mannbar sind, also mit zwölf oder dreizehn; zur Taufe und bei Geburtstagen gibt es für alle großzügige Geldzuwendungen, allerdings nur bis zur Konfirmation.

Das alles belastet den jährlichen Staatsetat um einen beträchtlichen Posten. Louise, Karl Augusts Gemahlin, bringt ihm nur Mädchen zur Welt, schwächliche kleine Engerlinge, die meist das erste Jahr nicht überleben. Goethe hat aber nicht auf Karl Augusts Bastarde angespielt, sondern auf das Thema, das allgemein im Gespräch ist, in ganz Europa, und in Weimar seit dem letzten Jahr besonders: Es hat einen Kindsmord an einem Neugeborenen gegeben. Die Täterin, die ledige Mutter Margarethe Dorothea Altwein, hat ihr Kind in der Küche ihrer Herrschaft zur Welt gebracht, hat es zu Boden fallen lassen, danach an den Beinen gepackt und den Kopf zweimal an eine scharfe Ecke geschlagen. Anschließend warf sie den Leichnam in einen Kübel mit Wasser. Vor dem Richter hat sie zugegeben, den Tod des Kindes geplant zu haben: Wäre es nicht zu früh zur Welt gekommen, hätte sie es am Ufer der Ilm geboren und sofort ertränkt. Dadurch, dass sie den Vorsatz von sich aus zugegeben hat, gab es für ihren Verteidiger nichts mehr zu sagen, und das Gericht fällte das Todesurteil: Einnähen in einen Sack zusammen mit einem Hund, einem Hahn, einer Katze und einer Schlange, und anschließendes Ertränken.

In Weimar gilt noch immer die karolingische »Peinliche Halsgerichtsordnung«, wonach gleiche Taten gleiche Rechtsfolgen haben. Das Gericht hat Vergeltung anzuordnen und sonst nichts. Umstände der Tat, gesellschaftliche Bedingungen, Notlagen der Täter werden nicht berücksichtigt. Auf Mord steht die Todesstrafe, Kindstötung ist Mord an nahen Verwandten und wird daher verschärft bestraft. In vielen Fürstentümern auf deutschem Boden ist diese strenge Halsgerichtsordnung längst abgeschafft, in Sachsen-Weimar aber gilt sie weiterhin. Das Herzogtum ist auch einer der letzten Staaten, in denen vor einem Urteil noch gefoltert wird, entweder um eine Aussage zu erzwingen, oder, ebenso häufig, um das Ergebnis eines Verhörs zu bestätigen, selbst wenn es sich dabei schon um ein Geständnis gehandelt hat. Karl August hat im vergangenen Jahr das Todesurteil gegen die Altwein in lebenslanges Zuchthaus umgewandelt, und Goethe hat diese Begnadigung zusammen mit ihm und den beiden anderen Mitgliedern des Geheimen Consiliums, des Staatsrates, unterschrieben. Diese Entscheidung wird in Weimar immer noch kontrovers diskutiert, zumal vermutet wird, dass die Mörderin, die in Bamberg einsitzt, weil von dort ein kostengünstiges Angebot kam, in ein paar Jahren freigelassen wird, unter der Bedingung, weimarisches Gebiet nie wieder zu betreten.

Karl August greift nach der Weinkaraffe und schenkt sich selbst nach. Bei Goethe darf er ganz ungezwungen sein und muss keiner Etikette folgen, das bekommt ihm gut. Er ist erst wenige Minuten hier und wirkt schon ruhiger.

Goethe hebt den Becher auf sein Wohl. »Sprich«, sagt er. »Was bedrängt dich?«

»Louise.«

Goethe lacht. Die Frage war gar nicht so zweideutig gemeint, wie sein Gegenüber vorgibt, sie aufgefasst zu haben. »Das wäre das erste Mal«, sagt er.

Jetzt bringt auch der Herzog ein Schmunzeln auf die Lippen. »Nein«, sagt er, »im Bett ist sie noch immer der kantige Balken. Doch sie mischt sich in Dinge ein, die sie nichts angehen. Mir gefällt es nicht, wenn sie meine Entscheidungen kritisiert, und erst recht nicht, wenn es um meine grundsätzlichen politischen Auffassungen geht. Sie hat hinter meinem Rücken mit Wieland und seiner Frau geredet, und zwar über juristische Probleme. Davon verstehen Frauen nichts, aber sie glaubt, es geht sie etwas an.«

»Du meinst, Louise hat etwas über die Kindsmörderin gesagt, was dir nicht passt?«

Der Herzog nickt. »Sie ist der Meinung, das Recht, wie es ist, sollte nicht geändert werden, und erzählt anderen, nicht mir, dass sie nicht einverstanden ist mit der Begnadigung, die ich ausgesprochen habe.«

Goethe geht im Zimmer auf und ab, nimmt stehend einen Schluck Wein, setzt seine Wanderung fort. Er überlegt, ob er seinem Gast einen Rat für den Umgang mit der Ehefrau geben soll, wie er es schon so oft getan hat, oder ob er das Gespräch auf die juristische Bahn lenken soll. Was will Karl August hören? Goethe betrachtet den kleinen, stämmigen Mann mit der knabenhaften Erscheinung, der nichts Vornehmes an sich hat. Man könnte ihn für einen Bauern oder einen Förster halten, wenn nicht seine fürstliche Kleidung wäre.

»Ich werde die Frage der ledigen Mutterschaft und nach der richtigen Strafe für Kindsmörderinnen im Freitagsgespräch noch einmal vortragen«, sagt er. »Vielleicht in einer allgemeinen Diskussion über die wünschenswerten Veränderungen im Strafrecht.«

Diese Runde ist eine Veranstaltung, die Goethe einmal im Monat abhält, seit er die Wohnung am Frauenplan hat: Es werden politische, philosophische oder gesellschaftliche Fragen erörtert, und er lädt je nach Thema die passenden Leute ein. Im kleinen Weimar haben sich ja illustre Persönlichkeiten eingefunden. Wieland und Herder sind zugegen beim Freitagsgespräch, Frau von Stein und ihr Gemahl, manchmal Lenz, häufig Herzog Karl

August und seine Gattin Louise, oft auch Gäste, die nach Weimar gepilgert sind, um den berühmten Dichter des *Götz von Berlichingen* und des *Werthers* zu sehen.

Karl August ist aufgestanden und betrachtet eine Zeichnung, die Goethe erst kürzlich über seinem Pult aufgehängt hat, eine Landschaftsdarstellung des mittleren Saaletals mit seinen Burgen. »Vielleicht solltest du nicht damit warten«, sagt er. »Das Thema lässt sich gut bereden, ohne dabei gleich auf den Fall der Altwein zu sprechen zu kommen. Ich weiß, dass die ledige Mutterschaft und Kindsmord in enger Beziehung stehen, denn der Grund für die Tötung eines Neugeborenen ist in erster Linie das Ansehen der Mutter, die es zur Welt bringt.«

»Ja. Daran muss sich zuerst etwas ändern. Ich versuche das in meinen literarischen Figuren.«

Karl August dreht sich zu ihm um. »Ja, das ist ein erster Schritt. Ich tue einen anderen – ich sorge für meine Kinder. Vielleicht sollten wir einen zweiten tun und die ledige Mutterschaft nicht mehr unter Strafe stellen. Die außereheliche Beiwohnung liegt tief in der menschlichen Natur und lässt sich nicht verhindern. Du weißt selbst, wie viel Freude uns die Weiber schenken, und ich empfinde es als widersinnig, sie dafür bestrafen zu müssen.« Er hebt beide Hände, lässt sie in einer hilflosen Geste wieder sinken. »Was nützt es, wenn ich für meine Bastarde sorge, aber für die Mütter nichts tun kann?«

»Die Stimmung unter den Leuten können wir nicht so schnell ändern«, sagt Goethe. »Dazu müssten wir gegen die Kirche arbeiten, und du weißt, wie mächtig das Wort von der Kanzel ist. Da wird ›Sünde, Sünde, Sünde‹ gerufen. Du weißt auch, wie es Voltaire mit seinem Vorschlag ergangen ist, Spitäler für Schwangere zu schaffen, die keinen Vater für ihr Kind haben. Sie sollten den Bastard, verborgen vor den Augen der Öffentlichkeit, in Frieden zur Welt bringen können. Bürger und Adlige, die sich ein Kind wünschten und keines bekommen konnten, sollten ein Neugeborenes zu sich nehmen und aufziehen können. Was gab das für einen Sturm von den Kanzeln!«

»Und vonseiten derer, die dafür hätten zahlen müssen«, sagt Karl August. »Seit du mir vor Jahren davon erzählt hast, habe ich darüber nachgedacht. Statt die Väter, die sich überführen ließen, drei Wochen ins Zuchthaus zu stecken, könnte man sie hart arbeiten lassen. Die Mütter, die schon durch Schwangerschaft und Geburt gezüchtigt sind, werden genug gestraft durch die Schande, die man ihnen auferlegt, und dadurch, dass man ihnen das Kind wegnimmt. Das ist immer noch besser, als wenn sie es ins Stroh drücken müssen, um behaupten zu können, es sei tot geboren.«

Goethe, der in den Worten seines Gastes seine eigenen erkennt, pflichtet ihm bei. »Es ist doch auch so, dass es diese vorgeblichen Totgeburten fast nur in den niederen Ständen gibt«, sagt er. »Dienstmädchen und Mägde haben oft keinen anderen Ausweg. Wenn du eine Tochter hättest, die schwanger würde, ohne vermählt zu sein, was würdest du tun?«

»Gott bewahre mich vor einer solchen Überlegung!«

»Aber du würdest sie nicht in die Lage bringen, ihr Kind ersticken zu müssen.«

Karl August nimmt einen großzügigen Schluck Wein, schüttelt den Kopf. »Ich würde sie eiligst verheiraten, notfalls unter ihrem Stand. Ein Dummer findet sich schnell, vor allem wenn er dafür ein Amt verliehen bekommt.«

»Oder du würdest sie auf einen Bauernhof schicken, irgendwo in der Fremde, wo sie ihr Kind zur Welt bringt und den Bauern zur Aufzucht überlässt.«

»Dann müsste ich dafür zahlen. Ich zahle schon genug.« Der Herzog stößt ein kurzes Lachen aus. »Weiß

Gott, ich zahle wirklich genug. Ich habe mir darüber nie Gedanken gemacht.«

»In Fällen, wo du erfahren hast, dass du Vater geworden bist«, erinnert Goethe ihn. »Es gibt aber viele Mägdlein, die sind so unbescholten, dass sie den Zusammenhang zwischen dem erlebten heimlichen Vergnügen und der daraus folgenden Schwangerschaft gar nicht ahnen, und so erfährst du nicht einmal, dass du wieder Vater geworden bist. Und was passiert? Das Kind kommt tot zur Welt, oder eine verzweifelte Mutter schlägt es gegen die Wand.«

»Mit der Altwein hatte ich nichts zu tun.« In Karl Augusts Stimme liegt eine gekränkte Heftigkeit. »Der Vater ist bekannt, und er hat seine Hurerei gestanden. Acht Tage Haft hat er verbüßt und ist dann aus Weimar verbannt worden.«

Goethe weiß das. Er hat Karl August nicht auf Persönliches hinweisen wollen, aber der Herzog ist empfindlich, was diese Themen betrifft. Dieser Umstand gibt aber die Möglichkeit, über notwendige Veränderungen nachzudenken. In Weimar ist viel zu lange nichts geschehen, und was das Recht und die Einstellung im Volk dazu betrifft, liegt Weimar weit hinter vielen anderen deutschen Staaten zurück. Hier möchte Goethe unbedingt Einfluss nehmen.

2

Johanna hat gelernt, dem Müller aus dem Weg zu gehen. Es fällt ihr nicht schwer. Schlimmer ist, dass sie von allen anderen gemieden wird, als hätte sie Aussatz. Ihre Mahlzeiten nimmt sie nur noch in ihrer elenden Kammer ein, die nicht besser ist als nebenan der Ziegenstall und auch nicht weniger stinkt. Johanna hat sich an den Gestank gewöhnt, da der Geruch, den sie selbst um sich verbreitet, wahrscheinlich nicht anders ist. Sie merkt es daran, wie die anderen ihr ausweichen. Es liegt nicht nur am Befehl der Müllerin, dass sie nur noch die niedrigsten Arbeiten verrichtet, für alle anderen ist es mittlerweile selbstverständlich, dass allein sie dafür da ist.

Am schlimmsten ist die Kälte des Winters gewesen. Johanna hat immer ihr dünnes Kleid tragen müssen, das inzwischen nur noch eine Ansammlung von notdürftig zusammengehaltenen Fetzen ist. Die anderen Mägde haben zur Weihnacht abgelegte Kleidung der Herrin bekommen und bis Lichtmess daran gesessen, sie zu flicken und sie auf die eigene Größe zu ändern. Johanna bekam von ihrer älteren Schwester ein abgelegtes Kleid geschickt, aber es war viel zu eng, und als sie die Meisterin um Reste aus der Flickenkiste bat, um sich das Kleid weiter zu machen, hat sie nur gelacht und ihr geraten, einfach weniger zu essen.

Noch weniger! Das ist gar nicht vorstellbar. Wenn sie nicht hin und wieder etwas vom Futter für die Hühner abzweigte, wäre sie schon längst verhungert. Es ist ein gewagtes Spiel – auch der kleinste Diebstahl wird streng bestraft. Sie hat einmal erlebt, wie einer der Mühlenknechte, der lange Peter, im Herbst einen Apfel vom Baum genommen und hineingebissen hat – als das die Müllerin sah, hat sie ihn angezeigt, und das Gericht hat ihn wegen Diebstahls zu einer Woche Zuchthaus verurteilt, und danach hat der Peter in ganz Weimar keine Arbeit mehr gefunden und musste auf Wanderschaft gehen. Eine Handvoll Hühnerfutter zu stehlen oder auch nur Küchenabfälle wie Obstschalen oder Gemüsereste hätte Johanna sofort die Stellung gekostet. Der Hunger hat sie leichtsinnig gemacht, aber ohne dieses zusätzliche Essen hätte sie gleich das Gras am Ilmufer ausrupfen und sich in den Mund stopfen können.

Der strenge Winter hat Johanna eine zusätzliche Aufgabe eingebracht. Da der Brunnen am Haus zugefroren ist, muss sie das Wasser vom Fluss holen. An den Tagen, wo auch die Ilm mit Eis bedeckt ist, muss sie eine Axt mitnehmen, ein Loch schlagen und dann die Eimer darin versenken. Es bleibt nicht aus, dass ihr Kleid dabei nass wird, und es friert ihr auf der Haut fest, sodass sie manchmal Flecken an sich sieht, die aussehen wie Brandwunden. Vom Schleppen der schweren Eimer und der Axt tut ihr bald der Rücken weh.

Es gibt auch Brunnen im Dorf, aber dort geht sie nicht hin oder nur, wenn die Müllerin es befiehlt. An den öffentlichen Brunnen stehen die Dienstmägde aus den Bürgerhäusern, und sie fassen sich an die Nasen, wenn sie sie sehen: Johanna hat erfahren, dass man sie in ganz Weimar nur die »Stinkehanna« nennt.

Sie ist froh, als der Frühling sich ankündigt. Es gibt ein paar sonnige Tage, und schon sprießt an den Wegrändern der Huflattich, Schneeglöckchen brechen durch den Harsch des Altschnees, sie entdeckt neben dem Pfad zum Flussufer auch ein paar Himmelsschlüssel und Veilchen. Sie findet heraus, dass die Blüten der Veilchen eine Köstlichkeit sind, die ihr besser schmecken als das Zuckerwerk, das es früher im Elternhaus zum Weihnachtsfest gegeben hat.

Das Elternhaus! In letzter Zeit hat sie oft an ihr Zuhause in Tannroda gedacht, an den Vater und an ihre beiden Schwestern, die sie verwöhnt haben, als sie klein war. Die Mutter, die gestorben ist, als sie noch ein Kleinkind war, ist nur noch ein grauer Schatten in ihrer Erinnerung. Ihre Schwestern haben früh geheiratet und eigene Kinder bekommen, nur Johanna war noch im Haus, als der Vater sich entschloss, sich wieder zu verheiraten. Dazwischen hatte es noch eine andere Stiefmutter gegeben, Johanna erinnert sich kaum an sie. Die neue Stiefmutter hatte Johanna von Anbeginn nicht gemocht.

Die Abneigung beruhte auf Gegenseitigkeit, und die Fremde, die zwei gehässige Töchter mit in die Ehe brachte, hat darauf gedrängt, dass Johanna aus dem Haus kam. Zuerst hat Vater versucht, sie zu verheiraten, das konnte sie ihm nicht verdenken – das Geld reichte nicht, um alle zu ernähren. Aber sie hatte sich geweigert, einfach mit den Fremden zu ziehen, die durch das Saaletal herabzogen, Protestanten aus dem Salzburgischen und aus verschiedenen bayrischen Gebieten, die der preußische König Friedrich angeworben hatte, um die Gebiete im Osten seines Reiches landwirtschaftlich zu nutzen. Johanna wollte nicht in die Fremde, wo ein ungewisses Schicksal sie erwartete. Sie konnte sich nicht vorstellen, fern ihrer Familie zu leben, doch jetzt war sie nicht weniger fern, eine halbe Tagesreise, dazu noch unwillkommen, sollte ihre Dienstherrin sie einmal für einen Tag zum Vater oder zu den Schwestern gehen lassen. Doch das ist in Johannas gesamter Dienstzeit erst zweimal vorgekommen.

Die Zeit der ersten Frühlingstage ist nur kurz gewesen, dann kehrt der Winter noch einmal mit starkem Frost zurück. Die Blumen, an denen Johanna ihre Freude gehabt hat, sind erfroren, das frisch gesprossene Gras trägt Blüten aus Eis. Die Brunnen in der ganzen Stadt sind eingefroren, und das Eis auf der Ilm ist wieder ebenso dick gewesen wie im tiefsten Winter. An einer breiten Stelle flussabwärts gibt es ein großes Wasserloch, das Burschen aus der Stadt gehackt haben, doch als Johanna mit ihren Eimern kommt, wird sie von den Mägden, die dort schöpfen, verjagt. »Geh weg«, ruft ein junger Bursche lachend, »du machst das Wasser ungenießbar!« Unter dem Gelächter der anderen uriniert er gleichzeitig in hohem Bogen in das Wasserloch.

Johanna muss zurück zur Mühle, die Axt holen, ein eigenes Loch an einer geschützten Stelle schlagen. Ihr Rücken schmerzt, dabei hat sie heute noch keine vollen Eimer geschleppt, außer im Morgengrauen den Holzbottich mit Hühnermist, aber der ist längst nicht so schwer wie die Wassereimer.

Die Müllerin sieht, wie Johanna einmal dicht beim Haus stehen bleibt, beide Hände an die Hüften gepresst, um die Schmerzen zu lindern. Sofort fährt sie sie an, beschimpft sie als faules Weib, befiehlt ihr, endlich das Wasser vom Fluss heranzuschaffen, schnellstens, es wird in der Küche gebraucht.

Johanna schleppt sich zum Ufer der Ilm hinunter. Die Schmerzen sind heute schlimmer denn je. Es rumort in ihrem Bauch und sie hat Angst, sich den Typhus geholt zu haben. Wenn sie doch nur einen Tag hätte, um sich auszuruhen, denkt sie. Einen Tag, um zu schlafen, nur zu schlafen. Dann wäre sie wieder bei Kräften, es würde ihr nicht schwerfallen, ihre Arbeit zu tun.

Am Ufer bleibt sie stehen, starrt auf die Eisfläche, dann

hebt sie die Axt und schlägt sie ins Eis. Ein paar Splitter fliegen davon, die Oberfläche ist kaum angekratzt.

»Ist Sie denn wahnsinnig geworden!«, ruft hinter ihr eine Männerstimme. »Plant sie ein Attentat?«

Johanna fällt die Axt aus der Hand. Sie sieht auf, ist plötzlich von Männern in Uniform umringt, herzogliche Husaren, wie an den adretten neuen Lederhosen zu erkennen ist. Die Leibgarde des Fürsten.

»Weiß Sie denn nicht, dass der Hof heute ein Eisfest hält?«, fragt einer. »Der Herzog Karl August feiert mit seinen Ministern und dem Hofstaat, und hier wird Schlittschuh gelaufen. Sehe Sie selbst!« Der Mann macht eine ausladende Handbewegung, und Johanna sieht Menschen, die wie Wasservögel auf dem Eis dahingleiten, die Arme ausgebreitet, ein wenig an magere gerupfte Schwäne erinnernd, die vor dem Schlachtmesser fliehen. Vielleicht ist der Herzog selbst dabei, bestimmt sogar, denn dies ist ja seine Garde. Die Leute auf dem Eis tragen dicke Mäntel, auch russische Pelze, die Frau des Herzogs ist ja mit der Zarin verwandt, und es kommen oft Gäste, die solche Geschenke aus dem fernen Land mitbringen.

»Ich muss Wasser holen«, sagt Johanna. »Im Brunnen ist es zugefroren. Lasst mich.« Sie macht einen Schritt auf die Axt zu, die auf dem Eis liegt.

»Zurück!«, ruft einer der Husaren, ein ansehnlicher junger Bursche mit breiten, kantigen Schultern, einen Kopf größer als Johanna. »Ich mache das.« Er greift nach der Axt, holt nur einmal Schwung und hat schon ein Loch im Eis. Er lässt sich beide Eimer geben und füllt sie. »Wohin damit?«, fragt er.

»Ich trage sie schon selbst zur Mühle«, sagt Johanna und deutet einen Knicks an. »Ich danke auch schön, Herr Soldat.«

Die anderen Husaren lachen. Der Mann, der ihr das Wasser geschöpft hat, geht ihr mit forschem Schritt voraus zur Mühle, Johanna hat Schwierigkeiten, ihm zu folgen. Er stellt die beiden Eimer neben der Hintertür zu Boden und reicht ihr die Axt, die er in seinem Hosenbund getragen hat. »Nun wärmt euer Wasser und nehmt ein schönes Bad, Jungfer«, sagt er und verneigt sich übertrieben, bevor er verschwindet.

Johanna sieht ihm nach. Sie weiß nicht recht, ob er sich mit seinen Worten über sie lustig machen wollte. Gerade als sie im Begriff ist, die Eimer zu nehmen und ins Haus zu tragen, steht ihre Herrin vor ihr.

»Lässt du jetzt deine Arbeit von fremden Männern erledigen, du faules Miststück?«, schreit die Müllersfrau. »Was hast du ihm versprochen, damit er dir das Wasser trägt? Ah, ich weiß, du hast dich von ihm flachlegen lassen, du Hure! Jetzt, da ich auf meinen Mann achtgebe, holst du es dir bei anderen, was? Der Kerl muss es nötig gehabt haben!« Sie zieht übertrieben die Nase kraus. »Und an die Schande, die du über dieses Haus bringst, denkst du wohl gar nicht, was?«

»Ich habe doch nicht …!«

»Was? Du wagst es, mir zu widersprechen?« Die Müllerin schlägt plötzlich zu, die Maulschellen prasseln in Johannas Gesicht, sie hält schützend die Hände vor sich.

»Berühr mich nicht mit deinen Schweinepfoten!«, schreit die Müllerin, schlägt weiter auf Johanna ein, ihre Stimme wird schrill. »Der Müller genügt dir nicht, und jetzt machst du unser Haus zum Soldatenbordell! Du musst weg, nach Leipzig, das Hurenhaus ist das einzig Richtige für dich! Ich hätte dich längst dahin verkaufen sollen! Weg mit dir, weg, weg, weg!« Sie unterstreicht ihre Worte mit Schlägen, und beim letzten versetzt sie Johanna einen Tritt.

Johanna versucht auszuweichen, stolpert beim Rückwärtsgehen über einen der Eimer, der Tritt trifft sie in den Bauch, dann liegt sie am Boden. Sie schreit vor Schmerz, hält sich den Wanst. »Nicht! Bitte, Herrin!«, schreit sie, »Sie bringen mich um!« Sie zerrt an ihrem Kleid, das nass und eisig an ihr klebt, es gibt ein großes Loch. Sie presst beide Hände auf die schmerzende Blöße ihres Unterleibs. »Nicht!«, fleht sie, als die Müllerin plötzlich über ihr ist.

»Zeig her!«, sagt die Müllerin. »Blutest du? Verdient hast du es, aber ich bin keine Totschlägerin. Los, zeig deinen Bauch her!«

Voller Scham nimmt Johanna die Hände von der schmerzenden Stelle. Die Müllerin greift ihr fest an die Rundung, tastet, presst, walkt. Johanna sieht sie blass werden.

»Du bist schwanger!«, sagt sie, steht auf und ragt wie ein Turm über Johanna. »Steh auf! Wann hattest du deine letzte Reinigung?«

»Ich weiß nicht«, sagt Johanna und dreht sich herum, steht taumelnd auf. »Sie kommt nicht immer.«

»Wann zuletzt?« Da ist nicht nur Zorn in den Augen der Müllerin, auch Angst und Ratlosigkeit.

Johanna schüttelt den Kopf. Sie weiß es wirklich nicht.

»Für wen hast du dich hingelegt, nachdem ich dich mit dem Müller erwischt habe?« Die Stimme wird schrill. »Sag's mir! Du hast es mit jedem gemacht, ja?«

Johanna weicht einen Schritt zurück, schüttelt den Kopf. »Ich hab's nicht mehr getan«, sagt sie. »Bestimmt nicht mehr, Herrin. Nie! Ich kann es beschwören! Ich wollte es auch damals nicht, mit dem Müller! Der Soldat war nur freundlich, wirklich, hat mir das Wasser getragen, ich habe ihn nie zuvor gesehen, bitte glauben Sie mir.«

Ihre Worte scheinen keine beruhigende Wirkung auf die Müllerin zu haben. Johanna sieht sie noch blasser werden. »Geh in deine Kammer«, sagt die Herrin. »Ich lasse dich rufen, wenn ich dich brauche.«

Johanna geht an ihr vorbei ins Haus. Am Ziegenstall stehen Marie und zwei andere Mägde. Sie haben gelauscht. Jetzt stecken sie die Köpfe zusammen und sehen sie an. Johanna geht an ihnen vorbei und wirft sich in den Moder am Boden ihres Verschlags.

* * *

Goethe liebt das Eislaufen, besonders wenn, so wie jetzt, fast der ganze Hof daran teilnimmt. Es ist ein richtiges Fest – alle gleiten auf Kufen über den zugefrorenen Fluss, die einen mehr, die anderen weniger geschickt. Dieses Vergnügen hat Goethe damals mitgebracht, als er nach Weimar kam, und man hat es mit Freuden aufgenommen. Es gab ja an Wintertagen nicht viel Zerstreuung in dieser winzigen Hauptstadt, die gerade mal so groß ist wie ein mittlerer Frankfurter Vorort. Es galt schnell als modisch, sich Kufen unter die Schuhe zu schnallen, die flachen aus Holland, wie Goethe sie immer noch trägt – Klopstock, von dem er diesen Zeitvertreib kennt, hat sie ihm damals empfohlen, als er sich noch nicht mit ihm überworfen hatte.

Es gab viel Gelächter, als die ersten Versuche auf dem Eis gemacht wurden: So manche vornehme Dame fand sich nach drei Schritten auf dem Boden wieder, Anlass für den galanten Herrn, ihr die Hand zu reichen und ihr aufzuhelfen. Jetzt hat man Übung, gekonnt wird über die glatte Fläche gesegelt, oft paarweise. Eine kleine Kapelle am Ufer spielt Musik.

Die Gesellschaft wird bewacht von herzoglichen Husaren, die für den Herzog zugleich Leibwache und Postillione sind. Sie haben auch die Aufgabe, die preußischen

Werber zu begleiten, die immer häufiger durchs Land ziehen und Soldaten für die Armee Friedrichs des Großen ausheben: oft die besten jungen Leute, deren Arbeitskraft dann in der Landwirtschaft und in den Handwerksbetrieben fehlt. Adrett sehen sie aus, die Husaren – Karl August hat erst kürzlich für alle Mann neue Uniformen anfertigen lassen.

Goethe sieht, wie mehrere von ihnen in einiger Entfernung eine Frau aufhalten, die ein Loch in das Eis schlagen will, offenbar, um Wasser zu schöpfen. Sie trägt dünne Lumpen am Leib, und man sieht ihr den Schmutz schon von Weitem an – Goethe fragt sich, wer sein Gesinde so ärmlich herumlaufen lässt. Er will schon hinüberfahren, um einzugreifen, erkennt aber, dass die Husaren allein zurechtkommen. Goethe ist einen Moment lang unaufmerksam und stößt mit dem Kammerherrn Fritsch zusammen, beide können sich gerade noch aufrecht halten. Sie lachen. Das ist das Schöne am Eislauf: Man geht nicht so förmlich miteinander um wie bei Hof. Selbst Louise, die Gattin des Herzogs, die sonst so steif ist und sich mit Pedanterie an die Etikette klammert, wirkt hier ein wenig gelöster. Goethe mag sie und bedauert die hagere, sich stets übertrieben vornehm gebende Frau: Louise war vom ersten Tag an ungern hier. Sie war eine von fünf Darmstädter Prinzessinnen, von denen drei nach Russland eingeladen wurden, weil Katharina die Große Heiratskandidatinnen für ihren Sohn aussuchen wollte. Louise mit ihrer abweisenden Erscheinung, der jegliches sinnliche Element fehlte, traf bereits im ersten Augenblick, kaum dass sie aus der Reisekutsche gestiegen war, auf Ablehnung. Eine schwere Enttäuschung für die damals Sechzehnjährige, die die Frau in ihrem ganzen Leben nicht überwinden sollte. Eine ihrer Schwestern heiratete den russischen Prinzen, sie selbst bekam zum Trost eine fürstliche Mitgift, die im verschuldeten Weimar willkommener war als sie selbst. Die Ehe ist entsprechend schwierig – es wird erwartet, dass sie als Landesmutter einen Erbprinzen zur Welt bringt, doch bisher hatte sie nur Fehlgeburten oder gebar kümmerliche Mädchen, die nie lange lebten. Der Herzog macht ihr daraus einen Vorwurf, ist mit seinen Worten oft ungeschickt und kränkend, und dann ist Goethes Rat gefragt.

Die Husaren haben jetzt oberhalb der Flussbiegung ein Feuer auflodern lassen, und alle fahren hin, um sich zu wärmen. Es wird Wein ausgeschenkt, und danach soll es zurückgehen ins Schloss, um das Vergnügen an der gedeckten Tafel ausklingen zu lassen, bevor alle am Nachmittag wieder ihren Geschäften nachgehen.

Charlotte von Stein ist auf einmal neben Goethe, seine »liebste Lotte«, die Frau, die ihm nähersteht als jede andere und doch so unerreichbar ist. Sie gleitet an ihm vorbei, und er nutzt den kurzen Moment, um ihr zu sagen, dass er sie heute noch sehen möchte. »Komm zum Abendessen!«, sagt sie. »Ich lasse dir ein Billett zustellen!« Sie sind Liebende, deren Liebe sich nicht erfüllen darf, und so vergessen sie nie, die Form zu wahren.

Dann ist sie auch schon vorüber, und das Abbild des gebräunten, italienisch anmutenden Gesichts mit den dunklen Haaren und den schwarz glänzenden Augen schwindet nur langsam aus seinem Blick wie der Schatten, der auf der Netzhaut entsteht, wenn man für einen Moment direkt in die Sonne geblickt hat.

* * *

Johanna weiß nicht, wie lange sie geheult hat und wann die Tränen in Schlaf übergingen. Sie weiß überhaupt nichts. Schwanger soll sie sein, so plötzlich. Schwanger sein heißt, dass sie wahrscheinlich ein Kind bekommt, mehr Ahnung hat sie von der ganzen Sache nicht.

Und was nun? Man wird sie verjagen. Es bleibt ihr nicht einmal das Hurenhaus, in das die Herrin sie verkaufen wollte. Mit Kind wird sie dort nicht genommen. Einerseits ist sie froh. Fremden Männern zu Willen sein zu müssen war immer eine Vorstellung, die ihr Angst gemacht hat: Das, was der Müller ihr getan hat, hundertmal am Tag, mit dem Atem von Schnaps und fauligen Zähnen in ihrem Gesicht und einer Flut von Männerdreck in ihrem Schoß – das könnte sie nie ertragen. Andererseits wäre das der einzige Ort, an dem sie noch leben könnte.

Aber will sie denn überhaupt noch leben? Ist es nicht besser, ins Wasser der Ilm zu gehen, sich unter das Eis zu schieben, damit ihr verfluchter Fettleib nicht von allein wieder auftaucht? Oder soll sie sich in den Ziehbrunnen am Markt stürzen wie vor hundert Jahren die Hexe Margaretha? Der Gedanke macht ihr schon Angst. Sie könnte sich ins Mahlwerk der Mühle werfen, dann blieben nur Fetzen von ihr. Es wäre doch lustig, wenn sie im Tod aussähe wie das Kleid, das sie im Leben trägt! Oder sie könnte hinausgehen in den Schnee, irgendwo in die Wälder, und dort einfach schlafen, schlafen, schlafen. Bis sie tot ist. Der Tod ist vielleicht nicht das schreckliche Gerippe, das ihr mit der Sense den Kopf abschlägt. Der Tod ist vielleicht eine alte Frau, die sie umarmt – die einmal nur Liebe gibt, ein einziges und letztes Mal im Leben.

»Ich soll dir das hier bringen.«

Johanna erschrickt, als sie die raue Stimme hört. Sie wischt sich die getrockneten Tränen aus den Augen und starrt in den grauen Schatten über sich. Ihr Verschlag ist auch bei Tag dunkel, aber sie erkennt Marie. »Ich brauche nichts«, sagt sie.

»Es ist ein Nachthemd der Müllerin. Es muss dir passen. Du sollst dich waschen und dieses Hemd anziehen. Sie will in ihrer Schlafkammer mit dir reden.«

»Sie wird mich fortjagen.« Johanna ist verwundert. Es ist noch nie vorgekommen, dass die Müllerin mit ihr in der Schlafkammer sprechen wollte.

»Dann hätte sie es schon getan«, sagt Marie. »Sie wird dich auch nicht wieder schlagen. Wahrscheinlich wird sie einen Dienst von dir verlangen. Das hat sie bei mir auch getan.« Sie zögert lange. »Ich habe dich nicht freiwillig verraten. Ich musste es tun. Die Müllerin weiß schon lange, dass ich bei ihrem Mann deine Vorgängerin war. Schon seit dem ersten Kind. Ich musste es mir wegmachen, auch die anderen. Bei dir ist es zu spät. Hast du wirklich nichts gemerkt?«

»Ich bin dick«, sagt Johanna. »Ich habe Schmerzen und dieses Rumoren im Bauch. Der Rücken tut mir weh. Ich dachte, ich hätte Typhus und jeden Tag käme der Durchfall. Aber wie kann man Durchfall haben, wenn man nichts isst.«

Das Schweigen ist lang.

»Ich gebe dir von meinem Essen«, sagt Marie. »Ich stelle dir mittags einen Kump in deine Kammer. Du sollst wenigstens satt werden.«

»Brauche ich nicht«, sagt Johanna. »Wer will schon satt werden, wenn das Leben zu Ende gehen muss!«

»Das muss es nicht!« Marie klingt entsetzt. »Vielleicht verlangt sie, dass du dein Kind weggibst, und das ist gut, glaube mir. So etwas wäre mir leichter gefallen, als es wegzumachen. Es könnte zu einer Herrschaft kommen, wo es wie ein eigenes Kind aufwächst. Das wäre ein großes Glück. Aber selbst wenn es dort zum Gesinde gehört, wird es ihm besser gehen als dir hier. Wie kannst du nur in diesem üblen Loch schlafen?«

»Ich bin erschöpft genug, wenn ich hierherkomme, und es sind ja nur wenige Stunden.«

»Wasch dich, zieh das Nachtgewand an und geh zur Müllerin. Der Johann schaufelt in dieser Zeit deine Kammer aus und bringt dir frisches Stroh. Wenn du etwas versteckt hast, was er nicht finden soll, gib es mir, ich hebe es dir auf. Ich meine es gut mit dir.«

»Du hast mich schon einmal verraten«, sagt Johanna.

»Ich habe keinen anderen Weg gesehen«, sagt die Hausmagd. »Es wurde von mir verlangt, und ich musste gehorchen.« Sie hält plötzlich ein Messer in der Hand, im Halbdunkel sieht Johanna es schimmern. »Damit habe ich mir fünfmal die Folgen entfernt«, sagt sie, »und jedes Mal wäre ich beinahe verblutet. Ich gebe dir das Messer, denn das Kind kann plötzlich kommen, und es ist nicht genug Zeit, die Hebamme zu rufen. Dann musst du selber die Nabelschnur durchtrennen.«

Johanna weiß nicht, wie sie das machen soll, und lässt sich von Marie alles genau erklären. Es klingt alles so schrecklich, und sie hat Angst.

Sie geht zur Müllerin und schämt sich, deren Nachtgewand zu tragen, als sie die Schlafkammer betritt. Die Herrin sitzt auf einem Stuhl. Johanna bleibt vor ihr stehen, den Kopf gesenkt.

»Es ist eine Schande«, sagt die Herrin. »Nicht nur für dich, sondern für das ganze Haus. Es darf sich nicht herumsprechen, deshalb habe ich alle, die davon wissen, angewiesen, Stillschweigen zu bewahren. Du wirst vielleicht in drei oder vier Wochen so weit sein, dass du das Kind zur Welt bringst. Wir können es nicht durchfüttern, das musst du einsehen. Außerdem will ich nicht jeden Tag den Bastard meines Mannes vor Augen haben.«

Johanna schluchzt. »Was soll ich denn machen?«

»Du hast einen Vater und Geschwister. Vielleicht

kannst du bei denen unterkommen. Ich werde einen der Knechte hinschicken, um ihn fragen zu lassen. Mehr kann ich nicht für dich tun, das musst du einsehen. Wir können bei der Geburt auch nicht die Hebamme rufen, denn dann spricht sich das alles ganz schnell herum. Wenn es so weit ist, dann ruf Marie, sie wird dir helfen. Drei Tage darfst du dann noch bleiben, danach musst du verschwunden sein.«

Es ist Johannas einzige Hoffnung, dass sie beim Vater oder den Geschwistern Aufnahme findet, aber sie glaubt nicht daran. »Mein Vater ist arm, und mit den Geschwistern habe ich nichts zu tun«, sagt sie. »Mein Gott, was soll aus mir und meinem Kind werden!«

»Du kannst betteln gehen«, sagt die Herrin. »Andere tun das auch. Du gehst nach Naumburg oder Leipzig und setzt dich vor eine Kirche. Da kannst du auch gleich Buße tun für deine Sünden. Ich könnte dich ebenso gut sofort verjagen, denn immerhin hast du meinen Mann verführt. Sei dankbar für mein großes Herz.« Die Müllerin öffnet im Sitzen die Schublade einer Kommode und zieht ein graues Stück Tuch heraus. »Nimm das.«

Als Johanna zugreift, erkennt sie den Beutel, in dem sie die kleinen Katzen ertränkt hat. Sie starrt die Müllerin an, bringt aber kein Wort heraus.

»Du weißt, was du mit den Katzen gemacht hast«, sagt die Herrin. »Es ist auch das Beste für das Kind. Schau es gar nicht erst an, wenn du es zur Welt bringst. Gleich hinein damit in den Sack – und dann ins Wasser. Den Leichnam legst du ins Stroh in deiner Kammer und sagst, das Kind sei bereits tot geboren. Den Sack gibst du mir sauber gewaschen zurück.«

Johanna lässt den Sack zu Boden fallen und wirft die Hände vors Gesicht. Sie kann das nicht tun und weiß zugleich, dass sie auch nichts anderes tun kann.

»Es ist die beste Lösung«, hört sie die Müllerin sagen. »Du ersparst dem Kind ein ganzes Leben voller Leiden, und du selbst wirst es auch einfacher haben ohne diesen Bastard am Hals. Jetzt geh!«

Johanna kann sich nicht rühren. Sie lässt nur die Hände sinken und starrt ihre Herrin an, bis deren Gestalt in Tränen verschwimmt.

* * *

Es ist einer der ersten richtig warmen Frühlingstage in Weimar. Goethe hat sich in beste Kleidung gehüllt und einen Spaziergang durch die Stadt gemacht. Es ist eigentlich ein Dorf, dieses Weimar, die Straßen sind unbefestigt, doch es fehlt an Geld, um daran etwas zu ändern. Er denkt daran, den Leuten wenigstens zu verbieten, ihr Federvieh frei herumlaufen zu lassen und morgens das Nachtgeschirr einfach auf die Straße zu leeren. Das passt nicht zu einer Residenz- und Musenstadt. Es genügt eine Verfügung des Herzogs, eine Unterschrift unter ein Papier, und schon hat es zu geschehen, dass die Gärten eingezäunt werden, um die Tiere darin zurückzuhalten. Der Geheime Rat Goethe hat mit dem Herzog bereits darüber gesprochen, doch der hat immerzu Wichtigeres zu tun, als sich um diese Kleinigkeiten zu kümmern. Und Goethe vertreibt sich an diesem herrlichen Tag solche Gedanken aus dem Kopf, ist trunken von alldem Grün, das allenthalben zu sprießen begonnen hat, macht dem Herzog und seiner Gemahlin eine kurze Aufwartung und besucht anschließend die Herzoginmutter Anna Amalia, um mit ihr den Ankauf einiger Gipsabgüsse antiker Figuren zu besprechen, die sie in ihrem Garten aufstellen lassen will.

Mittags ist Goethe bei Frau von Stein und ihrem Mann

zu Tisch. Er verehrt diese Frau, er liebt sie, begehrt sie, er betet sie an. Für ihn ist es das erste Mal, dass er sich nach einer Frau verzehrt, die älter ist als er, verheiratet dazu, und Goethe weiß, dass er, nachdem sie sich anfänglich so sehr dagegen gewehrt hat, die große Liebe ihres Lebens ist. Sie leiden beide, denn diese Liebe ist von Verzicht geprägt, es ist nicht anders möglich. Ganz Weimar weiß um diese Liebe, sie beide verbergen nichts, und die vielen Billetts und Briefchen, die zwischen ihnen hin- und hergehen, werden von anderen mitgelesen – Charlotte selbst zeigt sie ihrer besten Freundin, der Herzogin Louise, und Charlottes Mann, der Stallmeister Josias von Stein, weiß darüber Bescheid. Er vertraut auf Charlottes »Gespür für die Reinheit«, wie er es nennt, und ahnt wahrscheinlich nichts von der Tiefe einer Liebe, zu der er selbst nicht fähig ist. Er tritt Goethe völlig unbefangen gegenüber.

Nach dem Essen bei den Steins, das mit angenehmem, aber beiläufigem Plaudern vonstattenging, kehrt Goethe heim, beantwortet ein paar Briefe, trifft sich am Nachmittag zu einem Gespräch mit dem Herzog und dem Kammerherrn Knebel; sie besprechen einige amtliche Dinge. Am Abend soll im Schloss eine kleine Posse aufgeführt werden. Goethe hat sie selbst geschrieben, ein unterhaltsames Stück über Tagesprobleme – er selbst spielt darin drei kleine Rollen.

So wie dieser Frühlingstag vergehen in dieser Zeit viele Tage und wechseln sich ab mit solchen, an denen Goethe ganz von amtlichen Geschäften vereinnahmt wird.

* * *

In den letzten Tagen hat Johanna gearbeitet wie immer, die Ställe ausgemistet, im Garten Unkraut gerupft, Wäsche am Fluss gewaschen, endlich ihr Kleid flicken können. Die anderen Mägde sind freundlicher zu ihr geworden, sie wissen, dass Johanna bald fortmuss, also brauchen sie ihre Verachtung nicht mehr so deutlich zu zeigen. Es ist auch der eine oder andere mitleidige Blick dabei, der sie trifft.

Das Arbeiten fällt ihr von Tag zu Tag schwerer, aber sie bemüht sich, verbirgt ihre Schwäche und ihre Schmerzen, so gut sie kann. Sie versucht, nicht an das Kind zu denken, das sie in sich trägt, und manchmal gelingt ihr das auch. Vielleicht hat sich die Müllerin ja geirrt und will sie nur ängstigen, um sie sich gefügiger zu machen. Vielleicht wird alles gut, und Johanna darf bleiben.

Der April bringt wechselhaftes Wetter, wie es immer ist. Auch Johannas Stimmung wechselt genauso leicht zwischen Wolken und Sonnenschein wie der Himmel über dem Haus. Schließlich kommt der Tag, da ziehen von Südwesten schwere, düstere Wolken herauf, das Gebräu ballt sich zusammen, es wird fast schwarz am Himmel, die ersten Blitze zucken, dann bricht die Hölle über die kleine Stadt herein. Schlag auf Schlag folgen Blitz und Donnergetöse, es ist ein pausenloses Inferno. Brandgeruch liegt in der Luft, und von irgendwoher hört man menschliche Stimmen, die in diesem Lärm so kläglich sind wie das Zirpen von Grillen: »Feuer! Feuer!«

Das Gesinde in der Niedermühle drängt sich an die Fenster, starrt hinaus in die Wassermassen, die vom Himmel stürzen, weicht zurück, wenn ein Blitz besonders nah ist, murmelt Gebete oder jammert vor Angst. Johanna spürt Schmerzen, zuckt unter jedem Blitz zusammen, dann zerreißt ein heftiger Stich ihren Körper, sie stürzt nieder, zieht sich an einer Stuhllehne wieder auf, sieht dort, wo sie zuvor gestanden hat, eine große Pfütze. Sie hat vor lauter Schreck Wasser unter sich gelassen, das ist ihr als Kind zuletzt passiert, und voller Scham sucht sie nach einem Tuch, um es aufzuwischen, bevor die anderen es bemerken.

Sie schwankt, wieder kommt ein grässlicher, schneidender Schmerz, zugleich wird ihr übel. Rasch zum Abtritt, denkt sie, bevor sie sich hier in der Küche übergibt. Hinaus, hinaus, es soll keiner merken! Fünf Schritte sind es über den Hinterhof bis zu diesem übel riechenden Verschlag, doch sie weiß nicht, ob sie es durch den peitschenden Regen und durch diese Hölle aus Blitz und Donner schaffen wird.

Sie kommt an ihrer Kammer vorbei, stürzt wieder, kann sich vor Schmerzen nicht aufraffen, kriecht auf allen vieren auf ihr Heu, die Lattentür fällt hinter ihr zu. Der Sturm scheint hier nicht geringer zu sein, er sitzt in Johannas Kopf, in ihrem Körper, sie kämpft dagegen an, verliert beinah das Bewusstsein. Ihr Kopf will zerspringen, ihr Unterleib zerreißen, ihr Rücken spannt sich wie ein Bogen: Der Schmerz schießt von dort in alle Richtungen. Sie verschluckt sich an Erbrochenem, minutenlang hustet und würgt sie, kämpft gegen das Ersticken, ihr Schweiß nässt ihren ganzen Körper, als hätte sie es doch hinaus in den Regen geschafft. Sie ist in Panik, in Todesangst. So etwas hat sie noch nie erlebt! Dämonen scheinen von allen Seiten an ihr zu zerren, wollen sie in Stücke reißen, und von der Decke ihres Verschlags grinst das Gesicht des Todes, eine Knochenhand schwingt die Sense. Johanna schreit und weiß, dass niemand sie hört.

Dann kommt ein Moment der Stille, sie hört ein raues Keuchen, es ist ihr eigener Atem. Sie ist nass, ihr Leib fühlt sich seltsam an, als wäre er in der Mitte entzweigerissen, sie tastet an sich herum und hat plötzlich einen schleimigen roten Klumpen in der Hand, in dem ein Pochen ist, ein klopfendes Herz. *Das Kind*, denkt sie. *Das Kind!* Sie hebt den Klumpen hoch, mit einer Hand – so etwas Winziges, wie eine grässliche blaurote Puppe mit einem Kopf wie ein verschrumpelter Apfel. Es ist von Blut und von weißlichem Schleim bedeckt. Dort, wo die Augen sein sollten, sind zwei verklebte Schlitze, das Gesicht ist dunkel, als würde es ersticken, und Johanna denkt an das, was Marie ihr gesagt hat: Sie muss die Nabelschnur durchtrennen, damit das Kind leben kann. Und leben soll es, ja, leben! Es ist ihr Kind, sie wird es nicht ertränken, sie wird mit ihm fortgehen, irgendwer wird sich ihrer schon erbarmen.

Sie tastet im Stroh nach dem Messer, das Gesicht des Kindes wird immer dunkler, Johanna gerät wieder in Panik, doch dann findet sie den hölzernen Griff. Die Nabelschnur ist ein dicker blauer Strang, gar nicht so einfach zu zerschneiden. Mit einer Hand hält sie den glitschigen Puppenleib, setzt das Messer an, doch da entgleitet ihr das Kind, sie will es auffangen, instinktiv greift sie mit beiden Händen zu, doch das Messer verfängt sich in der Hautfalte unter dem Apfelkopf, dort, wo der Hals sein müsste. Johanna richtet sich panisch auf, ihr ist schwindlig, das Messer sitzt fester als erwartet, sie bekommt es frei, aber in dem Moment schwinden ihre Sinne, und sie stürzt vornüber auf das Kind, das Messer liegt noch am Hals, und ihr Gewicht drückt es ein zweites Mal hinein, als Johanna das Bewusstsein verliert.

Das Gewitter lässt nach. Ein gleichförmiges Rauschen legt sich über die Welt. Johanna hört es nicht.

* * *

Johanna weiß nicht, wie lange sie so gelegen hat. Sie ist wie betäubt, als sie Stimmen hört. Leute kommen in ihre Kammer, huschen davon, kehren zurück, vielleicht sind es jetzt mehr, vielleicht andere. Aufgeregtes Tuscheln.

Jetzt erkennt sie die Stimme der Hausmagd Marie. Die Müllerin ist auch da. Johanna glaubt, dass dies ein Traum sei. Sie ist gefangen in einem klebrigen Kokon, überall spürt sie Nässe. Gestank steigt ihr in die Nase. Seltsam, sie hatte noch nie einen Traum, in dem sie etwas riechen konnte. Sie versucht, sich aus der Klebrigkeit zu befreien.

»Sie ist wach«, sagt eine Frauenstimme, die ihr nur vage bekannt vorkommt.

Jemand greift nach Johannas Schultern, richtet sie auf. Johanna wagt nicht, die Augen zu öffnen. Ihr ist schlecht, sie hat überall Schmerzen.

»Alles voll Blut«, sagt die Müllerin. »Ein Glück, die Nachgeburt ist gekommen, aber wo ist das Kind?«

Johanna wird heftig geschüttelt. »Wo ist das Kind?«, fragt eine andere Stimme. Johanna öffnet die Augen. Sie weiß nicht, was man von ihr will. Ein Kind? Sie erinnert sich an nichts. Da sind nur Dunkelheit, Schmerz und Blut.

Man schiebt sie zur Seite, jemand wühlt im Heu. »Hab ich mir's doch gedacht!«, sagt die fremde Stimme, und jetzt erkennt Johanna die Bieberin, die Hebamme, die mit der Müllerin befreundet ist und schon ein paarmal im Haus war. Doch was sie meint, versteht Johanna nicht.

»Tot«, sagt Marie. »Erstickt. Zerquetscht und ... o mein Gott! Da steckt ein Messer im Hals!«

»Wir brauchen mehr Licht!«, sagt die Hebamme.

»Licht!«, ruft die Müllerin in den Hausgang. »Jemand soll ein Licht bringen! Schnell!«

Johanna versucht, die Augen zu öffnen, reibt mit beiden Fingern und sieht nur einen dunklen schmierigen Film. Einer der Knechte kommt mit einer Stalllaterne, hält sie hoch und keucht. Er reicht das Licht seiner Herrin.

»Nein!«, schreit die. »Was hast du getan?!«

Endlich bekommt Johanna den Blick frei, doch was sie sieht, kann sie nicht glauben. Zwischen ihren blutverschmierten Beinen liegt ein dunkelroter Klumpen, und die Hebamme hebt etwas hoch, das Johanna nicht sofort erkennt. »Du hast dein Kind erstochen«, sagt Marie heiser. »Johanna! Was hast du nur getan!«

»Mörderin!«, schreit die Müllerin plötzlich. »In meinem Haus! Eine Mörderin!«

Johanna ahnt in diesem Moment, dass sie das Wort noch öfter hören wird, doch ihr ist noch nicht klar, was es für sie bedeutet.

»Mörderin!« Schon flüstern, rufen, schreien es die Stimmen durch das ganze Haus.

3

Gerüchte verbreiten sich schnell im kleinen Weimar. Dienstmägde tragen den Klatsch zum nächsten Brunnen, wo sie in den wärmeren Jahreszeiten Wasser schöpfen, und von da eilen die Gerüchte in die Häuser der Bürger, der Handwerker, der Beamten, der Adligen, verzweigen sich wie Wurzeln nach hier und da zugleich, kommen der Herrschaft zu Ohren, dringen in jede Stube und bis an den Hof des Herzogs. Je sensationeller die Nachricht, desto schneller verbreitet sie sich, und es dauert keine Stunde, bis es jeder in der Stadt gehört hat: Eine Kindsmörderin ist unter uns!

So schlicht bleibt die Nachricht allerdings nicht. Jede Weitergabe nährt sie, sorgt dafür, dass sie wächst. Die Stinkehanna war's, die Dicke von der Niedermühle, sie hat's mit Soldaten getrieben. Hat sie ihr Kind erschlagen wie kürzlich die andere, wie hieß sie noch? Altwein, oder? Der Name ist schon vergessen. Aber die fette Johanna? Vielleicht ist sie gar nicht so fett, vielleicht war es die Schwangerschaft. Dann müssen es zwei oder drei Bälger gewesen sein. Wieso war da nur eins? Wo stecken die anderen? Hat man das Heu durchsucht, den Misthaufen, oder hat man den Fluss abgefischt? Sie hat sie geschlachtet, ja, das ist sicher, eine andre Möglichkeit ist unwahrscheinlich, das Messer steckte ja noch im Hals eines der Neugeborenen. Und die anderen beiden? Vergraben? Das hätte man gesehen! Sie muss sie gefressen haben, in ihrer Kammer war alles voll Blut, bis an die

Wände hinauf. Die Müllerin hat ihr immer wenig zu essen gegeben, das ist bekannt. Hat sie nicht Blumen und Gräser gepflückt und gegessen? In ihrer Kammer gibt es keine Ratten – warum wohl? Man kennt dieses Pack. Sie soll gar nicht aus Weimar sein, sondern aus Tannroda, wo im Jahr vor ihrer Geburt fahrende Leute gelagert haben sollen. Und stammte nicht die letzte Hexe, die im Fürstentum verbrannt wurde, auch von dort? Der Geruch, den die Stinkehanna an sich hatte, war doch widernatürlich. Selbst wenn sich jemand im Misthaufen wälzt, riecht er anders. Das ist irgendwie noch zu erkennen. Doch Johanna hat nach allem gerochen, was schlecht ist. Das ist der Geruch des Teufels! Bestimmt sind die Bälger vom Teufel gezeugt – wer sonst treibt es mit so einer Frau? Warum hat sie nur zwei gefressen, warum nicht das dritte? Sollte es vielleicht geopfert werden? In Weimar gibt es viele Geheimlogen, Freimaurer, Illuminaten und andere geheime Bünde, die bis in die ehrbarsten Häuser vordringen, eine Fäulnis, die Misstrauen unter Freunden und Verwandten erzeugt. Vielleicht gibt es hier auch diese satanische Loge, die in den dichten Buchenwäldern auf dem Ettersberg Menschen gefangen hält, nicht nur Säuglinge, sondern all die Elenden der Welt, die umherziehen, nicht mehr wiederkehren, für immer verschwinden? Werden da im Dickicht Menschen gemästet, gebraten, gefressen und ihre Knochen zu allerhand Zauber verarbeitet? Dem muss nachgeforscht werden. Gut, dass die Stinkehanna erwischt wurde. Sie muss aussagen. Man muss sie foltern, damit sie alles preisgibt.

Immer größer, immer grotesker und unwahrscheinlicher werden die Vermutungen, und es ist nicht nur Gesinde, das sie verbreitet. Entsetzen und Angst breiten sich in Weimar und in der näheren Umgebung aus.

Die ganze Stadt lebt plötzlich in einem Albtraum.
Eine Kindsmörderin!
Eine Menschenfresser-Loge!
Der Satan!

* * *

Goethe hat gehört, was in und um Weimar geredet wird, und er weiß, dass er nicht alles glauben muss. Aus all den Gerüchten, die zwischen den tratschenden Frauen an den Straßenecken und Wachsoldaten an den Toren, zwischen Mädchen am Brunnen und Sargträgern im Dienst hin- und hergehen, hört er zwei Worte heraus: »Kindsmörderin« und »Dienstmagd«. Das ist genau das Problem, das er in letzter Zeit mit dem Herzog und den Ministern, mit Herder, Wieland und anderen erörtert hat, sogar in seinen Gesprächen mit Charlotte. Er weiß, dass er sich in nächster Zeit mit diesem Problem näher befassen muss, als ihm lieb ist. Es wird schwierig werden, denn es gibt eine Menge Leute, die nicht seiner Auffassung sind, auch in der Regierung. Die entscheidende Meinung, mit der er an die Öffentlichkeit gehen muss, wird viel zu früh von ihm gefordert. Er hätte gern noch ein paar Schriften und Ansichten studiert und dann etwas Endgültiges darüber geschrieben, etwas Bedeutungsvolles – den Schlusspunkt unter die ganze Diskussion, nicht nur einen Redebeitrag. Es wäre zu früh, sich schon jetzt zu einem so gravierenden Problem zu äußern.

Er ruft Philipp Seidel zu sich. »Pack ein paar Sachen zusammen«, sagt er. »Wir reisen heute noch ab. Leichtes Gepäck, aber vergiss die geologischen Werkzeuge nicht, und gute Stiefel. Ich will im Hochharz ein paar Studien machen, die schon lange geplant sind.«

Seidel schüttelt den Kopf. »Vielleicht sollte ich erst einmal einen Wein aus dem Keller holen«, sagt er und deutet auf das Fenster zum Garten. »*Serenissimo* kommt.«

»Serenissimo« ist die Anrede, die Goethe gegenüber dem Herzog gebraucht, wenn es um amtliche Dinge geht. Wenn Seidel sie unter vier Augen verwendet, ist sie immer ironisch. In der Tat eilt Karl August durch den Garten, hat zwei seiner Hunde bei sich. Goethe hasst Hunde, besonders die des Herzogs, die immer nach Schweiß stinken, nie gehorchen, überall herumschnüffeln und das Parkett zerkratzen. Aber dem Herzog kann er nicht verwehren, die beiden sabbernden Ungetüme mitzubringen.

Wenig später wirft Karl August sich in einen Sessel, so heftig, dass Goethe um das kostbare Polster fürchtet. Seidel muss die Hunde zuerst bedienen, also stellt er ihnen zwei Kümpchen mit Wasser hin, während Karl August sich eine Pfeife anzündet. Auch das kann Goethe nicht leiden, weder in seinem Haus noch sonst irgendwo. Hunde und Tabak gehören aber zu den größten Leidenschaften des Herzogs. Die lässt er sich nicht ausreden.

Seidel reicht den Wein, Karl August greift zu, trinkt hastig in einem Zug, hält den Becher zum Nachschenken hin. »Hast du gehört?«, fragt er.

Goethe nickt. »Es kommt eine wichtige Entscheidung auf dich zu.«

»Das werde ich nicht allein beschließen«, sagt Karl August. »Ich rechne mehr denn je auf deinen Rat in der nächsten Sitzung des geheimen Consiliums.«

Eine Rauchwolke unterbricht für einen Moment seinen Blick in Goethes Augen, und entgegen seiner Gewohnheit wedelt Goethe den Qualm nicht beiseite.

* * *

Johanna versteht nicht, was mit ihr geschieht. Uniformierte haben sie hochgerissen, im Hof hinter der Mühle mit einem Kübel Wasser übergossen und sie zur Wache geschleift: Zum Gehen war sie zu schwach. Jemand hat ihr Fragen gestellt, aber sie hat nicht antworten können. Schmerzen und Schwindelgefühl haben sie immer wieder zusammenbrechen lassen, und schließlich hat man es aufgegeben, sie zu befragen, und sie in einen dunklen Keller gebracht. Nur durch ein Loch direkt unterhalb der Decke dringt etwas Licht. Kalt ist es hier, aber es riecht wie in ihrer Kammer, nach fauligem Stroh, menschlichen Ausdünstungen, schimmligem Brot und Urin. Sie schläft sofort ein.

Sie kann nicht sagen, wie viele Stunden sie geschlafen hat. Sie wird davon wach, dass fremde Hände sie betasten. Sie fährt hoch. Es ist noch ebenso dunkel wie zuvor, aber sie erkennt ein Gesicht direkt vor sich, schmal und zerfurcht, mit schwarzen Augen. Zerzaustes Haar steht nach allen Seiten ab. Die Frau riecht, als hätte sie Wochen in ihrem eigenen Kot gelegen.

»Na, bist du endlich wach!« Die Stimme hört sich an wie das Krächzen einer Krähe.

»Wer bist du? Wo bin ich?«

»Zwei Fragen zu viel«, sagt die Frau. »Wer bist du?«

Johanna zögert, dann nennt sie ihren Namen.

»Und wie kommst du hierher?«

»Ich weiß nicht«, sagt sie. »Ich weiß überhaupt nicht, was passiert ist. Ich erinnere mich an ein schreckliches Unwetter. Da war Blut in meiner Kammer, viel Blut, ich hatte überall Schmerzen. Männer haben mich hierher gebracht. Und wer bist du?«

Die Frau lacht zur Antwort. »Weißt du das nicht?«

»Ich kenne dich nicht. Ich kenne nur wenige Leute. Man geht mir aus dem Weg.«

»Das haben wir gemeinsam. Mir ist man auch aus dem Weg gegangen, bevor ich hierherkam. Margaretha.«

Johanna überlegt. »Margaretha. Nein, ich kenne dich nicht. Wo sind wir hier?«

Wieder lacht die Frau, laut, fast hysterisch, und legt dabei den Kopf in den Nacken. Im Licht des kleinen Fensters sieht Johanna ein dunkles Maul mit fauligen Zahnstümpfen. »Du weißt nicht, wo du bist? Heilige Einfalt! Ganz unten bist du, lass dir das gesagt sein. Wer ins Gefängnis geworfen wird, ist ganz unten. Viel tiefer kannst du nicht kommen, außer ins Zuchthaus, da musst du arbeiten und wirst zum Lohn geschlagen, haha! Oder ins Grab. Das ist noch tiefer, aber da hast du dann deine Ruhe vor dieser Welt.« Ihre Stimme wird leiser und sanfter. »Ich warte darauf, dass man mir diese hässliche Welt endlich von den Schultern nimmt, damit ich schlafen kann, endlich schlafen.«

»Warum sind wir hier?«

»Eine kluge Frage«, sagt Margaretha. »Vielleicht die klügste überhaupt. Große Geister denken darüber nach, warum wir hier sind. Die Wege des Herrn sind unergründlich, amen.«

Johanna spürt, wie ihre Übelkeit zurückkehrt. Sie lässt sich nach hinten ins Stroh fallen. Ein stechender Schmerz geht durch ihren Unterleib, fährt zum Rücken hinauf, bohrt sich in ihren Kopf.

Die Frau beugt sich über sie. »Du weißt wirklich nicht, weshalb du hier bist?«

»›Mörderin‹, haben sie geschrien. Immer nur ›Mörderin‹. Und sie haben mir etwas vors Gesicht gehalten und gesagt, das ist mein Kind.«

»Du hast dein Kind ermordet?«

»Nein.«

»Gut so. Ich habe meinen Mann auch nicht erschlagen«, sagt die Frau, »und nicht meinen Sohn. Ich habe mich nur wieder und wieder von ihnen verprügeln lassen, wenn sie betrunken waren. Ich sah nirgends ein Beil in der Ecke liegen, ich habe es nicht genommen und dem einen den Kopf gespalten, dem anderen die Gliedmaßen abgehackt. Ich bin unschuldig. Ich bin gar nicht hier, siehst du?«

»Ich war es nicht«, sagt Johanna.

»Ich auch nicht, und deshalb sind wir im Gefängnis. Mich wird man aufs Rad flechten, aber das geht nicht so ohne Weiteres. Ich habe harte Knochen. Man wird sie erst mit einem großen Hammer in kleine Stücke schlagen müssen, damit ich biegsamer bin. Das ist so üblich. Ich habe es mal in Prag gesehen. Es heißt ja nicht ›aufs Rad stecken‹, sondern ›flechten‹.«

»Du machst mir Angst.« Johanna rückt ein Stück von der Frau ab.

»Angst muss man nur vor Dingen haben, die man nicht kennt. Doch du weißt, was mit dir passiert. Man wird dich einnähen in einen Sack, vielleicht zusammen mit ein paar Tieren, die dich zerkratzen oder zerbeißen, während man euch zusammen lebendig vergräbt, und weil man auf diese Weise nie ganz sicher sein kann, ob du tatsächlich zum Tode befördert worden bist, vergewissert man sich dessen, indem man einen Pfahl an der Stelle einschlägt, unter der du begraben bist. Vielleicht hast du Glück und man gräbt dich nicht ein. Im Wasser stirbt es sich sauberer. So kommst du frisch gewaschen in die Hölle.« Sie lacht wieder.

»Ich will nicht sterben«, sagt Johanna.

»So schnell geht das auch nicht«, sagt eine andere Stimme. Johanna erschrickt, denn sie hat nicht gemerkt, dass noch jemand hier ist.

»He, unsere Hure ist endlich aufgewacht!«, sagt Margaretha. »Sie schläft immerzu, Tag und Nacht. So fällt ihr das Warten leichter.«

»Kommt her!« Die Frau ist ein dunkler Schatten in der Ecke des Raumes.

»Warum sollen wir kommen?«

»Sie hat keine Beine«, sagt Margaretha. »So ist sie auch zu ihrem Beruf gekommen. Sie konnte nie schnell genug vor den Kerlen weglaufen.«

Als Johanna sich ein Stück in die Richtung der Stimme schiebt, wird der Gestank so bestialisch, dass sie sich nicht vorstellen kann, weshalb man sie selbst jemals »Stinkehanna« gerufen hat. Das riecht nicht mehr nach Exkrementen, das riecht nach faulendem Fleisch. »Was meinst du mit: ›So schnell geht das nicht‹?«, fragt sie. »Gibt es noch einen Weg hier heraus?«

»Du sollst dich über jeden Tag freuen, den du hier sein darfst«, sagt die Stimme. »Wenn du rauskommst, wird es schlimmer. Dann fangen die Verhöre an, du wirst streng befragt, und wenn du nichts sagst, wirst du geschlagen und gefoltert. Ich habe das alles hinter mir. Es wird so schlimm, dass du deine Hinrichtung als Erlösung siehst.«

Johanna friert am ganzen Körper. »Folter«, sagt sie. Davon hat sie gehört. In ihren Gedanken sind grausige Bilder von Menschen, die man mit Fackeln versengt und denen man Holznägel durch das Muskelfleisch getrieben hat. Sie weiß vom Hörensagen, dass Menschen manchmal so in die Länge gezogen werden, dass ihnen ein Bein oder ein Arm ausreißt. Andere werden mit Ketten in einen Brunnen gehängt, dass nur noch der Kopf herausschaut, und so lässt man sie drei Tage und Nächte, oder man reißt ihnen mit glühenden Zangen große Stücke Fleisch vom Leib. Über Folter wird an den Brunnen oft gesprochen, immer wenn irgendwo ein Verbrechen geschehen ist. Ob das wirklich wahr ist?

»Warum bist du hier, wenn du das alles hinter dir hast?«, fragt Johanna.

»Ich warte, bis ich nach Tannroda gebracht werde«, sagt die Frau. »Dort soll ich vor der Kirche erwürgt, gesteinigt und verbrannt werden, aber ich werde sie alle um dieses Vergnügen bringen.« Ihr kurzes Lachen endet in einem Husten, der nicht aufhören will. »Wenn sie noch eine Woche warten, bin ich verfault, meine Geschwüre sorgen schon dafür, und meinen Knochen macht das Feuer nichts aus.«

»Weshalb Tannroda?«, fragt Johanna.

»Ich bin von dort«, sagt die Frau. »Das ist der Ort meiner Schandtaten.«

»Ich bin auch aus Tannroda«, sagt Johanna. »Seit sieben Jahren bin ich fort.«

»Sieben Jahre? Dann bist du wohl zu der Zeit fortgegangen, als ich vom Wagen überfahren wurde und dabei meine Beine verlor. Da hat mein Vater mich ins Heu gelegt und meinen Leib an jeden vermietet, der ihn haben wollte. Sonst war ich ja zu nichts mehr nütze.«

»Und deshalb bist du hier?«

»Nein«, sagt die Stimme. »Ich bin hier, weil ich mich zur Wehr gesetzt habe. Als mein Vater mich mit Gewalt nehmen wollte, habe ich ihn mit einem Stein erschlagen, zur Sicherheit noch erwürgt und dann das Haus angezündet. Ich weiß nicht, wer mich aus dem Feuer herausgeholt hat, aber ich nehme es ihm noch in der Hölle übel. Doch sag einmal, haben wir uns nicht gekannt, als du in Tannroda warst? Als Kind hatte ich eine Gefährtin, die Johanna hieß. Johanna Höhnin.«

»Die bin ich.«

»Ich bin die Josefa.«

»Josefa!« Johanna denkt an das kleine rothaarige Mädchen mit den dünnen Zöpfen, das gleich an der Brücke wohnte, höher und weiter springen konnte als sie und einmal dabei im Misthaufen landete. Sie rückt auf sie zu, will sie umarmen, doch der Verwesungsgeruch stößt sie zurück. »Josefa!«

»Trara! Es tritt auf: Der Hanswurst!«, hört sie jetzt Margaretha hinter sich. »Er verkündet: Das Liebespaar hat sich gefunden! Das Stück ist aus! Vorhang!«

»Wie komme ich nur hier heraus?«, sagt Johanna.

»Tot«, erwidert Margaretha.

* * *

Das Schreiben kommt morgens um sieben: Goethe wird zur Beratung ins Consilium bestellt, um Punkt neun. Das heißt, es ist keine Zeit mehr, Herder wie geplant zum Frühstück seine Aufwartung zu machen, dabei haben sie Wichtiges zu besprechen: Die literarische Zeitschrift, die sie gemeinsam herausgeben wollen, kommt endlich in Gang, es sind ein paar gute Beiträge eingegangen, und Herder hat angekündigt, dass er einen Namensvorschlag hat. Das muss nun warten; Goethe schickt jemanden, um ihn bei Herder zu entschuldigen, und lässt sich in seinem Arbeitszimmer ein bescheidenes Frühstück richten: das schmale Stück Entenschlegel, das tags zuvor übrig geblieben ist, mit einem Backapfel, danach Speckstreifen, in Mangold gewickelt und gebraten, und nach dem Wein einen starken Kaffee. Er kleidet sich dienstlich und vergisst auch die Amtsperücke nicht. Der Puder staubt auf seinen Kragen, Seidel bürstet ihn ab. Goethe nimmt sich vor, demnächst eine modernere Perücke anfertigen zu lassen. Dieses weißgelockte Pulvermagazin ist schon über fünf Jahre alt.

Das Consilium ist ein Gremium, das die Herzoginmutter Anna Amalia eingerichtet hat. Hier werden keine Entscheidungen gefällt, sondern es sollen Ratschläge gegeben werden, die den Herzog bei seiner Arbeit unterstützen. Oft ist es so, dass Karl August bei Auseinandersetzungen mit seinen Ministern Rückendeckung durch dieses Consilium sucht und erhält.

Die Beratung findet heute in einem kleinen Raum statt, den Herzog Karl August sein »geheimes Kabinett« nennt. Es liegt im zweiten Stock des »Fürstenhauses«, das anderswo allenfalls ein durchschnittliches Bürgerhaus wäre, hier aber »Schloss« genannt wird, solange das eigentliche Schloss, das vor einigen Jahren niedergebrannt ist, noch nicht wieder aufgebaut ist. In diesem Haus sind unten die Kassenräume, Dienstwohnungen für Hofbeamte und ein paar Gesellschaftsräume untergebracht. Im ersten Stock wohnt die Herzogin mit ihrem drei Monate alten Nachwuchs, im zweiten der Herzog, die Küche ist im Haus gegenüber, und wenn die Suppe einmal etwas dünn schmeckt, gibt es bei Hof die scherzhafte Frage: »Regnet es draußen schon wieder?«

Die schlichte Stube, in welcher der »Conseil« tagt, müsste dringend renoviert werden, denn die Decke fängt an, sich zu senken, und manchmal fallen Gipsstückchen auf die Anwesenden. Hier und da sind angefaulte Balken zu sehen. Die Möblierung ist einfach – es ist ja alles nur ein Provisorium, solange das neue Schloss noch nicht fertig ist.

Als Goethe in den Raum geführt wird, sitzt der Herzog in einem Sessel und pafft den widerlichsten Knaster, den er zur Verfügung hat, zum Zeichen, dass er die Unterhaltung kurz halten möchte. Die lange Pfeife mit dem Porzellankopf wirkt in seinem noch immer knabenhaften Gesicht grotesk. Er muss in der letzten Nacht lange Stunden beim Wein gesessen und gegrübelt haben, die tiefen Ringe unter seinen Augen lassen es vermuten. Hinter dem Herzog sitzt ein Schreiber.

Goethe grüßt seinen Dienstherrn knapp mit einer Verbeugung. »Serenissimo!«, dann wendet er sich den beiden anderen Anwesenden mit einem Gruß zu. Der leitende Minister Jakob Friedrich Freiherr von Fritsch, der Vorsitzende des Consiliums, mit dem Goethe nur sehr langsam ein gutes Auskommen findet, steht hinter seinem Stuhl, neben ihm Christian Friedrich Schnauss, der eine lange Karriere als Beamter hinter sich hat und mit Goethe gemeinsam zum Geheimen Rat ernannt wurde. Obwohl Herr von Fritsch der Dienstälteste ist und erhebliches Ansehen genießt, fordert Karl August seine Besuchern erst dann auf, Platz zu nehmen, als Goethe anwesend ist.

Karl August eröffnet die Sitzung mit einer gemurmelten Formel und kommt gleich zur Sache. »Uns ist zu Ohren gekommen«, sagt er, »dass am elften April, also gestern, die Dienstmagd Johanna Katharina Höhnin während des großen Gewitters in der Niedermühle ein lediges Kind zur Welt gebracht und anschließend erstickt und erstochen hat. Sie wurde ins Gefängnis geworfen und wartet dort auf ihr Strafgericht. Wir müssen sie an den Schöppenstuhl in Jena überstellen, und von dort kann nur das Todesurteil kommen, wie es in der *Carolingia* vorgeschrieben ist. Ebenso sicher ist, dass Uns als dem von Gott eingesetzten Herrscher dieses Landes das Urteil zur Bestätigung vorgelegt wird. Die letzte Entscheidung haben Wir, und Wir erwarten von Ihnen, Uns dabei zu unterstützen. Unsere Meinung ist Ihnen bekannt. Wir plädieren seit Jahren für gesetzliche Änderungen und die generelle Abschaffung der Todesstrafe. Außerdem wünschen Wir eine gänzlich andere Beurteilung in Fällen lediger Mutterschaft. Wie Sie wissen, stehen Wir damit im Gegensatz zu beinahe sämtlichen Ministern. Herr von Fritsch?«

Fritsch deutet eine Verbeugung in Richtung des Herzogs an, ohne sich zu erheben. Hier ist man unter sich und deshalb nicht ganz so förmlich wie bei Hofe. »Ich werde die Ansicht meines Dienstherrn unterstützen«, sagt er. »Die Einzelheiten einer Ersatzstrafe, die mindestens ebenso abschreckend wirken muss, sind noch zu klären.«

»Herr Schnauss?« Karl August wendet sich an den Hofbeamten, dessen strenge Miene schon seine Äußerung vorwegnimmt.

»Ich frage mich«, sagt Schnauss, »womit denn eine abschreckende Wirkung erreicht werden könnte, wenn wir für die verwerflichste aller Taten nicht mehr die schwerste aller Strafen verhängen dürften. Wenn die Bestrafung zu lax wird, ist eine Zunahme dieses Verbrechens und anderer Vergehen zu erwarten, das hat man bereits bei vielen Delikten feststellen müssen.«

»Herr von Goethe?«

Goethe kann nicht sofort antworten, da eine herzogliche Qualmwolke, die in seine Richtung gewandert ist, ihn erst einmal ausgiebig zum Husten zwingt. »Die Frage ist zu vielseitig, als dass sie hier mit einem Satz entschieden werden könnte. In ganz Europa wird gegenwärtig darüber gesprochen. Die Meinungen gehen weit auseinander, und jede Seite hat gute Argumente. Ich werde mich besser kundig machen.«

»Es ist noch genügend Zeit«, sagt Karl August. »Wir haben jetzt auch noch keine Voti erwartet. Bis zu einem Urteil des Schöppenstuhls werden mindestens vier Monate vergehen. Bis dahin kann jeder von Ihnen sein Votum bedenken. Wir schließen die Sitzung des Conseils.« Er dreht sich zum Schreiber um. »Ende des Protokolls. Abschrift an jeden der Anwesenden.« Er erhebt sich. »Heute Abend ist ein kleiner Ball zu Ehren der Nichte meiner Frau, die aus Darmstadt eingetroffen ist. Es werden Ihnen Einladungen zugehen.«

Als Fritsch und Schnauss sich in aller Form verabschiedet haben, geht auch der Schreiber, und Goethe ist für einen Moment mit dem Herzog allein.

»In der Tat ein zauberhaftes junges Ding, diese Nichte meiner Louise«, sagt Karl August. »Gerade vierzehn und gänzlich unerfahren. Sie braucht einen einfühlsamen Tänzer. Ich verlasse mich auf dich.«

* * *

Johanna hat eine unruhige Nacht hinter sich. Dunkelheit, Enge und Gestank ist sie gewohnt, aber in ihrer Kammer in der Mühle gab es immer die Möglichkeit, die Tür zu öffnen und hinauszugehen, und sie hat immer gewusst, was der nächste Tag brachte, auch wenn es nur Arbeit war. Es war aber immer ihr Wille, aufzustehen und ihre Arbeit zu tun – wie sonst hätte sie sich ihr Essen und ihren Schlafplatz verdient? Aber hier gibt es keine Arbeit, und die Tür ist verschlossen. Sie kann nur abwarten, was geschieht, und dieses Warten ist voller Schrecken. Alles, was hier ist, ängstigt sie: die Dunkelheit, die verschlossene Tür, ihre beiden Mitgefangenen, die ihrem Tod entgegensehen, die Ungewissheit, was als Nächstes geschieht, und die Gewissheit, dass ein ähnliches Los auf sie wartet. Verhöre, Folter, Urteil, Tod.

Was mag draußen vor sich gehen? Scheint die Sonne? Sitzen die Mägde jetzt in der Küche beisammen und bereiten das Essen? Oder sind sie am Fluss und walken die Wäsche? Machen sie Scherze über Johanna? Sie wünscht sich, sie könnte diese Scherze noch einmal hören, auch wenn sie sich bisher noch so sehr darüber gegrämt hat.

Von der Tür her sind Geräusche zu hören. Zwei Wachen kommen herein, einer trägt eine Laterne, der andere hält zwei Schüsseln mit dünnem Brei. Margaretha ist sofort bei ihm und greift nach den Schüsseln. »Ist das nicht Verschwendung, uns noch zu füttern?«, sagt sie. »Oder hat man Angst, wir könnten verhungern, bevor das Volk seinen Spaß bekommt und uns auf dem Richtplatz erlebt? Ha, ohne Hauptdarsteller kein Schauspiel, was? Her mit der Suppe! Was ist das? Mehl mit Wasser? Endlich mal eine Abwechslung! Die gebratenen Hühner und Wachteln hingen mir schon zum Hals heraus!« Sie lacht und trägt eine der Schüsseln zu Josefa in die Ecke.

Zum ersten Mal reicht das Licht aus, sodass Johanna die Spielgefährtin aus Kindheitstagen sehen kann. Erkannt hätte sie sie nicht: Der schwammige Leib ist überall von eiternden Geschwüren bedeckt, manche schon bis auf die Knochen vorgedrungen, hier und da schimmert das blanke Bein grau durch. Das rote Haar ist jetzt weiß, dabei kann Josefa nicht älter als vierundzwanzig sein. Die Augen liegen tief in den Höhlen und sind ohne jeden Glanz, vielleicht sogar blind, denn sie bewegen sich nicht.

Johanna erwartet, dass auch sie einen Napf mit Mehlsuppe bekommt, aber einer der Wachmänner spricht sie an. »Du kommst mit!«

»Ah!«, sagt Margaretha, »du hast Glück! Die hohen Herren laden dich gleich am ersten Tag zu Tisch. Gratuliere! Sie wollen deine Geschichte hören, also erzähle ihnen etwas Lustiges. Wie hast du es gemacht? Erzähle ihnen alles genau, lass nichts aus! Am liebsten hören sie, wie das Kind in deinen Bauch gekommen ist. Da siehst du sie sabbern vor Gier, die hohen Herren. Und wenn ihnen deine Geschichte gefällt, wollen sie sie wieder hören, immer wieder, und dann schicken sie dich nach Jena, damit die Herren Professoren von der Juristerei auch ihren Spaß haben. In ihrem Beruf gibt es ja so wenig davon!«

»Halt dein Schandmaul«, sagt der Wachmann mit der Laterne, »sonst werde ich es dir stopfen!«

»Kannst du gern machen!« Margaretha lacht. »Aber pass auf, dass ich ihn dir dabei nicht abbeiße!«

Der andere Wachmann versetzt ihr einen Stoß, dass sie nach hinten fällt und ihre Suppe vergießt. »Na, wer wird denn neidisch sein!«, sagt Margaretha.

Der Mann ergreift Johannas Arm und zieht sie zur Tür. Sein Daumen drückt sich schmerzhaft in ihre Muskeln. Als die Tür sich hinter ihr schließt, kommt ein dritter Wachmann und legt ihr eiserne Fußfesseln an, die bei jedem Schritt klirren. Es ist schwer, damit die schmale Treppe hinaufzugehen, doch der Wachmann hinter ihr drängt sie mit ungeduldigen Stößen.

Sie wird in einen Raum geführt, in dem es zwei Stühle und einen kleinen Tisch gibt. Durch das Fenster ist nur die Wand eines anderen Hauses zu sehen. Ein Mann, offenbar ein Schreiber, sitzt bereits am Tisch, ein zweiter Mann kommt herein und gibt den Wachen ein Zeichen, dass sie gehen sollen. Johanna muss stehen. Sie fühlt sich noch viel zu schwach dazu.

»Ich bin der Untersuchungsrichter Justus Funke«, sagt der Mann und setzt sich. Er hat ein Vogelgesicht mit kleinen Augen, ohne Brauen. Er trägt eine Perücke, der schon viele Haare ausgefallen sind. »Johanna Katharina Höhn. Die bist du doch, oder?«

»Ja.«

»Du musst mir jetzt alles genau erzählen, und wenn dir nichts einfällt, helfe ich mit Fragen nach.« Er wendet sich an den Schreiber. »Summarisches Verhör, Datum von heute. Die Inquisitin ist vorgeführt um sieben Uhr in der Frühe.« Er sieht Johanna an. »Erzähle.«

»Was soll ich erzählen?« Johanna weiß nicht, womit sie anfangen soll.

Der Mann schlägt so heftig mit der Faust auf den Tisch, dass sie erschrickt. »Alles!«, schreit er sie an. »Von Anfang an! Wer ist der Vater? Was hast du mit ihm zu tun? Wann hast du gewusst, dass du schwanger bist, und wann hast du den Plan gefasst, dein Kind zu töten?«

»Ich hatte keinen Plan«, sagt Johanna. »Ich wollte es nicht töten, sondern nach der Geburt mit ihm weglaufen.«

Er beugt sich vor. Seine Stimme ist ein Zischen. »Lügen dulden wir hier nicht. Ich will nichts als die Wahrheit hören. Wenn du dich nicht erinnerst, kann die Folter deinem Gedächtnis nachhelfen. Sie kann leider nur noch vom Gericht angeordnet werden, aber ich kann sie empfehlen. Wie wäre es mit Daumenschrauben, das ist das Einfachste und genügt oft schon, um die Wahrheit herauszufinden. Da werden dir beide Daumen zwischen zwei Holzklötze gelegt, und durch Schrauben links und rechts werden diese zusammengezogen, immer enger. Erst schmerzt dein Daumen, dann wird der Knochen darin gebrochen, dann ist der Daumen ganz zerquetscht und das Fleisch stirbt ab. Du wirst dir die Seele aus dem Leib schreien und froh sein, wenn du ganz einfache Fragen beantworten darfst. Also antworte. Wer ist der Vater?« Wieder schreit er sie an.

»Ich weiß es nicht.«

»Hast du es etwa mit vielen Männern getrieben?«, fragt der Untersuchungsrichter.

»Getrieben hat es nur einer mit mir«, sagt Johanna. »Ich musste ihn lassen. Ich selbst habe nichts dazu getan.«

»Wer war es?«

»Der Müller.«

Der Untersuchungsrichter Funke klopft mit den Knöcheln seiner Hand mehrfach auf den Tisch. »Überlege es dir dreimal, bevor du einen ehrbaren Bürger der Stadt beschuldigst. Hast du nicht einen Knecht in deine Kammer gelassen?«

»Ja, Herr. Er hat das schimmelige Stroh ausgeschaufelt und mir neues hingeworfen. Das war vor wenigen Tagen.«

Funke winkt ab. »Nicht jetzt. Vor Monaten. Hat da niemand bei dir geschlafen?«

»Nein.«

»Oder hast du dich einem Soldaten hingegeben? Vielleicht im Gebüsch an der Ilm?«

Johanna schüttelt den Kopf.

»Also der Müller. Wir werden ihn befragen müssen. Wenn du ihn falsch beschuldigst, verschlimmert das deine Strafe.« Der Untersuchungsrichter gibt dem Schreiber eine Anweisung, dann wendet er sich wieder Johanna zu. »Und seit wann wusstest du, dass du schwanger bist?«

»Seit drei oder vier Wochen. Die Müllerin hat es mir gesagt. Sie hat mich im Streit zu Boden geworfen und getreten, und da hat sie gemerkt, dass ich schwanger bin. Ich habe ihr zuerst nicht geglaubt.«

»Du behauptest, selbst nichts davon bemerkt zu haben?«

Johanna nickt. »Ich dachte, sie sagt das, um mich aus der Mühle zu verjagen. Ich hatte Angst.«

»Und was war dann? Du musst doch gemerkt haben, dass die Geburt bevorsteht«, sagt der Richter. »Du wolltest das Kind töten und hast dir ein Messer besorgt.«

Johanna ist erschrocken. »Nein, so war das nicht!«, sagt sie. »Ich habe erst nicht geglaubt, dass ich ein Kind bekomme, und dann dachte ich, ich könnte weglaufen und irgendwo mein Kind großziehen. Betteln vor dem Dom in Naumburg oder mir eine Stellung suchen, wo niemand mich kennt.«

Der Richter schnaubt verächtlich. »Und dafür hattest du ein Messer.«

»Es war für die Nabelschnur«, sagt Johanna. »Marie,

die Hausmagd, hat es mir gegeben, damit ich die Nabelschnur durchtrenne.«

»Und dann hast du dein Kind dreimal in den Hals gestochen. Um sicherzugehen, dass es tot ist, hast du es mit deinem Körper zerquetscht und dann in das Stroh gedrückt. War es so? Sprich!« Wieder schlägt er auf den Tisch.

»Nein.«

»Wie war es dann?«

Johanna hat Angst vor diesem Mann und möchte, dass das Verhör zu Ende geht, aber sie ahnt, dass er so lange fragen wird, bis er gehört hat, was er wissen will. Sie kann es ihm nicht sagen! Sie fühlt sich schwach, kann kaum noch stehen, und sie erinnert sich nur in dunklen Fetzen an das, was passiert ist.

»Ich weiß es nicht!« Es klingt wie ein Flehen, endlich Ruhe zu geben. »Ich war in meiner dunklen Kammer. Ich hatte Schmerzen, große Schmerzen, und Angst. Mir war schlecht. Niemand war bei mir, der mir helfen konnte. Ich war von Sinnen, es ist alles ein schwarzer Klumpen, wie ein böser Traum.«

»Erzähle, was du davon noch weißt.«

»Mein Körper zerreißt, habe ich gedacht. Auf einmal hielt ich etwas in der Hand, ich dachte zuerst nicht, dass es ein Kind sein könnte. Ein blutiges, schleimiges Ding, mehr konnte ich nicht sehen.«

»Hat es sich bewegt? Geschrien?«

»Das weiß ich nicht. Gepocht, ja. Wie ein Vöglein, das aus dem Nest gefallen ist. Dann dachte ich, das ist ein Kind, so klein wie eine Puppe. Ich muss die Nabelschnur abschneiden, damit es leben kann, das hat man mir gesagt. Es war dunkel in der Kammer, ich konnte das Kleine nicht halten, es war so glatt, es fiel mir aus der Hand, und das Messer … Es verfing sich am Hals. Es war ein böser

Traum, mir war schlecht, ich bin vornübergefallen, ich konnte nicht mehr. Danach weiß ich nichts.«

»So kann man auch den Kopf aus der Schlinge ziehen«, sagt der Untersuchungsrichter. »Da kann etwas nicht stimmen. Erzähle noch einmal von vorn.«

Johanna erzählt dieselbe Geschichte noch einmal. Bei der kleinsten Abweichung hakt der Mann nach. Wieder und wieder erzählt sie. Er wird ungeduldig und zornig. Johanna kann nicht mehr reden, kann nicht mehr stehen. Ihre Beine geben nach.

* * *

Morgen früh wird Goethe nach Ilmenau aufbrechen. Er will sich auf dem dortigen Amt sehen lassen und in die Bücher schauen – in den letzten Jahren ist er mehrfach dort gewesen und hat Ordnung in das heillos verworrene Finanz- und Steuerwesen gebracht. Die Einwohner waren nach einem Brand, dem der größte Teil der Stadt zum Opfer gefallen war, nicht entlastet worden, hatten weder von ihren Stadtoberen noch aus Weimar Hilfe bekommen. Stattdessen hatten sich die Beamten die Gelder, die sie einnahmen, in die eigene Tasche gesteckt. Das System, das sie sich geschaffen hatten, übertünchte jahrelang diese Gepflogenheit. Goethe hatte eine gründliche Revision der städtischen Vorschriften durchgesetzt, musste aber immer wieder Kontrollen vornehmen und Übeltäter ermahnen oder aus dem Amt entfernen. Auch dieser Besuch wird ein solcher Kontrollbesuch sein. Er wird sich sämtliche amtlichen Bücher vorlegen lassen. Seine Strenge ist gefürchtet. Es gibt auch ein stillgelegtes Bergwerk in Ilmenau, das Goethe inspizieren will. Vielleicht lohnt es sich, dort Kohle abzubauen, heute hat man besseres Werkzeug als vor fünfzig Jahren, als man den

Stollen schloss. Eine zusätzliche Einnahmequelle könnte die weimarische Staatskasse wohl vertragen.

Beim Abendessen erzählt er dem Herzog davon: Karl August ist von dem Gedanken, einen Ausflug zu machen, begeistert und entschließt sich, mitzukommen und vielleicht in den Wäldern um Ilmenau auf ein paar Auerhähne anzulegen. Das bedeutet: Es wird mit der Kutsche gefahren, es kommen der Kammerherr von Einsiedel und ein Bediensteter mit auf die Fahrt.

Goethe will nach dem Mahl noch einen kleinen Besuch bei Charlotte von Stein machen, um sich zu verabschieden, doch sie ist für diesen Abend einer Einladung der Herzogin gefolgt. Es fällt ihm schwer, sie für einige Tage nicht zu sehen und er schreibt ihr: »Morgen früh soll es nach Ilmenau. Ich darf nicht daran denken, dass ich mich von dir trenne. Ich meine, ich müsste dich mitnehmen. Fritz soll dein Bildnis sein. Er kann fahren, muss aber früh heraus. Er mag bei mir schlafen.«

Fritz, der elf Jahre alte Sohn Charlottes, sieht seiner Mutter tatsächlich so ähnlich wie ein Bildnis: die gleichen dunklen Augen im gebräunten Gesicht, das lockige schwarze Haar, das sein Antlitz umrahmt, die vollen Lippen. Ein kleiner griechischer Gott ist dieser hübsche Knabe, der es später einmal leicht bei den Mädchen haben wird. Goethe hat ihn in sein Herz geschlossen, er kümmert sich um die Erziehung des Jungen, der gern in seiner Nähe ist. Fritz ist wegen des Ausflugs ganz aufgeregt und will, als er mit seiner kleinen Reisetasche in Goethes Haus eintrifft, gar nicht schlafen gehen. Er spricht davon, auf eigene Faust das alte Bergwerk zu erkunden und dort nach Silber- und Goldschätzen zu suchen.

»Gib nur Acht, dass die Wichtel nicht ihren Schabernack mit dir treiben«, sagt Goethe und erzählt dem Jungen eine Geschichte von den kleinen Berggeistern, die in ewiger Finsternis unter der Erde leben und dort die Schätze hüten. Sie sind nicht gut oder böse. Sie schützen die Menschen, die in die Schächte steigen, warnen sie vor giftigen Gasen oder einstürzendem Gestein. Sie spielen aber auch lustige Streiche, blasen Lichter aus oder lassen die Zeit schneller gehen, sodass man erst Tage oder Wochen später wieder ans Tageslicht zurückkehrt, auch wenn man glaubt, nur ein paar Stunden im Stollen gewesen zu sein. Und manchmal, wenn sie spüren, dass ihnen ein Mensch nicht wohlgesonnen ist, verändern sie den Weg, den er im Berg gegangen ist, bringen hier und da Seitengänge an, ein ganzes Labyrinth, sodass er sich verirrt und erst nach langer Zeit wieder ans Licht kommt, oder nie mehr. »Hüte dich also, es dir mit ihnen zu verderben«, sagt er, »und geh auf keinen Fall allein. Du musst in unserer Nähe bleiben.«

Fritz hört diese Worte nicht. Er ist tief eingeschlafen und sieht die Bergwichtel vielleicht im Traum. Philipp Seidel hebt den Jungen auf und trägt ihn in eine Schlafkammer. Auch Goethe geht zur Ruhe.

Viel Schlaf findet er nicht, denn schon ein paar Stunden später herrscht Unruhe im Haus. Die helle Stimme Fritzens klingt durch die Räume. Goethe erhebt sich, kleidet sich an, auch Seidel ist bereits auf den Beinen und hat ein Frühstück gerichtet. Die Uhr zeigt halb vier.

Der starke Kaffee macht Goethe vollends munter. Er schickt einen Boten zum Schloss und lässt anfragen, ob der Herzog und seine beiden Begleiter schon reisefertig seien. Durch seine vielen Jagdausflüge ist Karl August gewohnt, sehr früh aufzustehen.

»Ich schreibe noch rasch einen kleinen Brief an deine Mutter«, sagt Goethe zu Fritz. Er wird Charlotte nun einige Tage nicht sehen und ihr nicht schreiben können, da keine Postverbindung besteht. Die Zeit wird ihm lang werden. »Wir sind um halb viere schon reisefertig. Fritze lässt dich grüßen, er ist schon munter. Lebe wohl. Ich gehe mit schwerem Herzen von dir, meine Beste …«

»Wir müssen los!«, ruft Fritz aufgeregt. »Der Herzog ist schon bereit!«

Eine halbe Stunde später sitzen sie in der Kutsche. Der Tag bricht an, ein schöner Frühlingsmorgen. Es geht immer an der Ilm entlang, die gerade viel Wasser führt und wild dahinrauscht: Es hat in den letzten Tagen viel Regen gegeben, und in den Bergen schmilzt der Schnee. Der Weg ist schlecht, und die Kutsche kommt nur langsam voran. Karl August sagt, man müsse auf besseren Wegebau drängen. »Wie ist denn der neue Aufseher?«

»Vulpius bemüht sich, er sucht die Bauern auf, mahnt sie und droht mit Geldbußen«, sagt Goethe, »aber die Bauern haben kein Geld, um die Wege in Ordnung zu halten, und oft jagen sie den Aufseher vom Hof.«

»Das ist reine Aufsässigkeit«, sagt Karl August. »Vielleicht sollten wir die Wege durch Zuchthäusler reparieren lassen, dann müssten die Bauern nur das Geld dafür herausrücken.«

»Sie haben kein Geld.« Goethe deutet auf ein paar halb verfallene Gebäude, deren Dächer eingesunken sind, und eine Brandruine am Rande eines Dorfes. »Es reicht nicht einmal, um die Dächer über ihren Köpfen zu reparieren oder sich vor Feuer zu schützen. Bei jedem größeren Unwetter brennen ein paar Höfe ab.«

»Ich werde anordnen, dass wir ein paar Bauernsöhne rekrutieren und nach Amerika verkaufen«, schlägt der Herzog vor. »Dafür wird gut bezahlt. Andernorts war das auch schon eine segensreiche Einnahmequelle.«

Goethe schüttelt den Kopf. »Dann können die Bauern ihre Ernte nicht mehr einbringen und werden im Alter nicht versorgt. Die besten jungen Männer hat sich der König von Preußen schon geholt.«

Er könnte noch mehr sagen, zum Beispiel, dass man darauf verzichten sollte, Schwarzwild in anderen Fürstentümern zu kaufen und als Jagdgetier in den Wäldern auszusetzen, dass bei Hof zu viele Hunde gehalten werden, die Jagdmeute verschlingt riesige Summen – und überhaupt die ganze Jagd, das üppige Essen, das Leben bei Hofe! Der Neubau des Schlosses, das etwa ein Drittel der kleinen Hauptstadt einnehmen wird! Goethe wüsste viel zu den Finanzen anzumerken, aber er kann es nicht jetzt tun, nicht im Beisein des Kammerherrn von Einsiedel, des Dieners und des Knaben Fritz. Und wenn er mit Karl August allein ist, weicht dieser ihm aus.

Für Fritz geht die Reise zu langsam. Er springt aus der Kutsche, läuft nebenher oder weit voraus, es gibt so viel zu sehen. Am Fluss stehen Graureiher, die jagt er mit Geschrei auseinander: Anmutig kreisen die großen Vögel in der Luft. Dann findet er einen glitzernden Stein, steigt damit wieder in die Kutsche und zeigt ihn Goethe. Der erkennt in dem faustgroßen Stück einen Rosenquarz und erzählt Fritz, wie alt dieser Stein ist und wie er entstanden sein mag. Fritz beschließt, den Stein zu behalten und seiner Mutter zu schenken. Seine Reisetasche füllt sich bald mit weiteren Fundgegenständen.

Eine Stunde hinter Berka erreichen sie Tannroda, ein Dorf, in dem es einen kleinen Gasthof gibt, der zu einem Bauernhof gehört. Er sieht ordentlich aus, Goethe und Karl August haben hier schon gespeist, und sie verbinden eine Erinnerung an ein Mädchen damit, das ist vielleicht vier Jahre her. Die Pferde werden ausgespannt, gefüttert und abgebürstet, Kutscher und Diener können mit dem Gesinde des Hofes essen. Goethe, Einsiedel und der Herzog werden bevorzugt bedient, natürlich auch Fritz, der von der Wirtin mit »mein Prinz« angeredet wird und vom gleichen Wein zu trinken bekommt wie die Erwachsenen. Er ist an Wein gewöhnt, da man dem Wasser oft nicht trauen kann.

Es dauert mehr als eine Stunde, bis es Essen gibt, die Wirtin schlachtet für die Gäste ein Huhn, stellt ihnen für die Wartezeit aber Butter und einen Korb mit deftigem Brot hin.

Karl August bemerkt, dass Einsiedel sich nicht am Gespräch beteiligt. »Er ist die ganze Zeit so still«, sagt er, »dabei sind Wir allerhand Scherze von ihm gewöhnt.«

»Mir ist nicht nach Scherzen«, sagt Einsiedel.

»Aber es ist doch ein schöner Frühlingstag und die Reise bequem«, entgegnet Karl August dem Kammerherrn. »Hat Er Sorgen?«

Einsiedels Blick geht zwischen Karl August und Goethe hin und her, dann sieht er den Knaben neben sich an. Offenbar will er vor dem Kind nicht sprechen.

»Du kannst noch ein wenig in die Sonne gehen«, sagt Goethe zu Fritz. »Bis es Essen gibt, braucht es noch eine Weile. Willst du dir nicht den Hof ansehen?«

Fritz nickt. Er greift nach einem harten Stück Brot und bricht ein paar Brocken davon ab, die er übermütig in seinen Weinbecher tunkt. Dann nimmt er den Becher mit hinaus.

Einsiedel trinkt einen Schluck und sagt: »Ich wäre lieber nicht mitgekommen. Ich hätte besser einen Weg gesucht, zu Geld zu kommen. Ich wage nicht, es hier zu sagen, weshalb ich in großer Sorge bin.«

»Hat Er Schulden?«

Einsiedel gesteht. »Ich habe in der vergangenen Woche an einem Glücksspiel teilgenommen, ohne dass ich es mir leisten konnte, und habe verloren. Ich weiß nicht, wie ich das Geld beibringen soll.«

»Aber Er hat doch eine gute Stellung als Kammerherr.«

Einsiedel zögert. »Eine gute Stellung nützt nicht viel, wenn man nichts dafür bezahlt bekommt.« Sein Blick wendet sich vom Herzog ab, hin zu Goethe. »Ich habe jetzt zwei Jahre mein Gehalt nicht bekommen.«

Karl August schlägt mit der Faust auf den Tisch. »Ich habe Ihm deswegen das Recht verliehen, Beglaubigungen vorzunehmen und dafür Gebühren zu kassieren.«

»Ja«, sagt Einsiedel, »es ist mir eine große Ehre, aber so etwas kommt nicht alle Tage vor. Von diesem Geld kann ich gerade leben, aber sehr knapp.« Er schüttelt den Kopf. »Ich hätte mich nicht am Spiel beteiligen dürfen.«

Karl August erinnert sich. »Wir vermuten, die meisten Schulden hat Er bei Uns, ist das so?«

Einsiedel nickt.

Der Herzog trinkt einen langen Schluck Wein, lehnt sich zurück und beschließt, sich großzügig zu zeigen. »Dann sind diese Schulden erlassen.«

Während der Kammerherr sich voller Überschwang bedankt, erhebt sich draußen ein großer Lärm: Gegacker von Hühnern, die zornige Stimme einer Frau und das Lachen eines Knaben.

»Fritz!«, ruft Goethe und springt auf. Schon an der Tür haben Karl August und Einsiedel ihn eingeholt. Die drei Herren stehen vor einer grotesken Szene: Eine Schar von Hühnern rennt auf den Knaben zu, die Tiere versuchen ihn anzugreifen, können sich aber nicht auf den Beinen halten, sie torkeln und kippen schließlich zur Seite, um kläglich im Dreck zu zappeln. Der Hahn, ein großes, schmutzig weißes Tier, jagt hinter einer Henne her, erwischt sie nicht und stößt mit dem Kopf gegen die Hauswand. Eine Magd hat die Hände in die Hüften gestemmt und beschimpft Fritz.

»Was hast du mit den Tieren gemacht?«, fragt Goethe.

Fritz hält seinen Weinbecher hoch. »Nur gefüttert«, sagt er.

Als die Herren darüber lachen, verstummt das Schimpfen der Magd.

»In Frankreich nennt man das Coq au Vin«, sagt Goethe, als sie sich wieder zu Tisch begeben.

Erst spät am Abend sind sie in Ilmenau.

* * *

Drei Tage lang hat Johanna nichts zu essen bekommen, sie liegt im Stroh und fiebert. Ihr ist übel, aber sie spürt keinen Hunger, nur Angst. Die Wachen bringen ihr Wasser, sonst nichts. Am vierten Tag holt man sie aus der Gefängniszelle und bringt sie in den Raum, in dem sie vom Untersuchungsrichter verhört worden ist.

Eine junge Frau steht vor ihr, die sie mit hochmütigem Gesicht betrachtet. Johanna braucht eine Weile, bis sie ihre Schwester erkennt. Sie ist mager geworden. »Anna Maria!«, sagt sie. »Wie schön, dass du kommst. Wir haben uns lange nicht gesehen.« Sie macht einen Schritt auf sie zu, die Ketten klirren zwischen ihren Füßen.

Anna Maria weicht zurück. »Wage es nur nicht, mich zu berühren!«

Johanna senkt den Kopf. Der Fieberschweiß läuft ihr an den Schläfen herab. Sie hätte so gern die Schwester umarmt, sich über das Wiedersehen nach all den Jahren gefreut. Hätte nach dem Vater gefragt und nach den anderen Geschwistern. Es gibt so viel zu erzählen, wenn man aus einer Familie ist und sich lange nicht gesehen hat.

Die Stimme der Schwester ist kalt. »Du hast Schande über uns gebracht!«, sagt sie. »Ein uneheliches Kind!

Konntest du nicht ins Wasser gehen, bevor es zur Welt kam? Du hättest uns viel erspart, und dir selbst auch. Was jetzt mit dir passiert, hast du verdient.«

Johanna sagt nichts. Sie wünscht sich, sie würde sterben, ganz von selbst, durch eine Krankheit und ohne Schmerz. Oder durch einen Blitzschlag, hier auf der Stelle.

»Man hat uns amtlich verpflichtet, dich im Gefängnis zu ernähren. Das können wir nicht tun, es ist eine Tagesreise zu Fuß hierher, und um jemanden in Weimar zu bezahlen, haben wir nicht das Geld. Weißt du, was du Vater angetan hast? Er ist krank vor Kummer. Er spricht nicht mehr.«

»Ich verlange nichts von euch«, sagt Johanna. »Lasst mich verhungern. Sage Vater, er soll mich vergessen. Ich bin schon fast nicht mehr in dieser Welt.« Sie dreht sich um und geht auf den Wachmann zu, um sich in den Keller zurückbringen zu lassen.

Vor der Tür zum Verlies steht ein Wachmann, der sich jetzt bückt und eine Schüssel aufhebt, aus der es appetitlich dampft. »Nimm das!«, sagt er.

Es ist eine dicke Suppe mit Gerstengraupen. Johanna widersteht dem Gedanken, gleich mit der Hand hineinzufahren und sich den Brei in den Mund zu schaufeln. »Hat meine Schwester das gebracht?«

Der Wachmann schüttelt den Kopf und öffnet die schwere Tür. Johanna wird in den dunklen Raum gestoßen, fast wäre sie mit der Schüssel in der Hand gestürzt. Als sie im Stroh sitzt, isst sie so hastig, dass ihr Magen gleich alles wieder hinausschicken will. Sie lehnt sich an die kalte Wand und versucht, das Essen in sich zu behalten – wer weiß, wann sie wieder etwas bekommt.

»Jemand meint es gut mit mir«, sagt sie in das Dunkel. »Ich weiß nicht, wer mir dieses Essen geschickt hat, aber so etwas Wohlschmeckendes habe ich lange nicht bekommen. Ich glaube, es war sogar Hühnerhaut und Zwiebelgrün darin, und ein Stück Petersilienwurzel.«

»Dein Hunger täuscht dir etwas vor«, sagt Margaretha. »Vielleicht war der Brei sogar vergiftet. Ja, man meint es gut mit dir. Man will dir viel ersparen.« Sie lacht.

Johanna ist müde und schläft gleich ein. Sie erwacht, als sie ihre Notdurft verrichten muss. Es ist völlig dunkel, auch durch die Öffnung unter der Decke dringt kein Licht. Sie folgt dem Gestank, um die Ecke zu finden, in die sie immer geht, doch als sie dort ankommt, stößt sie gegen einen großen, weichen Gegenstand. Dicke Fliegen steigen auf und umschwirren sie mit hässlichem Geräusch. Sie schreit.

»Was ist denn?«, hört sie Margaretha.

»Komm her, hier ist etwas! Alles voll Fliegen!«

Sogleich ist Margaretha neben ihr und tastet in der Dunkelheit. »Josefa«, sagt sie. »Sie hat es geschafft.«

»Was meinst du?«

»Sie ist tot, du Dummkopf«, sagt Margaretha. »Sie wird nicht mehr nach Tannroda gebracht, gesteinigt und verbrannt. Sie ist gestorben, wie sie es sich gewünscht hat.«

»Wie schrecklich!«

»Ja, schrecklich waren ihre Schmerzen. Die hat sie nun nicht mehr. Ich wünsche mir, ich könnte sterben wie sie!« Margaretha erhebt sich, sucht die Tür, schlägt mit den Fäusten dagegen. »Ihr da!«, ruft sie. »Der Tod ist da! Ruft einen Geistlichen! Schafft die Leiche weg!«

Es dauert lange, bis ein mürrischer Wächter öffnet. Er hält eine Laterne mit einem Talglicht hoch. Hinter ihm ist ein zweiter zu erkennen. »Was lärmt ihr mitten in der Nacht! Legt euch schlafen! Der Tod wird schon früh genug kommen, ohne dass ihr ihn rufen müsst!«

»Unsere Hure ist gestorben«, sagt Josefa. »Verfault an ihrem Elend. Seht selbst!« Sie tritt zurück.

Da liegt der Körper Josefas in der Ecke, von Geschwüren übersät, in deren fauligen Trichtern schon die Maden wimmeln, und ein Schwarm dicker Fliegen kreist darüber. Johanna erbricht.

»Legt euch in die andre Ecke und seid still«, sagt der Wächter. »Ich werde bei der Wachablösung Meldung machen. Man wird sich morgen darum kümmern. Rührt sie nicht an.« Dann ist die Tür zu, der Schlüssel poltert laut im eisernen Schloss. In der Finsternis kriecht Johanna auf einen Haufen Stroh und presst das Gesicht hinein, aber so einfach ist es nicht, zu sterben. Ihre Verzweiflung hat keine Tränen mehr.

* * *

Ilmenau liegt in einem kesselförmigen Tal, wo sanftes Hügelland sich allmählich zu den Höhen des Erzgebirges aufschwingt. Hier gibt es lichte Laubwälder, in denen sich viel Wild aufhält, besonders die scheuen Auerhühner sieht man hier häufiger als anderswo. »Kickelhahn« nennt der Einheimische die männlichen Tiere nach den seltsamen Geräuschen, die sie bei der Balz von sich geben, und »Kickelhahn« heißt auch der Berg, auf dem man ihn am sichersten antrifft. Es ist der höchste Berg um Ilmenau, über achthundert Meter hoch. Goethe wandert gern dort, genießt die Aussicht in das weite, wellige Land und die Einsamkeit, die seinen Gedanken gut tut. Es ist, als ob der Alltag unten im Tal bliebe und er hier oben dicht unter den Göttern stünde und den Blick über die Welt und das Leben als Ganzes hätte. Hier hat er sich entschlossen, seine Werke, die er vor Kurzem noch fragmentarisch herausgeben wollte, doch zu vollenden. In einer abgelegenen Schutzhütte hat er Pläne für die Fortführung seiner *Iphigenie* ausgearbeitet, ein Stück, an dem er nun so manche Stunde sitzt, sofern sein Amt und der Alltag es zulassen. Er hat schon beschlossen, oft hierher nach Ilmenau zu fahren, um für ein paar Stunden nur Dichter zu sein, nichts sonst.

An diesem Tag hat er Karl August allein auf den Berg ziehen lassen, um Auerwild zu schießen, er selbst wird sich in Amtsstuben aufhalten. Fritz wird das alte Bergwerk erkunden, nicht ohne ein paar Warnungen mit auf den Weg bekommen zu haben. Mittags soll Fritz zurück sein, Goethe hat ihm versprochen, eine kleine Marmormühle zu besuchen, in der feinste Murmeln für Kinder hergestellt werden. Einsiedel geht es nicht gut, er soll mit der Kutsche nach Weimar zurückfahren, da kann er gleich einen Brief an Charlotte mitnehmen. Goethe hat ihr ein paar Skizzen der Umgebung gezeichnet und ein Porträt des Jungen. »Ach wärest du hier!«, schreibt er darunter.

Der Besuch in den Amtsstuben dauert länger als vorgesehen. Man begrüßt Goethe überschwänglich, man weiß ja, wen man vor sich hat. Ohne große Umschweife begibt er sich an die Unterlagen, die für ihn bereitgehalten werden. Auf den ersten Blick sieht alles ordentlich aus, dann entdeckt er Nummerierungen, die geändert wurden, findet Lücken in der Buchführung und stellt fest, dass ihm Papiere vorenthalten werden. Die Verwendung der Hilfsgelder, die seit dem großen Brand vor dreißig Jahren noch immer Jahr für Jahr aus Weimar für die verarmte Ilmenauer Bevölkerung angewiesen werden, ist ungenau dokumentiert. Er sagt kein Wort darüber, verbirgt seinen Zorn und verlässt um drei Uhr das Amtshaus. Er wird mit Karl August über eine große Revision sprechen und dafür sorgen, dass sämtliche Kassen- und Steuerunterlagen nach Weimar geschafft werden, damit man sie dort prüft. Bauern, Handwerker und Geschäftsleute werden nach den Summen, die sie gezahlt haben, befragt werden müssen, und wenn wieder Unstimmigkeiten erkennbar sind, wird Goethe dieses Mal strenge Maßnahmen vorschlagen – Entlassungen einzelner Beamter oder auch den Austausch der gesamten Gemeindeverwaltung. Gewiss werden einige Leute für Jahre im Zuchthaus verschwinden. Wenn sich jemand auf Kosten der armen Stadtbevölkerung bereichert, wie es früher schon einmal geschehen ist, dann wird die Staatsgewalt diesmal hart durchgreifen.

Als er in dem Gasthaus, in dem sie abgestiegen sind, eintrifft, ist Fritz schon da und hat sich etwas zu essen geben lassen. Auf dem Tisch hat er einige Steine aufgereiht, die er auf seinem Erkundungsgang gefunden hat. »Ich werde mir eine Sammlung zulegen wie du«, sagt er. »Vielleicht werde ich später ein berühmter Wissenschaftler.«

Goethe nimmt den Wunsch des Jungen ernst. Seine Erziehung zeigt erste Früchte. Er betrachtet die Steine. »Sind die alle aus dem alten Bergwerk?«

»Nein«, sagt Fritz, »einige sind aus dem Fluss, aber sie glänzen nicht mehr so schön wie vorhin.«

»Sie brauchen das Wasser. Zu Hause kannst du sie in eine Schale mit Wasser legen, dann sind sie wieder schön. Und dieser hier«, er deutet auf einen Brocken, der zur Hälfte schwarz ist, »enthält Kohle, das ist kostbarer Brennstoff, viel besser als Holz.«

»Schau mal, ich habe einen, der glitzert. Auch aus dem alten Bergwerk.«

Goethe nimmt das Stück in die Hand. Er erkennt Kupferschiefer, ein Gestein, das neben Kupfer auch geringe Mengen von Blei und Silbererz enthält. »Weißt du noch die Stelle, an der du das gefunden hast?«

»Es war ein Schutthaufen«, sagt Fritz. »Gleich beim Eingang. Es liegen noch mehr dort, aber sie sind nicht so schön wie dieser.«

Goethe erklärt seinem Schüler, dass es beim Sammeln von Mineralien darauf ankommt, sich die Stelle exakt zu notieren, an der man jedes einzelne Stück gefunden hat. Mit der Zeit kann man sich ein genaues Bild davon machen, wie die Gegend vor vielen Erdzeitaltern ausgesehen hat. »Hier findet man viel Buntsandstein und Schiefer«, erklärt er, »und nach Norden hin Kalk. Beides deutet darauf hin, dass es hier einmal ein Meer gegeben hat. Und im Meer sind viele verschiedene Minerale aufgelöst, die sich an manchen Stellen konzentriert ablagern, sodass man sie heute versteinert finden kann.« Er malt dem Jungen mit seinen Worten ein Bild dieser Urlandschaft, das Fritz in Begeisterung versetzt. Vulkane hat es hier gegeben, echte feuerspeiende Berge, der Beweis liegt da: Ein dunkelgrauer Stein, in dem Luftblasen zu finden sind, weshalb er einmal flüssig gewesen sein muss. Fritz möchte am liebsten sofort wieder in das alte Bergwerk zurückkehren und sich dafür Goethes geologisches Besteck ausleihen.

»Morgen«, verspricht Goethe. »Ich werde mitkommen, und vielleicht auch der Herzog. Was hältst du davon, wenn wir ihn in der Hütte abholen und dann zusammen in den Stollen gehen?« Am Hang des Kickelhahns gibt es eine Schutzhütte, in der Karl August und Goethe schon oft genächtigt haben, wenn sie durch die Wälder wanderten. Sicher wird Karl August heute nicht zurückkommen.

Für diesen Nachmittag hat Goethe den Besuch einer Marmormühle vorgesehen, in der ein spezielles Mahlwerk, vom Wasser der Ilm angetrieben, vollkommen runde Murmeln formt. Der Junge kauft einige schöne Exemplare, die er seinen Geschwistern mitbringen will. Es beglückt ihn, dass Fritz sich von allem, was er zu sehen bekommt, so begeistern lässt, denn er liebt das

Strahlen in den Augen des Kindes, die für ihn zugleich die Augen Charlottes sind. Die Zärtlichkeit, die er für Fritz empfindet, meint eigentlich Charlotte, und er liebt den Jungen, als wäre er der gemeinsame Sohn, den es nie geben wird.

Am Morgen brechen sie früh auf, es ist noch nicht einmal fünf Uhr. Sie haben Wegzehrung mitgenommen und genießen ihr Frühstück an einem schönen Aussichtspunkt mit einem Blick ins weite Land. In der Ferne ziehen Wolken herauf, man kann noch nicht sagen, ob das Unwetter bis Ilmenau kommen wird. Oft regnet es in der Umgebung, und über Ilmenau bleibt dank der Lage des Ortes der Himmel wolkenfrei.

Nach zwei Stunden kommt die Hütte in Sicht. Fritz ruft ein fröhliches »Holla-Ho!«, dessen Echo aus dem Wald ihm Vergnügen macht, sodass er es immer wieder erschallen lässt, bis sie vor dem schlichten Holzhaus angelangt sind. Neben der Eingangstür hängen zwei Auerhühner, ein Rehbock und ein Hase ab, und gerade als Goethe eintreten will, wird die Tür geöffnet. Herzog Karl August tritt ins Freie. Hinter ihm ist eine junge Frau zu sehen, ein Mädchen noch, vielleicht fünfzehn, höchstens sechzehn, das sich den Rock glatt streicht und zerzauste Haare aus dem geröteten Gesicht wischt.

»Willkommen an diesem schönen Morgen«, sagt Karl August. »Susanna, die Frau des Jagdaufsehers, hat mir ein Frühstück gebracht. Es reicht für uns alle.«

»Ich muss gehen«, sagt die junge Frau. »Ich werde meinem Mann Euren Gruß ausrichten, Hochwohlgeborener Herr.« Sie macht vor dem Herzog einen Knicks.

»Warte.« Karl August reckt sich und greift nach einem der Auerhühner. »Kannst du das tragen?«

»Gewiss.«

»Dann nimm es als Gegengabe für das gute Frühstück

und richte deinem Mann ein gutes Mahl.« Er zwinkert dem Mädchen zu. »Vielleicht klappt es dann bald mit dem ersehnten Kindersegen.« Er reicht ihr den Vogel, der ein ordentliches Gewicht hat. Als Frau des Jagdaufsehers weiß sie ihn zu tragen: Sie greift den Hals, wirft sich das schwere Tier über die Schulter und geht in forschem Marsch den Weg zwischen den Buchen hinab. Ihre Schritte sind noch lange im Zwitschern und Trillern der Waldvögel zu hören.

Fritz ist verschwunden, wahrscheinlich besichtigt er die Hütte. »Wie war sie?«, fragt Goethe.

Karl August macht ein Genießergesicht. »Frisch, fromm, fröhlich, frei. Vor allem das erste und das letzte davon. Und so Gott will, habe ich ihr heute ein wenig über ihre Kinderlosigkeit hinweggeholfen. Ihr Mann ist mehr als dreimal so alt wie sie, da muss ich als Landesherr ein wenig Unterstützung gewähren.«

»Deine Regentschaft ist für das gesamte Herzogtum ein fruchtbarer Segen«, sagt Goethe. Sie lachen zusammen.

Fritz steht da und versucht, die Inschriften an den Wänden zu entziffern. Er dreht sich zu Goethe um. »Onkel Wolfgang«, sagt er, »da hat jemand ein Gedicht hingeschrieben, und darunter steht ein ›G‹, das aussieht wie deins.«

»Dann ist es wohl meins«, sagt Goethe.

Fritz versucht, das Gedicht zu entziffern, kommt aber über ein paar Buchstaben nicht hinaus.

»Über allen Gipfeln ist Ruh«, liest Goethe ihm vor. »In allen Wipfeln spürest du kaum einen Hauch; die Vögelein schweigen im Walde. Warte nur! Balde ruhest du auch. Sechster September siebzehnhundertachtzig. Goethe.«

»Du warst sicher müde«, sagt Fritz.

Goethe streicht dem Knaben über die dunklen Locken. »Ja«, sagt er, »es lagen einige schwere Tage hinter mir, und ich bin hierher gekommen, weil ich müde im Herzen war. Hier habe ich immer Ruhe und finde neue Kraft.«

»Jetzt gibt es erst einmal neue Kraft beim Frühstück«, sagt Karl August. »Kommt, wir tragen die Sachen heraus.«

Goethe greift nach dem Bündel, das die junge Frau zurückgelassen hat. Er hat schon mit Fritz gegessen, aber das Wandern macht immer Appetit. Vor der Hütte gibt es einen Baumstumpf, dessen Oberfläche so geglättet ist, dass er als Tisch dienen kann. Darum stehen drei grobe Bänke aus Brettern. Goethe öffnet das Bündel. Zum Vorschein kommt ein Schlegel schwarz geräuchertes Hirschfleisch, ein Laib dunkles Brot, ein Stück Butter, in Kastanienblätter gewickelt, ein reifer grauer Käse, dessen Duft Goethe an seinen geliebten Frankfurter Handkäse erinnert, ein Bündel Gartenkräuter und ein versiegelter Steinkrug mit Wein.

Nach dem Essen brechen sie auf. Die Jagdbeute muss zwei Tage hängen, Karl August wird sie holen lassen. Der Weg geht leicht, fast immer bergab, Fritz schlägt, übermütig vom Wein, Purzelbäume im Gras, bis er beinahe in einem Gestrüpp von Brennnesseln landet. Nur eine Hand streift eine der Pflanzen, aber das genügt, um ihn den Weg nun ruhiger fortsetzen zu lassen.

Es ist Mittag, als sie das Bergwerk erreichen. Die ganze Zeit sind Wolken aufgezogen, es sieht nach einem Unwetter aus, das jeden Moment hereinbrechen kann, aber der Regen wartet, bis sie den Stollen erreicht haben. Im Eingang liegen ein paar Pechfackeln. Goethe hat den Gastwirt am Morgen gebeten, sie besorgen zu lassen. Auch Zunder ist da.

Der Bergbau liegt seit vielen Jahren still. Es hat einmal einen Wassereinbruch gegeben, und der Schacht in der

Mitte des Stollens ist bis oben hin voll mit schwarzem Nass. Sie müssen sich am Rand vorbeischieben, Fritz hat Angst, aber Goethe nimmt ihn auf die Schultern. Jenseits des Schachtes beginnt ein jüngerer Teil des Stollens: Hier hat man nicht abgebaut, sondern nur nach Kohleadern geforscht. Die Gesteinsschichten liegen steil und sind sehr flach, stellt Goethe fest, ein Kohleflöz, das sich zu lohnen scheint, ist kaum dicker als eine Spanne.

Dann erreichen sie das Ende des Stollens. Ein verwitterter Holzeimer liegt dort im Schutt, daneben ein Hammer. Bleiche Spinnentiere hasten vor dem Licht der Fackel davon.

»Da!« Fritz ist aufgeregt. »Die gleichen Steine wie auf dem Schutthaufen!«

Goethe hebt einen Brocken auf, betrachtet ihn im Schein der Fackel. Der Stein ist von Adern durchzogen, und manche Stellen glimmern wie Katzengold. Er hält Karl August den Stein im Fackelschein entgegen. »Man hat hier nach Kohle gesucht und die wahren Schätze übersehen«, sagt er. »Das ist Kupferschiefer, der auch Silber und andere Metalle enthält. Wir nehmen ein paar Stücke mit und lassen sie an der Universität zu Jena untersuchen. Vielleicht lohnt sich der Abbau. Aber hier ist viel Arbeit zu tun. Das Wasser muss aus dem Schacht geschöpft werden, und wir werden ein Pumpensystem bauen müssen. Dann brauchen wir im Ort eine Schmelze, in der die Metalle aus dem Gestein geholt werden. Außerdem sind Arbeiter notwendig, und die wollen ihren Lohn haben. Der Bevölkerung von Ilmenau wird es nützen: Arbeiter, die Geld haben, werden die Gasthäuser florieren lassen, ihre Familien werden Brot und Kleider kaufen können, Schuhmacher und Spengler, Schneider und Wirte werden wieder ihr Auskommen finden.«

»Und Steuern zahlen«, sagt Karl August.

»Wir sparen die Überweisungen für die Armen. Die, wie es aussieht, auch nicht bei ihnen ankommen, sondern in den Taschen der Beamten verschwinden.«

»Arbeiter sind teuer.« Karl August überlegt. »Es gibt einige andere Leute, die wir einsetzen können. Wie viele Zuchthäusler haben wir im Augenblick zu versorgen?«

»Zweiundsiebzig.« Goethe hat erst vor einer Woche die Kostenabrechnung unterzeichnet.

»Es könnten mehr werden. Es gibt zu viele Todesstrafen. Die Leute sind dann zu nichts mehr zu gebrauchen, außer für die Anatomie. Das ist Verschwendung. Professor Loder in Jena fordert mehr Leichen zum Sezieren, aber die könnten wir ihm auch aus dem Krieg besorgen oder ihn dorthin schicken, wo gerade einer stattfindet. Wenn wir dann alle hiesigen Todesstrafen umwandeln in lebenslange Haft mit Zwangsarbeit und zugleich die geringeren Vergehen härter bestrafen, könnten wir dieses Bergwerk betreiben.«

»Taten wie Untreue«, sagt Goethe. »Da ist ein weites Feld, das es abzuernten gibt. Ich habe gestern einige Bewerber ins Auge gefasst, die vielleicht Gelder für die Ärmsten dazu verwendet haben, sich selbst zu bereichern.«

»Und Kindsmörderinnen«, sagt Karl August. »Warum sollten sie nicht einmal etwas anderes tun als ihren Kopf unter das Beil zu legen. Frauen können härter arbeiten als Männer. Ich werde alle Mörder, Totschläger, Huren und sonstige Galgenvögel zu lebenslangem Zuchthaus mit Zwangsarbeit begnadigen. Was hältst du davon?«

»Ich werde es in der Kanzlei berechnen lassen«, sagt Goethe und hält Ausschau nach Fritz, der am Boden kniet und zwischen seinen Händen zwei Spinnen gegeneinander kämpfen lässt. »Vielleicht lohnt es sich.«

* * *

Johanna bekommt jeden Tag ihre Verpflegung. Manchmal ist es so viel, dass sie Margaretha etwas davon abgeben kann, und sie erfährt, dass der Müller, in dessen Diensten sie gewesen ist, sie versorgt. Hier in ihrem Elend bekommt sie mehr und besser zu essen als zu der Zeit, als sie noch von früh bis spät gearbeitet hat. Sie denkt, der Müller hat ein schlechtes Gewissen, weil er ihr das Kind gemacht hat und deshalb die Schuld an allem trägt, was nun mit ihr geschieht, aber einmal sagt einer ihrer Wächter, der Müller sei wegen Ehebruchs zu einer Woche Zuchthaus verurteilt worden, und von Amts wegen habe man ihm auferlegt, sie zu verköstigen, bis sie ertränkt oder gepfählt werde. Er sagt das so gleichgültig, als wären diese Dinge ein alltägliches Geschäft, und gerade das lässt Johanna einsehen, wie unabwendbar ihr baldiges Ende ist.

Sie will ihre Furcht mit Margaretha teilen, vielleicht weiß diese einen Trost, doch die Mitgefangene ist seit Josefas Tod verändert. Sie redet immer wieder davon, auch durch eine Krankheit erlöst werden zu wollen, und statt ihrer spitzzüngigen Worte murmelt sie immer wieder Gebete. Reden kann Johanna mit ihr nicht, und so liegt sie im Stroh, und die Angst verschafft ihr die schrecklichsten Träume.

Immer wieder wird sie zum Verhör gebracht, immer wieder stellt man ihr dieselben Fragen, sie möchte, dass man endlich damit aufhört. Sie hat doch alles gesagt. Sie hat das Kind zur Welt gebracht, sie gibt zu, dass es geatmet hat, obwohl sie das nicht sicher weiß. Sie erlebt jenen Moment immer wieder, wie in einem bösen Traum, der niemals endet, aber der Traum verändert sich, und bald kann sie nicht mehr unterscheiden, was wirklich war und was sie den Fragen entnommen hat, die man ihr andauernd stellt. Ja, sie hat das Messer in den Hals des

Kindes gestoßen, zweimal oder dreimal, sie erinnert sich nicht daran, aber wenn der Herr Untersuchungsrichter das so sagt, dann wird es wohl stimmen.

Einmal wird sie aus ihrem Kerker geholt und mit Fußfesseln in die Verhörstube geführt, aber es sitzt nicht der Untersuchungsrichter dort, sondern ein fremder Mann mit rundem Gesicht und breitem Backenbart. Er sagt, er sei der Doktor Vogel, ein Rechtsgelehrter aus Jena, und er habe die Aufgabe, sie vor Gericht und vor dem Schöppenstuhl zu verteidigen. Er habe die Vernehmungsprotokolle gelesen und verglichen, und er habe noch einige Fragen, die müsse sie ihm beantworten, denn nur so könne er ihr helfen.

Johanna weiß nicht, was ein Schöppenstuhl ist. »Das ist eine Versammlung von Rechtsgelehrten, die sich genau mit den Gesetzen auskennen«, sagt der Doktor Vogel. »Sie muss sich das so vorstellen: Sie wird zum artikulierten Verhör öffentlich vor ein Gericht gestellt. Das heißt, der Richter, der Sie hier vernommen und auch andere Zeugen verhört hat, stellt eine Liste von Fragen zusammen, die Sie beantworten muss, aber immer nur mit ja oder nein. Es ist nicht mehr möglich, die Tat mit eigenen Worten zu schildern, denn das ist ja hier geschehen. Sie hat dem Untersuchungsrichter alles erzählt. Wenn dieses artikulierte Verhör vorüber ist, übersendet das Gericht das Protokoll und die Akten dem Schöppenstuhl und schlägt ein Urteil vor. Die Rechtsgelehrten beraten sich, indem sie alle Aussagen mit den vorhandenen Gesetzen vergleichen.« Johanna wird dabei anwesend sein, darf aber nur sprechen, wenn sie gefragt wird. Wenn Zweifel bestehen, wird die Folter angeordnet, aber nicht mehr wie früher, als man den Hexen den Prozess machte, sondern es wird vorher genau festgelegt, mit welcher Maßnahme man anfängt und wie weit diese gehen darf. Bevor die

Folter vorgenommen wird, muss der Landesherr seine Genehmigung geben, das bedeutet einen Zeitgewinn.

»Ich weiß nicht, ob Sie wirklich ihr Kind getötet hat«, sagt Doktor Vogel, »denn aus den Stichen am Hals ist kein Blut geflossen. Es ist möglich, dass der Knabe tot geboren wurde oder dass Sie ihn mit ihrem Gewicht zerquetscht hat. Dann wäre das Geständnis falsch. Ich werde das bei meiner Verteidigung so vortragen. Hat Sie nicht große Schmerzen gehabt?«

»Ja.«

»Und große Angst?«

»Ja. Es hat mir die Sinne geraubt. Ich wusste nicht, was ich tun sollte.«

»Und das Messer war für die Durchtrennung der Nabelschnur vorgesehen?«

»Ja«, sagt Johanna, »die Hausmagd Marie hat es mir gegeben und gesagt, was ich tun muss, wenn das Kind leben soll. Ich habe aber nicht sofort daran gedacht. Ich wusste nicht einmal, ob das, was ich in den Händen hielt, ein Kind war. Es war glitschig, und ich konnte es nicht festhalten.«

»Das ist wichtig.« Doktor Vogel taucht eine Schreibfeder in Tinte und schreibt etwas auf das Blatt Papier, der vor ihm liegt. Er stellt noch viele Fragen, und Johanna erkennt, dass der gelehrte Herr Doktor auf ihrer Seite steht. Zum ersten Mal seit ihrer Festnahme fasst sie zu jemandem Vertrauen. Sie wagt es, zu fragen, was mit ihr geschehen wird, wagt es, Hoffnung zu haben. Wenn man sie nicht des Mordes an ihrem Kind überführt, sondern ein Versehen erkennt, wird sie leben. Auch wenn dieses Leben ein elendes sein wird, ist es immer besser als der Tod. Sie muss vielleicht für viele Jahre ins Zuchthaus und dort hart arbeiten, aber harte Arbeit ist sie gewohnt. Es gibt die Möglichkeit der Begnadigung – bei jedem Urteil hat der Fürst das letzte Wort. Doktor Vogel erzählt ihr von einer Kindsmörderin, die ihr Neugeborenes mit dem Schädel an die Wand geschlagen hat, davon hat Johanna schon gehört. Die Frau wurde zum Tode verurteilt, zu Zuchthaus begnadigt und kam nach sechs Jahren schon frei. Um wie vieles größer ist die Hoffnung, die Johanna sich machen kann!

Zwei Stunden später bringt man sie in den Kerker zurück. Jemand hat ein Licht hinein gestellt. Zwei Soldaten sind dabei, das faule Stroh und die Exkremente hinauszuschaufeln und neue Streu auszuschütten.

»Wo ist Margaretha?«, fragt Johanna.

»Hat sich aufgehängt«, sagt einer der Soldaten. »An dem Ding da, mit den Streifen, die sie aus ihrer Kleidung gerissen und verflochten hat.« Er deutet auf einen eisernen Ring an der Wand, an dem man früher Häftlinge angekettet hat. Seine Worte klingen wie eine Empfehlung, und vielleicht wäre Johanna ihr gestern noch gefolgt.

* * *

Es ist Sommer geworden, und Herzog Karl August hat mit seiner Gemahlin nach dem Fest der Taufe ihres ersten Sohnes zu einem besonderen Ereignis für einen erweiterten Kreis von Leuten eingeladen: An der Ilm soll weit außerhalb der Stadt ein »Picknick« stattfinden, wie es beim englischen Adel seit einiger Zeit Mode ist. Man hat eine kleine Anhöhe gewählt, von der aus der Blick weit ins Tal der Ilm geht. Dort hat man unter Bäumen das Gras geschnitten, Tische und Bänke aufgestellt und eine Feuerstelle errichtet, über der ein Wildschwein geröstet wird. Zwei kräftige Männer müssen den Spieß immer wieder drehen, schneiden mit einem Säbel gegarte Brocken ab und teilen sie an die Hungrigen aus, die unter der Musikbegleitung der Husarenkapelle fast eine Stunde lang hierherspaziert sind. Es gibt auch Feldhasen und im Erdmantel gebackene Igel, wie sie angeblich die Fahrensleute essen. Aus zwei großen Fässern, die auf einem Leiterwagen stehen, wird Wein ausgeschenkt. Die Gesellschaft ist fröhlich, die Damen machen ein Geschicklichkeitsspiel, bei dem jede eine kleine Kugel möglichst nahe an eine größere Kugel werfen muss, ähnlich wie beim Murmelspiel der Kinder. Karl August hat seine beiden Hunde losgelassen, und unter Gebell springen sie den Kugeln nach, veranlassen die Damen immer wieder zu erschrockenen Ausrufen oder fröhlichen Jauchzern. Einige Damen spielen »Amazonen« und schießen mit Pfeil und Bogen auf ein Pferd aus Stroh, das man am Rand der Wiese aufgestellt hat. Der junge Dichter Lenz, klein, nervös, immer in Bewegung, ist von Kindern umringt und macht aus Wörtern, die man ihm zuruft, kleine Zweizeiler, die sich lustig reimen. Die meisten Männer haben sich der ernsten Tätigkeit des Zechens zugewandt.

Unter ihnen sitzt Karl August. Er liebt solche Feste, auf denen die höfische Etikette ein wenig vernachlässigt wird. Er hat viele Leute unterschiedlichen Standes eingeladen, die bei Hofanlässen nicht zusammen an einem Tisch sitzen dürften – hier schmaust der Amtsrichter mit dem Minister vom selben Teller, der Geheime Rat Goethe stößt mit einem Jagdgehilfen an, der ihn einmal vor einem wild gewordenen Eber gerettet hat. Herder, der am höchsten angesehene Geistliche der Stadt, sitzt in seiner schwarzen Kleidung da, zieht die kräftigen, dunklen Augenbrauen zusammen und erörtert mit dem reichen Kaufmann Bertuch den Wert, den dessen Errichtung einer kleinen Fabrikation für Stoff- und Papierblumen denn haben könnte – unverheiratete Jungfern arbeiten an einem langen Tisch zusammen und stellen bunte Gestecke her. Der Geistliche befürchtet, wenn die Damen unbeaufsichtigt arbeiten, könnte das zu unsittlichen Gesprächen führen.

Karl August hat mit Absicht diese unterschiedlichen Leute geladen, natürlich niemanden von niederem Stand, sondern alles Leute, die mit Regierungs- oder Amtsgeschäften zu tun haben, und ihre Familien. Er will hören, was die Leute reden, was sie zu den verschiedensten Themen denken, über die zurzeit im Land gesprochen wird.

Eine der großen Sensationen, die die Gemüter beschäftigen, ist der Bergbau, der in Ilmenau wieder aufgenommen wird. Die Silbervorkommen reichen aus, um eine Schmelze zu errichten, und vielleicht kann sogar die alte Münze neu erstehen. Das würde dem ganzen Herzogtum etwas mehr Wohlstand bringen und es unter den deutschen Ländern aufwerten. Wenn die Menschen arbeiten, blüht auch der Handel, es könnten endlich die Verbindungsstraßen befestigt werden, und es käme ein regelmäßiger Postdienst ins Land. Doch das ist noch lange hin – kaum wird über diese Pläne öffentlich geredet, melden sich kleine Adelige aus Gegenden zwischen Bamberg und Leipzig und kündigen ihre bisher nicht wahrgenommenen Erbansprüche an. Goethe wird sich deshalb in Zukunft näher mit Erbrecht und Bergbaurecht befassen müssen.

In solcher Atmosphäre geben die Leute ihre Träume preis. Karl August und seine Vertrauten hören gut zu. Auch der Herzog hat einen Traum. Er will das Fürstentum, ein verarmtes, auch politisch rückständiges Land, zur Blüte bringen. Er fördert Kunst und Musik, Dichtung und Theater, wie es seine Mutter bereits begonnen hat. Er will das Justizwesen reformieren und zum modernsten in den deutschen Landen ausbauen. Er will vor allem das Recht reformieren lassen, das noch aus dem Mittelalter stammt. Man kann in diesen neuen Zeiten nicht nach einem Gesetz urteilen, das die Hexenprozesse zu einer grausamen Folter- und Vernichtungsmaschine gemacht hat.

Die Frage für Karl August ist, ob der Mensch überhaupt das Recht hat, einen anderen Menschen gewaltsam in den Tod zu schicken. Im Krieg stellt sich die Frage nicht, der Krieg ist für ihn eine Naturkatastrophe wie ein Erdbeben oder eine Überschwemmung, aber wenn gelehrte Menschen beisammen sitzen und darüber disputieren, warum und wie sie einen Menschen töten, den sein Schicksal an diesen Scheidepunkt des Lebens geführt hat, dann ist das staatlicher Mord. Es gibt in der Bibel ein altes und ein neues Testament, und er weiß von Herder, dem früheren baltischen Wanderprediger, mit dem er schon als ganz junger Mensch oft über diese Dinge geredet hat, dass das alte für das Prinzip »Auge um Auge« steht, das neue für das Prinzip »Vergebung und Nächstenliebe«. Nun kann man einem Mörder nicht einfach vergeben oder ihn lieben, denn er hat sich das Recht des Tötens genommen und sein Opfer um das Einmalige, nämlich das Leben, geprellt, es auf immer von den Menschen, die um ihn waren, getrennt, ihm Angst und Schmerz zugefügt und ihm dazu die Möglichkeit genommen, im Sterben seine Sünden zu bereuen und seinen Frieden mit sich selbst zu machen. Man muss dem Mörder jedoch Gelegenheit verschaffen, seine Tat zu erkennen, zu bereuen und zu büßen. Die Katholiken haben dafür das Fegefeuer, die Protestanten das Zuchthaus: Wer die Vorhölle nach dem Tod abgeschafft hat, muss dafür eine andere vor dem Tod verfügbar halten, damit der Mensch Gelegenheit hat, gereinigt ins ewige Leben zu gehen.

Das Zuchthaus hat für den Staat Vorteile. Er muss dem Sünder zwar eine bescheidene Unterkunft zur Verfügung stellen, lässt ihn aber von seinen Verwandten versorgen und nutzt seine Arbeitskraft zum Wohl der Allgemeinheit. Das ist der gerechte Preis, den der Übeltäter für die ihm überlassene Möglichkeit der Reue zahlen muss. Das moderne System ist viel wirtschaftlicher als das alte, und Karl August will es durchsetzen. Doch auch als absoluter Herrscher schafft er das nicht allein. Er ist jung, und die alten Herren, die ihn beraten, sind zu mächtig geworden. Nur gut, dass er diesen Goethe gefunden hat. Es war nicht einfach, den Frankfurter Juristen mit dem ihm verwandten ungebändigten Wesen an den Hof zu holen und ihn an sich und Weimar zu binden: Er hat ihm schon viele Vergnügungen bieten müssen, aber er selbst hatte auch seine Freude daran.

Jemand stößt ihn an. Karl August blickt von seinem Weinbecher auf, den ihm ein unbekannter Übeltäter immer wieder nachgefüllt haben muss – Zuchthaus soll er bekommen!

Er blickt in die Augen eines blond gelockten Mädchens mit herbem Gesicht und sinnlich üppigen Körperformen.

»Verzeihen, Hochwohlgeboren, ich wollte Euch nicht mit meinem Korb verletzen.« Sie macht einen Knicks.

»Ich kenne dich«, sagt er. »Du warst schon in meinem Schlafzimmer.«

Sie errötet. Wie schön!

»Das war, als ich für meinen Vater eine Bittschrift abgeben wollte«, sagt sie und blickt hin und her zwischen den Leuten, die plötzlich aufmerksam werden. »Die Husaren wollten mich nicht vorbeilassen. Mein Vater wurde zu Unrecht beschuldigt und suspendiert, und ich musste die Bittschrift direkt abgeben, damit sie bei Hochwohlgeboren ankam. Im Amt hat es keinen Sinn. Auf zweihundert Bittschriften kam keine Antwort.«

»Wie heißt du?«

»Vulpius. Christiane.«

»Ah, ja. Dein Vater ist der kleine Schreiber, der dann Wegeaufseher geworden ist.«

»Und noch immer kein Geld verdient hat. Deshalb habe ich eine Arbeit übernommen, Herr. Ich will Euer Hochwohlgeboren nicht allzu lange belästigen, aber beim Kaufherrn Bertuch werden diese schönen Blumen hergestellt, die das beste Geschenk für jede liebenswerte Dame sind. Ich will sie nicht verkaufen, sondern für eine Spende gibt es ein Los. Damit kann man Kränze, Bouquets und einzelne floristische Kunstwerke gewinnen, und der Erlös ist für eine Köhlerfamilie mit sieben Kindern bestimmt, deren Haus abgebrannt ist.«

»Sieben Kinder?«, sagt er. »Dann gib sieben Lose.«

Er öffnet die Papierrollen, gewinnt ein Bouquet, reicht ihr das Los zurück.

»Gib den Gewinn dem Geheimen Rat«, sagt er und deutet nach schräg gegenüber auf Goethe, der gerade mit dem Dichter Jakob Lenz ein heftiges Gespräch über den Wert der Nervosität führt und Lenz die Schönheit der Melancholie auszureden versucht. Für alles Romantische hat Goethe nichts übrig, und für Lenz ist es nur eine Verirrung. Lenz hat fast den gleichen baltischen Dialekt wie Herder, kommt vielleicht auch aus Litauen, oder wenigstens aus dem Memelland. Diese Länder sind so fern, dass sie für Karl August nicht zu unterscheiden sind.

Das Mädchen geht um den Tisch herum, bietet Goethe die Blumen an, der nimmt sie beiläufig entgegen und wendet sich wieder seinem Gegenüber zu. Schade, dass er dieser Frau, die ihre herbe Sinnlichkeit ausstrahlt wie der Mond seinen Halo, gar keine Aufmerksamkeit schenkt.

* * *

Das Sommerwetter dauert nur wenige Tage. Als Johanna nach Jena gebracht werden soll, ist der Himmel schwarz wie in einer Februarnacht, eine einzige undurchdringliche Fläche, aus der feiner Nieselregen herabsinkt.

Schon um vier Uhr in der Frühe ist Johanna auf den Schinderkarren gestellt worden, ein flaches Gefährt mit einem Pfahl in der Mitte, vor das ein Esel gespannt ist. Sie wird mit den Händen an den Pfahl gefesselt. Auf dem Platz haben sich schon Leute eingefunden, die gleich anfangen, sie zu bespucken und zu beschimpfen. Es sind überwiegend Bettler, die Ähnliches selbst Tag für Tag über sich ergehen lassen müssen und ihre eigene Schmach nun an Johanna wettmachen wollen. Johanna würde sich am liebsten vor Scham verkriechen, findet aber nicht einmal die Möglichkeit, ihr Gesicht zu verbergen. Man hat ihr die Hände so hoch angebunden, dass sie ihren Körper gerade halten muss.

Schon nach etwa einer Stunde kann sie nicht mehr stehen. Drei berittene Husaren sollen den Eselskarren bewachen, einer reitet voraus, zwei hinterdrein. Der Knecht irgendeines Bauern führt den Esel. Am Himmel will es immer noch nicht hell werden, als der Befehl zum Aufbruch gegeben wird.

Johanna ist vom Regen durchnässt. Ihre Hände schmerzen, ihr Rücken ist lahm, sie spürt jeden Stein, über den der Karren rollt. Die Wege sind aufgeweicht. Die Spötter laufen eine Weile neben dem Karren her, dann bleiben sie zurück, weil das Laufen im Morast zu beschwerlich ist.

Es geht durch eine weitläufige Talsenke, über offene Felder und Wiesen. Kein Baum, kein Strauch bietet hier Schutz. Der Wind fährt in Böen herab, reißt die Wolken in Fetzen, ohne dass irgendwo der Himmel durchscheint, und schleudert den Niesel in kalten Wogen über den erbärmlichen Zug. Dörfer tauchen aus dem Regenschleier auf. Die Häuser aus Holz und Lehm sehen so aufgeweicht aus, dass man meint, sie müssten gleich in sich zusammensinken.

Einmal stellt sich ihnen eine Gruppe von Bauern mit Kehrbesen, Harken und Dreschgerät in den Weg und will den Schandkarren nicht durch das Dorf ziehen lassen. Der Husar, der vorausreitet, versucht barsch Platz zu schaffen, aber die Bauern sind beharrlich. »Die Hure kommt hier nicht durch«, hört Johanna, und: »Wir wollen keine Mörderin in unserem Dorf sehen.« Sie haben Kettenhunde bei sich, die mit ihrem Knurren und Bellen die Worte immer wieder übertönen.

Die Husaren lassen sich beeindrucken und fragen nach einem Weg, der um das Dorf herumführt, und nun geht es durch schlammige Äcker und Wiesen. Einmal kippt der Karren in einen Graben, und der Sturz hätte Johanna beinahe die Hände abgerissen. Der Schmerz bleibt noch lange, er ist eine einzige große Qual. Trotz des Regens hat sie das Gefühl, ihr Körper stehe in Flammen, und zugleich friert sie. Sie kann nichts sehen. Ihr Gesicht ist ein einziger Kleister aus Haaren, Regenwasser, Tränen und Rotz. Der Weg ist endlos, und nur hin und wieder kommt der Zug zum Stehen, wenn der Esel nicht weiter will oder wenn einer der Männer am Wegrand austreten muss. Johanna ist das nicht vergönnt – was sie von sich geben muss, läuft ihr an den Beinen hinab. Dafür wird sie noch beschimpft und verspottet. Die Husaren und der Knecht haben Brotkanten als Wegzehrung bei sich und essen im Gehen. Johanna bekommt nichts. Es ist ihr egal. Sie möchte lieber sterben als noch länger diesen Weg fortsetzen. In ihrer Brust schmerzt es schlimmer als in den Tagen nach der Geburt ihres Kindes, als ihr die Milch eingeschossen war und sie nicht hat stillen können.

Jetzt sitzt der Schmerz tiefer, und wenn sie husten muss, geht es ihr wie Messerstiche durch den Leib.

Plötzlich setzt ihre Stimme ein, sie kann es nicht verhindern, ein langer Klagelaut, ein Jammern und Heulen umgibt sie, zuletzt nur mehr ein Winseln.

Es wird Abend, als sie in Jena einfahren. Die Menschen kommen aus den Häusern, doch sie spotten und fluchen nicht, sondern stehen stumm da mit offenen Mäulern, starren Johanna an, und sie liest aus ihren entsetzten Blicken, dass sie nicht mehr wie ein Mensch aussieht. Sie ist froh, als man sie direkt in einen Kerker bringt und auf das Stroh wirft. Sie schläft, noch bevor die Tür wieder verschlossen ist.

* * *

Die Amtsgeschäfte nehmen Goethes Zeit stark in Anspruch. Es gibt viele Vorschriften, viele Rechte und Gepflogenheiten aus alter Zeit, Steuern auf beinahe alles: Auf die Ernte, auf Wegerechte, auf Reisigsammelrechte, auf Käufe und Verkäufe beim geringsten Handel. Es gibt einen »Hühnerpfennig«, der für die Schlachtung oder den Verkauf eines Huhns zu zahlen ist, es gibt Ernteabgaben, Erbzins, Bierpfennig, Holzpfennig und überhaupt sehr viele Pfennig-Steuern. Nicht einmal diese können die Bewohner des Kleinstaats zahlen – viele sind zu arm, um sich Knöpfe an der Kleidung zu leisten, man begnügt sich mit selbst gedrehten Riegeln aus Stoff. Ein Sechstel der Steuerforderungen muss zwangsweise eingetrieben werden, die Versuche sind meist vergebens, aber wenn man aufhören würde, zu pfänden, würden auch alle anderen nicht mehr zahlen.

Der Verwaltungsaufwand ist riesig. Goethe errechnet einmal in einem minderen Fall, dass allein die Papierkosten für die entsprechende Akte größer sind als die einzutreibende Summe. Er versucht zu reformieren, macht immer wieder Vorschläge, stößt aber damit auf Widerstände. Das ganze System sitzt zu fest im Sattel, als dass man es in gebührender Zeit aushebeln könnte. Die Kleinlichkeit der alltäglichen Berechnungen wird Goethe immer mehr zuwider: Er nennt es »Sperlingsköpfe einsammeln«, und er hat das Gefühl, Unnützes zu treiben. Das sieht er auf vielen Gebieten, immer wenn es in Weimar eine neue Aufgabe gibt, wird Goethe vom Herzog gleich zum zuständigen Minister oder Kommissionsvorsitzenden berufen – Finanzen, Bergbauwesen, Wegebau, Mitglied des Conseils und anderes mehr. Niemand hat in Weimar so vielfältige Funktionen und Pflichten wie Goethe, und es bleibt ihm kaum noch Zeit. Ablehnen kann er nicht, und Karl August macht sich keine Gedanken darüber, denn er glaubt, seinen älteren Freund auf diese Weise mit Ehren zu überhäufen.

Goethe drängt es immer wieder hinaus in die Natur – seine Forschungen und Sammlungen sind der Ausgleich für die vielen Stunden in der engen Welt der Amtsstuben. Er weiß seinen Freiheitsdrang auch geschickt in Verbindung mit seinen Aufgaben zu bringen. Besonders die Erneuerung des Bergbaus in Ilmenau, die Weimar aus seiner finanziellen Misere führen könnte, beschäftigt ihn. Die Geologie, die ihn bisher nur am Rande interessiert hat, rückt nun in den Mittelpunkt. Er forscht nach bisher unbekannten Lagerstätten von Erzen und Mineralien, deren Abbau sich lohnen würde. Die Systematik seiner Steinsammlung, die ihm Rückschlüsse auf die Entstehungsgeschichte einer Landschaft erlaubt, ist ihm zum wichtigsten Hilfsmittel geworden. Er unternimmt Reisen in den Harz, denn dort gibt es von Alters her Silberbergwerke. Er will alles genau in Erfahrung bringen – Abbaumethoden, Sicherung der Stollen und Schächte, Belüftung, Entwässerung. Er lädt auch Fachleute nach Weimar und Ilmenau ein, aber nie länger als für ein paar Wochen, im Höchstfall ein halbes Jahr, mehr kann der Staat sich nicht leisten.

Goethe liebt das Gebirge und bringt von jeder dieser Harzreisen neue Gesteinsproben, Pflanzen und Käfer mit. Fritz, der als Charlottes Liebespfand bei ihm wohnt, ist gern dabei, wenn Goethe ordnet und prüft. Der Junge ist gelehrig und kann gut zeichnen. Er ist Charlottes Jüngster und ihr am ähnlichsten, den Ältesten hat sie in die Pagenschule gegeben, ein Sohn wurde zur Erziehung nach Braunschweig geschickt, nur Fritz bleibt in Weimar, und Goethe zieht ihn gern bei sich auf. Charlotte hat sieben Kinder zur Welt gebracht, sie ist allen gegenüber sehr kühl, so wie sie sich allgemein sehr zurückhaltend gibt, und für die Kinder ist sie wohl keine geeignete Mutter. Goethe vermutet, das liege an ihrer Ehe, sie ist als armes Hoffräulein von ihren Eltern verheiratet worden, wie es üblich ist zu dieser Zeit. Ihr Mann ist vermögend, sieht gut aus und hat das Amt des Oberstallmeisters inne. Er ist viel unterwegs, kümmert sich um die Pferde des Herzogs, um Kauf und Zucht, geht mit zur Jagd, isst nicht zu Hause bei seiner Frau, sondern bei Hofe. Die Kinder bringt sie ihm zur Welt, aufziehen kann sie sie nicht.

Goethe hat Fritz auch deshalb ganz zu sich genommen, weil er sich, noch ehelos, nach eigenen Kindern sehnt. Seine Erziehung ist eigenwillig, unterscheidet sich von allem, was üblich ist zu dieser Zeit. Goethe orientiert sich am Leben griechischer Inselpiraten: »Die nehmen ihre Knaben gleich mit zu Schiffe und lassen sie im Dienste herumkrabbeln; wie sie etwas leisten, haben sie Teil am Gewinn, und sie kümmern sich schon um Handel, Tausch und Beute.« Goethe lässt Fritz an seinen Unternehmungen teilhaben, führt ihn in seine Sammlungen ein, leitet ihn zur Nachahmung oder Teilhabe an, macht ihn zu seinem Boten, Vorleser, Schreiber und behandelt ihn oft wie einen ebenbürtigen Erwachsenen. Er kann den Jungen nicht auf alle Reisen mitkommen lassen, wenngleich er es gern täte, aber er nimmt sich Zeit, ihm alles zu erzählen und alles Gelernte zu erklären: Begierig nimmt Fritz es auf.

Ständig gehen Briefe und »Zettelchen« zwischen Goethe und Charlotte hin und her – Fritz ist oft der Anlass und auch der Überbringer und bietet einen Grund, dass Goethe sich häufig bei ihr zum Abendessen einlädt oder sie und »Stein«, wie er ihren Mann in seinen Briefen nur nennt, bei sich zu Tisch bittet. Meist kommt sie ohne ihren Mann. Sie zeichnen oder musizieren zusammen, wenn es Goethes Zeit zulässt, und er versucht stets, sich ein halbes Stündchen am Tag oder mehr abzuringen. Sie fehlt ihm, wenn er auf Reisen ist, er leidet, wenn sie Weimar auch nur kurz verlässt. Jede Gelegenheit, einen Boten zu schicken, wird genutzt. Sie ist seine Muse und zugleich seine Lehrmeisterin, in Gesprächen mit ihr entwickeln sich seine Gedanken, und zu ihr kann er so ehrlich sein wie zu sich selbst. Es ist auch eine Dankesschuld, die Goethe mit Fritzens Erziehung zu verringern sucht.

Er hat Charlotte viel zu verdanken, denn sie hat aus dem ungestümen Jüngling, der Goethe gewesen ist, einen Mann gemacht, der sich in Gesellschaft und bei Hof zu benehmen weiß, hat dafür gesorgt, dass der in der Stadt Verhasste nun von fast allen respektiert wird. Sie hat ihm das Tanzen beigebracht, nicht die Wildheit mit den Dorfschönen, sondern die Eleganz auf dem Parkett, die ihm freilich auch heute noch nicht so recht gelingen will. Er verehrt sie für das alles, fühlte sich aber schon von Anfang an zu ihr und ihrer geheimnisvollen Traurigkeit, zu ihrer schmalen Gestalt in immer weißer Kleidung hingezogen. Er betrachtet sich als einen Minnesänger, der neben seinen bäuerlichen Vergnügungen auch die »hohe Minne« kennt, die reine, dienende Liebe zu einer edlen Frau. Andere nennt er »Weib«, zum Zeichen, dass sein Begehren niederer Natur ist. Charlotte nennt er nie so. Sie ist die Edle, die Herrin, die »hohe Frouwe« aus der Zeit der Minnesänger.

So kann er ihr unbefangen alles anvertrauen, was ihm durch den Sinn geht. Er berichtet ihr sogar ausführlich von seinen Liebschaften, von kleinen Tändeleien mit den »Miseln«, wie er die jungen Bauernmädchen nennt, und sie weist ihn zurecht, wenn er einmal den Verstand zu verlieren droht. Als er sich wieder einmal ernsthaft verliebt, in eine Sängerin, wahrlich ein sinnliches Wesen, schreibt er an Charlotte: »Wenn mir doch Gott so ein Weib bescheren wollte, dass ich Euch könnt' in Frieden lassen!«

Sie sprechen von ernsten Dingen, von der Religion, von allgemeinen Sitten, von der Lösung der Armutsfrage. Dass diese Lösung sehr einfach wäre, glauben beide, aber der Gedanke, die Kosten des höfischen Lebens zu verringern und die Verwaltung zu vereinfachen, ist nicht zu verwirklichen. Karl August ist ein absolutistischer Herrscher, wie alle Fürsten in dieser Zeit, daran lässt sich nichts ändern. Er will das Beste für das Volk seines Landes, ohne dabei auf eigene Privilegien zu verzichten. Allein schon die Frage der Jagd, die in der Umgebung viele Schäden anrichtet und auf Kosten der Ärmsten geht, ist ein Thema, an das sich nicht rühren lässt. Das aufwändige Leben bei Hof und der Apparat von Beamten haben ihren Preis. Das Geld fliegt zum Fenster hinaus wie die Tauben aus dem Schlag.

Dass Goethe sein eigenes Interesse daran hat, leugnet er nicht: Kunst, Musik und besonders Theater wollen gepflegt sein. Doch irgendwoher muss das Geld kommen. Diese Sorge bringt ihn auf die Idee, eine Reise nach Bern vorzuschlagen. Er kennt dort reiche Kaufleute, von denen Karl August Geld borgen kann – gegen gute Verzinsung, versteht sich, aber wenn man es geschickt anlegt, zum Beispiel in den Bergbau investiert, wird es ein Gewinn für Weimar.

Als Goethe mit Charlotte von dieser Reise, die er gern machen will, sobald er zuvor einige wichtige Amtshandlungen erledigt hat, spricht, fällt ihm ein, dass es auch noch das Problem der Kindsmörderin aus der Niedermühle gibt. Er hat es bisher so weit wie möglich von sich geschoben.

»Man hat sie in dieser Woche nach Jena gebracht«, erzählt er Charlotte. »Dort soll sie vor Gericht gestellt werden. Das wird noch eine Weile dauern, denn sie liegt im Fieber und hustet sich die Seele aus dem Leib. Man gibt sich Mühe, sie zu Kräften zu bringen, denn sie soll Urteil und Strafe in vollem Bewusstsein ihrer Tat entgegennehmen. Ich werde zu dem Urteil Stellung nehmen müssen, das fällt mir schwer und wird Zeit kosten. Also wird meine Reise nicht vor dem Frühjahr stattfinden. Bis dahin bin ich bei dir, Liebste, und kann selig deinen Anblick genießen.«

Sie geht nicht auf seine schmeichelnden Worte ein. »Das Problem der ledigen Mütter muss insgesamt gelöst werden«, sagt sie. »Es genügt nicht, das Strafmaß zu verdoppeln oder die einhergehenden Nebendelikte in den Vordergrund zu rücken.« In Weimar ist das außereheliche Beilager verboten, selbst unter Verlobten, und beide Beteiligten müssen hohe Geldstrafen zahlen und mit einigen Tagen Zuchthaus rechnen. Kommt es zu einer Schwangerschaft, wird die Frau gezwungen, in der Kirche unter Eid den Vater öffentlich zu nennen. Das

Verbergen einer Schwangerschaft, und sei es auch nur für einen Tag nach Bekanntwerden, wird ebenfalls mit Zuchthaus bestraft – oft kommt die Leibesfrucht schon bei der harten Zwangsarbeit zu Tode. Die Verachtung der »braven« Bevölkerung ist groß. Es spielt keine Rolle, ob die Frau mit elf oder zwölf Jahren verführt oder vergewaltigt wurde oder ob, wie in einer großen Zahl der Fälle, liebendes Einverständnis im Spiel ist. Beide Beteiligten sind geächtet, und nur eine Eheschließung kann die Schande ausräumen. »Dieses Denken muss man verändern«, sagt Charlotte.

»Das ist schwer, weil in der Hauptsache die unteren Stände betroffen sind«, sagt Goethe, »das sind Menschen, die ohnehin von allen verachtet werden. Wie kann man in ihrem Namen um Verständnis werben, oder sogar für öffentliche Fürsorge? Du glaubst doch nicht, dass eine Frau, die sich einem Mann hingibt …«

»Sie gibt nicht. Er nimmt!« Charlotte wirft ihm einen Blick zu, in dem Spott und Verachtung liegen.

»… dass eine solche Frau die Achtung ihrer Verwandten oder Nachbarn behalten kann, dass sie eine ehrbare Aufgabe in einem bürgerlichen Haushalt bekommt und dort ihr Kind durchfüttern lassen kann, oder dass wir ein Hospiz bauen könnten, wo die Kinder aus diesen Begegnungen ungestraft zur Welt gebracht werden dürfen, oder dass wir die Leute von gehobenem Stand dazu bringen können, Kinder bei sich aufzuziehen, die aus solch unwürdigen Verhältnissen kommen! Solange die Menschen nicht anders denken, wird daran nichts zu ändern sein. Ach, könnte man die Liebe einfach freigeben und die Allgemeinheit für die Folgen sorgen lassen – das wäre das Paradies.« Er fängt Charlottes verwunderten Blick auf, in dem auch ein leiser Spott liegt, als wollte sie sagen: »Männerträume!«

Er hat ähnliche Worte schon zu Karl August gesagt. In allen deutschen Ländern, in ganz Europa werden solche Fragen zurzeit diskutiert, sie sind Anzeichen der neuen Epoche. Überall warten Menschen auf diese neue Zeit, andere verteufeln sie. Ein neues Denken hat es besonders bei denen schwer, die den größten Gewinn davon hätten. Das einfache Volk hält am hartnäckigsten am Althergebrachten fest. Hier in Weimar scheinen die Fronten wie erstarrt, und selbst geistig rege Menschen, die Goethe für fortschrittlich hält, sperren sich, wenn es um Positionen der kirchlichen Tradition oder Lehre geht. Man kann schon darüber verzweifeln, wenn man versucht, sich gegen Herders knöcherne Meinung durchzusetzen.

Charlotte greift Goethes Hand, eine seltene, ungewohnt intime Berührung. Du wirst das schon richtig machen, bedeutet das.

4

Johanna sitzt auf einer Wiese in frischem, frühlingsgrünem Gras. Die Luft ist mild, ein sanfter Wind lässt Blütenblätter von den Apfelbäumen schneien. Neben ihr kniet Josefa, das magere kleine Mädchen aus dem Haus an der Brücke. Sie winden dichte Kränze aus Löwenzahn, setzen sie einander auf wie goldene Kronen. Sie spielen »Königin von Schweden« und es stört sie nicht, dass es zwei davon gibt. Im Baum singt eine Amsel.

Die Amsel ist noch da, als Johanna erwacht. Sie weiß nicht, ob es Morgen ist oder Abend, und wie viele Tage sie hier schon im Stroh liegt. Im Luftloch unter der Raumdecke, kaum größer als eine Schießscharte, sitzt das schwarze kleine Ding, kehrt ihr das Hinterteil zu, zwitschert in die Welt da draußen. Jemand rüttelt an der Tür, und der Vogel flieht.

Dann stehen zwei Wachleute in ihrem Verlies, die kurzen Säbel aufrecht in den Händen, und hinter ihnen tritt ein beleibter Mann ein. Erst als er in der Mitte des Raumes ist und sich Johanna zuwendet, erkennt sie das breite Gesicht ihres Verteidigers Doktor Vogel.

Sie richtet sich unter Schmerzen auf, trotz der Kälte fließt plötzlich Schweiß über ihr Gesicht, sie blickt nur auf die erhobenen Klingen: kleine Blitze im Halbdunkel. »Wenn man mich schlachten will, soll es ganz schnell geschehen.« Ihre Stimme versagt. In ihrem Schoß brennen die Schmerzen der Gewalt, die man ihr tagtäglich antut.

»So weit ist es noch nicht«, sagt Doktor Vogel. »Es gibt

zuvor eine Menge Formalitäten.« Er bemerkt ihr Entsetzen. »Und außerdem ist nicht alles verloren. Es ist jetzt ein artikuliertes Verhör angeordnet.«

»Die Folter? Wozu noch? Ich habe alles gestanden, was das Gericht hören wollte. Sogar mehr als ich weiß.« Johannas Herz will vor Angst zerreißen.

»Erhebe Sie sich! Komme Sie mit!«, sagt einer der Wachleute.

Doktor Vogel beruhigt sie. »Keine Folter. Der Richter hat die Ergebnisse verschiedener Verhöre in distinkten Artikeln zusammengefasst. Die soll Sie bestätigen oder bestreiten, ohne dabei zu argumentieren. Ja oder nein oder weiß ich nicht – mehr hat Sie nicht zu sagen, es sei denn, der Richter fordert Sie dazu auf. In diesem Falle antworte Sie nicht zu schnell, sondern wohl überlegt. Und alles der Wahrheit entsprechend. Gestehe Sie nur, was Sie gewiss getan hat, auch wenn es in einzelnen Punkten einen Widerruf bedeutet.«

»Dann kommt die Folter.«

»Ja, gewiss, aber bedenke Sie: Schmerzen bedeuten Leben. Was sind denn ein paar Schmerzen gegen den Tod?«

Er weiß es doch besser, denkt Johanna. Es gibt Schmerzen, da ist einem der Tod willkommen.

»Gestehe alles, alles ohne Widerspruch!«, raunt ihr Margaretha zu, deren fleischloses Gesicht ihr in der Dunkelheit erscheint. »Was nützt ein wenig Milde, wenn am Ende doch der Tod steht? Bring es hinter dich, und bald! Der Tod ist die Stille, ohne Schmerzen, ohne Angst! Du kannst ihm nicht mehr ausweichen. Also nimm ihn schnell! Wirf dich in seine Arme, und dann ist Ruh!«

Doktor Vogel berührt sie an der Schulter, zieht dann seine Hand zurück, als habe er sich beschmutzt. »Komme Sie mit. Das Gericht tagt bereits.«

Sie richtet sich auf. Man schließt ihre Fußketten, bindet ihr die Hände hinter dem Rücken.

Das Licht blendet, als Johanna in den Gang geführt wird, und es schmerzt, als sie ins Freie kommt. Für die ersten Schritte muss sie die Augen schließen. Die Ketten schleifen auf dem steinernen Pflaster.

* * *

Auf dem Marktplatz in Jena ist ein hölzernes Podest errichtet, das über die ganze Breite geht. Auf der rechten Seite ist ein langer Tisch zu sehen, an dem zwölf edel gekleidete Herren sitzen. Die kurzen Zopfperücken geben sie als Rechtsgelehrte der Universität zu erkennen. Auf der linken Seite sitzen, an einem ebenso langen, aber höheren Tisch, diverse Schreiber und andere Amtspersonen. Der Platz in der Mitte ist frei.

Vor dem Podest hat sich eine Menschenmenge versammelt – halb Jena scheint auf den Beinen zu sein. Da sind Studenten in ihren bunten Uniformen und Fahnen, Bürger und Bürgerinnen, Dienstmägde und Knechte. Bettler schieben sich jammernd mit vorgestreckten Händen durch die Menge, werden von Husaren verscheucht, tauchen an anderer Stelle wieder auf. Der Duft von gebratenen Würsten liegt in der Luft. Als Johanna auf den Platz geführt wird, müssen Soldaten eine Gasse frei machen, nur widerwillig lassen sich die Leute auseinandertreiben. Stumm starren die Menschen sie an, mit Neugier oder Abscheu in den Augen. Das Gemurmel, das zuerst zu vernehmen war, ist wie erstickt: Kein Laut ist mehr zu hören, nicht einmal das Scharren eines Fußes. Einer der Soldaten schlägt einem Bauern die auf dem Platz verbotene Bierkanne aus der Hand; der Aufprall des Gefäßes auf dem Pflaster klingt blechern wie eine Totenglocke.

Vor der Bühne hält Johannas Geleit an. In ihren Ketten steht sie vor einer Gruppe von Menschen, die sie kennt. Man hat ein Seil um diese Leute gespannt: den Müller und die Müllerin der Niedermühle, die Hausmagd Marie und das ganze Gesinde. Da ist auch der Husar, der einmal für Marie das Wasser vom Fluss getragen hat, und zwei Strohpuppen.

Man bringt Johanna auf das Podest – fünf Stufen sind es, die sie nun über die Menschenmenge hinausragen lassen. Ihr geschundener Leib ist im zerrissenen Leinen allen zur Schau gestellt. Sie spürt förmlich die Blicke auf ihrem Fleisch.

Ein Hornsignal, geblasen von vier Husaren, kündigt das Gericht an. Ein Mann, den sie bereits von den Vernehmungen kennt, kommt im samtenen braunen Talar gemessenen Schrittes auf das Podest, verneigt sich vor jedem der Rechtsgelehrten drei Mal und geht dann zu dem freien Platz am anderen Tisch, um sich dort zwischen den Schreibern und Gerichtsbeamten niederzulassen. Sein Name wird ausgerufen, seine Titel, sein jetziges Amt.

Vor dem Richtertisch sind zwei weiße Kreise auf die Bohlen gemalt. In einen davon wird Johanna nun gestellt, dem Richter zugewandt. Links und rechts von ihr nimmt je ein Husar Aufstellung, man bindet ihre Hände los, nur um sie gleich darauf jeweils einem der uniformierten Männer anzuketten. Der zweite Kreis bleibt frei. Einer der Beisitzer neben dem Richter erhebt sich, verkündet, dass hier wider die Ehebrecherin und Kindsmörderin Johanna Katharina Höhn aus Tannroda in der Art des Articulierten Verhörs zu Gericht gesessen werde, geboren am 15. April 1759, getauft am 17. April nämlichen Jahres, seit dem fünfzehnten Lebensjahr im Dienst bei den Müllersleuten in der Niedermühle zu Weimar.

Es fallen Namen, Geburtsdaten, Taufdaten, Johanna

hört nicht hin. Der Beisitzer nennt den Namen des Richters, seine Ausbildung, seine Amts- und Ehrentitel, seine großen Verdienste, es wird seine amtliche Bestellung zu diesem Verfahren verlesen und von allen Beisitzern bestätigt. Dann werden Beisitzer und Schreiber ebenso vorgestellt, jeweils einzeln, es ist eine Prozedur, die den halben Vormittag dauert.

Dann wird die erste Zeugin aufgerufen.

Die Müllerin wird in den zweiten Kreis geführt, Johanna zugewandt. Die beiden Soldaten drehen Johanna, sodass sie und die Zeugin einander in die Augen sehen. Die Müllerin sieht viel schmaler aus als früher, ihr Gesicht erscheint älter und härter. Sie versucht, den Blick zu senken, doch einer der Soldaten gibt ihr einen Stoß: Sie muss Johanna ins Gesicht sehen, wenn sie wider sie spricht.

Der Richter liest aus seinen Akten. Name, Geburtsname, Geburtsdatum, Geburtsort, Taufdatum, Paten. Verheiratet seit dann und dann.

Aussage: Sie wisse, liest der Richter und hält es der Müllerin vor, dass ihr Mann seit deren Anbeginn die Ehe breche. Er sei seit mehreren Jahren ein Trinker von Selbstgebranntem, sei in der Schlafstube gewalttätig und habe fauligen Atem, weshalb sie ihn nicht mehr ertragen könne. Ja, er treibe es nur mit Gesinde, nicht mit ehrbarem Volk, und deshalb könne sie es erdulden, auch wenn es vor Gott eine Sünde sei, aber es sei seine Sünde, nicht ihre. Hat sie das ausgesagt, und ist das wahr?

»Ja«, sagt die Müllerin. »So habe ich es gesagt, und so ist es wahr.«

Die Höhnin sei seit deren fünfzehntem Lebensjahr als Dienstmagd in der Mühle und verrichte dort niedere Arbeiten. Bei ihrer Ankunft habe der Müller sie zur Frau gemacht, sie seitdem aber nicht mehr angerührt, weil sie zu fett und schmutzig sei. Erst vor zwei Jahren habe er sie sich erneut gefügig machen können. Die Müllerin habe davon gewusst, da andere Mägde es ihr zutrugen. Dass ihr Gatte mit der geringsten aller Mägde verkehre, habe ihre Verachtung für ihn verstärkt, sonst aber keine Gefühle wie Eifersucht, Neid oder Hass in ihr geweckt. Auf die Frage, ob sie aus diesem ehelichen Arrangement irgendwelchen Nutzen gezogen habe, habe sie geantwortet: Ja, wenn sie diese oder eine andere Magd zur Rede gestellt habe, sei das nützlich gewesen, um sie sich für besondere Aufgaben gefügig zu machen, das sei nun einmal wichtig in einem großen Haushalt.

Welcher Art waren diese besonderen Aufgaben?

Botendienste, unangenehme Arbeiten, Bespitzelung des übrigen Gesindes. Man müsse doch wissen, ob jemand den Burschen nachsieht, aufmüpfig wird oder der Herrschaft eine Krankheit oder Schwangerschaft verheimlicht. Dieses Wissen sei für eine Haushaltsführung notwendig. Hat sie das ausgesagt, und ist das wahr?

»Ja. So habe ich es gesagt, und so ist es wahr.« Die Müllerin blickt Johanna fest an. In ihren Augen liegt Zorn darüber, dass Johanna sie in die Lage gebracht hat, hier öffentlich verhört und zur Schau gestellt zu werden.

Sie habe erst etwa einen Monat vor der Geburt bemerkt, dass die Höhnin schwanger sei. Dies sei bei einem Gespräch geschehen, nachdem sie die verbrecherische Magd in voller Tat mit ihrem Mann überrascht habe. Da Zeugen zugegen gewesen seien, habe sie die Höhnin maßregeln müssen, obwohl sie andernfalls, wie immer, darüber hinweggesehen hätte. Im Verlaufe des Gespräches habe sich die Besagte am Boden gewälzt und um Gnade gefleht, da sie nicht ins Hurenhaus nach Leipzig verkauft werden wollte. Bei dieser Gelegenheit habe sie, die Müllerin, eine Veränderung am Bauch der Höhnin bemerkt, der immer schon fett gewesen sei, nun aber seltsam unförmig, und sie habe eine Bewegung bemerkt. Ein behutsames Abtasten des Leibes habe ihr dann Gewissheit verschafft.

Johanna erinnert sich anders. Die Müllerin verschweigt, sie in der Erregung zu Boden geworfen und sie vor den Bauch getreten zu haben, und dass es dabei Blut gegeben hat, aber sie darf jetzt nichts sagen, sie hat es bereits so zu Protokoll gegeben. Doktor Vogel wird dafür Sorge tragen, dass es vom Gericht beachtet wird.

Auf die Frage, ob die Drohung mit dem Hurenhaus ernst gewesen sei und ob sie dergleichen bereits einmal veranlasst habe, sei von der Zeugin die Antwort gekommen, ja, bereits zwei Mal, das habe sie als ihre Christenpflicht empfunden. Sie könne nicht eine Magd, die ihr über Jahre treu gedient habe, einfach auf die Straße setzen und sie den Räubern oder dem Hungertod überlassen. In Leipzig gebe es die Messe, da kämen Kaufleute aus aller Welt zusammen, und im Hurenhaus sei ein gesichertes Auskommen. Immerhin habe man es dort mit Bürgern, Adligen und anderen anständigen Menschen zu tun. Es sei sogar möglich, dass eine Hure in fremde Lande verheiratet werde. Sie wisse von einer früheren Stallmagd aus Weimar, die auf diesem Wege zu einer angesehenen englischen Kaufmannsfrau in Hannover geworden sei. Nein, Geld habe sie, die Müllerin, niemals damit verdient. Die Entschädigung, die sie für eine Magd bekommen habe, habe sie ohne Abzug der Kirche gespendet. Hat sie das ausgesagt, und ist das wahr?

»Ja«, sagt die Müllerin. »So habe ich es gesagt, und so ist es wahr.«

Aussage zur Tat: Die Höhnin sei immer weniger zur Arbeit nütze gewesen, habe sich schwächlich gezeigt und sich immer wieder zur Ruhe gelegt, auch bei Tage, manchmal im Lehm hinter dem Hühnerstall, manchmal bei den Ziegen oder in ihrer Kammer, was ihr eigentlich verboten gewesen sei, aber sie, die Müllerin, sei kein Unmensch und habe es geduldet. Dann, am elften April dieses Jahres 1783, habe es kurz vor Mittag ein großes Gewitter gegeben, das Gesinde sei ängstlich gewesen. Erst wenige Tage zuvor seien bei Weimar zwei Höfe abgebrannt, es habe Tote gegeben. Die Mägde seien vor den Fenstern niedergekniet und hätten gebetet. Johanna habe plötzlich vor Angst Wasser unter sich gelassen, erst später sei die Vermutung aufgekommen, es könne das Fruchtwasser gewesen sein. Sie sei dann hinausgelaufen, vermutlich zum Abtritt, sei aber nicht zurückgekehrt.

Als das Gewitter sich gelegt habe, sei man an die Arbeit zurückgekehrt, aber die Höhnin sei nicht in Erscheinung getreten, daher habe sie sie suchen lassen. Gefunden worden sei sie schließlich in ihrer Kammer von der Jungmagd Veronika, aber es habe mit ihr etwas nicht gestimmt. Die Magd habe angenommen, die Höhnin sei tot, da überall Blut gewesen sei. Sie selbst, die Müllerin, habe dann zusammen mit der Hausmagd Marie nachgesehen, tatsächlich habe die Fragliche in ihrem Blut gelegen. Man sei aber sofort auf den Gedanken gekommen, dass diese ihr Kind zur Welt gebracht habe, und sie, die Müllerin, habe daher gleich nach der Hebamme, der Bieberin, geschickt. Diese sei eine halbe Stunde später gekommen, bis dahin habe man die Fragliche nicht angerührt.

Frage: Warum sie denn nicht sofort nach dem Kind gesucht habe?

Aussage: Der Anblick sei so schrecklich gewesen, überall Blut, und außerdem habe sie jeden Moment mit der Hebamme gerechnet, die verstehe etwas davon. Tatsächlich habe die Bieberin sofort erkannt, was geschehen sein musste und vermutet, das Kind sei tot auf die Welt gekommen oder erstickt, denn man habe keinen Laut gehört. Tatsächlich habe man bei der Suche schließlich die Kindsleiche tief im Stroh gefunden, unter dem Leib der Höhnin. Nein, die Stiche im Hals habe man nicht sofort entdecken können, dazu sei es in der Kammer zu dunkel. Die Nabelschnur sei ungeschickt durchtrennt gewesen und an der falschen Stelle, das Messer sei im Stroh gefunden worden, dort wo der Kopf des toten Kindes gelegen habe. Sie, die Müllerin, habe sofort nach der Obrigkeit geschickt, um den Mord zu melden, aber die Nachricht davon sei schneller gewesen und die Gendarmen bereits unterwegs.

»Hat Sie das ausgesagt, und ist das wahr?«, fragt der Richter erneut.

»Ja«, sagt die Müllerin. »So habe ich es gesagt, und so ist es wahr.«

Frage: Ob sie denn etwas gewusst habe von der Absicht der Höhnin, ihr Kind zu töten?

Aussage, nachträglich in die Akten eingefügt, da die Zeugin während der Vernehmungen längere Zeit geschwiegen hat: Nein, gewusst habe sie es nicht, aber nachträglich glaube sie, Anzeichen dafür erkennen zu können. Die besagte Höhnin sei merkwürdig verschwiegen gewesen, noch verschlossener als sonst, und habe oft lange Seufzer von sich gegeben, als ob sie einen schweren Entschluss in sich herumwälze. Dann habe die Besagte sich einmal einen Leinensack von ihr ausgeliehen, um damit einen Wurf Katzenjunge zu ertränken, die ihr bei der Arbeit lästig geworden. Vielleicht sei es eine Probe gewesen, um in Erfahrung zu bringen, wie viel Mut es sie kostet, etwas Lebendes in den Tod zu schicken, und nachdem ihr diese Probe gelungen, sei die Höhnin später, es muss kurz vor der Geburt ihres Kindes gewesen sein, zu ihr in die Schlafstube gekommen und habe sie um nämlichen

Leinensack gebeten. Vermutlich sei dieser zum Ertränken des Neugeborenen gewesen, aber sie, die Müllerin, habe nicht daran gedacht und gemeint, der Sack sei für weitere Katzen bestimmt, die ihr lästig geworden. Wegen ihres üblen Geruchs sei die Höhnin ja häufig von Katzen umgeben gewesen.

Als Johanna diese vom Richter verlesene Aussage hört, wird sie von einer Wut ergriffen, die sie vorspringen lässt, sie spürt plötzlich eine Kraft, die stärker ist als jeder Schmerz, sie will die Lügnerin schlagen, will sie treten, wie sie von ihr getreten worden ist. Ihre Bewacher, an die sie gekettet ist, haben mit diesem Ausbruch nicht gerechnet, sie reißt mit ihrem Sprung nach vorn beide zu Boden, und schon ist sie über der Müllerin und krallt ihre Hände in das mürbe Fleisch. Sofort reißt man sie zurück, sie bekommt zwei Schläge mit der flachen Seite eines Säbels ins Gesicht, dass Blut über ihre Wangen rinnt, dann richtet man sie auf. Sie ringt um Atem, ihr Körper bebt.

Der Richter schreit, so etwas sei ihm noch nie passiert in einer ordentlichen Verhandlung, und ordnet an, dass ihr die Fußketten so eng wie möglich gezogen werden und dass für den Rest der Sitzung die Hände in ihrem Nacken gefesselt bleiben sollen.

Dann, als sei nichts geschehen, blättert er in seinen Akten und verliest: »Die Zeugin hat sich in mindestens einem erwiesenen Fall schuldig gemacht der Duldung und Förderung eines Ehebruchs, worauf eine Woche Zuchthaus vorgesehen ist. Außerdem hat sie bei Bekanntwerden der Schwangerschaft ihrer Magd nichts davon den zuständigen Stellen gemeldet, womit sie dazu beigetragen hat, die Schwangerschaft zu verheimlichen, wofür auf drei Tage Zuchthaus erkannt worden ist. Beim Zusammentreffen mehrerer Taten wird die Strafe verschärft, sodass auf vierzehn Tage Zuchthaus hinaufgerechnet wurde. Diese hat die Zeugin bereits im Juli dieses Jahres am Wassergöpel des neuen Bergwerks in Ilmenau abgedient, womit sie hier entlassen ist. Der Müller möge vorgeführt werden.«

Die Müllerin wirft Johanna einen letzten hasserfüllten Blick zu, spuckt ihr vor die Füße, lässt sich zurückführen zu den übrigen Zeugen.

Der Müller erscheint als hagerer alter Mann, er ist nicht mehr der glänzende Fettwanst mit dem roten Gesicht, der er einmal gewesen ist. Sein Haar ist weiß und zum Teil ausgefallen, ein Auge milchig mit einer frisch verheilten Narbe an der Seite: Ein Peitschenhieb im Zuchthaus hat ihn zur Hälfte erblinden lassen.

Der Richter stellt die Formfragen: Name, Geburtsname, Geburtsdatum, Geburtsort, Taufdatum, Paten. Verheiratet seit dann und dann.

Aussage: Ja, er habe in einem Lagerschuppen aus Getreide Schnaps gebrannt, aber nur zum eigenen Gebrauch, es sei nichts davon verkauft worden. Er habe damit die Wirklichkeit vergessen wollen, da seine Frau ihn wie einen Dienstboten halte. Er habe in die Mühle eingeheiratet und nichts darin zu bestimmen, was ihn vor dem Gesinde Tag für Tag erniedrige. Nicht er sei gewalttätig, sondern seine Frau. In der Schlafstube habe sie ihn häufig geschlagen und ihn zu widernatürlichen Dingen gezwungen, zum Beispiel habe sie nach ihrer geistig missratenen Tochter keine weiteren Kinder mehr gewollt, und seinen ehelichen Samen habe er vor ihren Augen in der Sünde des Onan stets zu Boden fließen lassen müssen. Da habe er angefangen zu trinken, um sich zur Wehr setzen und anderen Menschen noch ins Gesicht sehen zu können. Der Schnaps habe aber bewirkt, dass er zu einem Bock geworden sei, er sei ohnehin von Gott zu reichlich ausgestattet worden und gerate dadurch häufig in körperliche Not. Da habe er sich an Abraham gehalten, oder sei es

Adam gewesen, nein Moses? Dem sei doch von Gott aufgetragen: Gehe hin und streue deinen Samen aus in alle Welt. Und gelte das nicht für alle Mannspersonen?

Die Menschenmenge auf dem Markt bricht in Lachen aus, als der Richter diese Aussage verliest, und er muss für Ruhe sorgen lassen.

Frage: Ob ihm nicht bewusst gewesen, dass er damit Ehebruch begehe?

Aussage: Nein, denn er habe geglaubt, es sei kein Ehebruch, da Gesinde doch häusliches Eigentum sei wie das Vieh, und es sei weniger sündig als das, wozu ihn seine Frau zwinge.

Eingeworfene Frage: Ob er demzufolge auch mit dem Vieh verkehrt habe?

Der Zeuge schweigt, auch jetzt, auf Nachfrage.

Der Richter liest aus seiner Akte: Früheren Aussagen nach hat er das verneint, und es hat auch keine Zeugenaussagen gegeben, die darauf hinwiesen. Auch wenn diesem Zeugen in seiner Lasterhaftigkeit ein solches Benehmen zuzutrauen ist, hat das Gericht beschlossen, es hierbei ohne weiteres Nachforschen zu belassen.

Frage: Seit wann er denn mit der Höhnin verkehrt habe.

Aussage: Regelmäßig, seit zwei Jahren mindestens einmal in der Woche. Davor nur einmal, als sie fünfzehn gewesen sei, da sei sie in den Haushalt gekommen und noch Jungfrau gewesen. Er könne aber keine Jungfrau im Gesinde dulden, da das zu viel Unruhe unter die männlichen Bediensteten bringe. Seine Pflicht als Dienstherr sei es daher gewesen, hier sofort für Änderung zu sorgen.

Gelächter im Volk.

Frage: Ob er denn nicht wisse, dass seine Hurerei zu einer Schwangerschaft führen könne, die außer der Ehe besonders verwerflich sei?

Aussage: Das gehe ihn nichts an, das sei Frauensache, über die er nicht Bescheid wisse, und es gebe zudem im Haushalt ein spezielles Messer, das unter anderem zur frühzeitigen Entfernung der Leibesfrucht verwendet werde. Ja, es sei das Messer, das bei der Höhnin gefunden wurde. Hat er das ausgesagt, und ist es wahr?

»Ja«, sagt der Müller. »So habe ich es gesagt, und so ist es wahr.«

»Der Zeuge ist schuldig des fortgesetzten Ehebruchs, der außerehelichen Schwängerung, der Verheimlichung einer dem Gericht nicht bekannten Anzahl von Schwangerschaften, des Verdachts auf Sodomie, der Schwarzbrennerei und des Verzehrs von Schwarzgebranntem und wurde inzwischen auch der falschen Abrechnung seiner Einkäufe und Verkäufe überführt. Er ist bereits im Mai dieses Jahres zu einer Gesamtstrafe von fünfundzwanzig Jahren verschärftem Zuchthaus mit Zwangsarbeit verurteilt worden. Seine Exzellenz und Hochwohlgeboren, der Großherzog Karl August von Sachsen-Weimar-Eisenach, Erbprinz der Fürstentümer zu Kleve, Mark und Ravensberg« – hier lässt der Richter einundzwanzig weitere herzogliche Titel von seinem Schreiber verlesen – »haben geruht, den Zeugen zu folgenden Strafen zu begnadigen. Erstens: Vier Wochen Zuchthaus mit Zwangsarbeit in einem Steinbruch. Der Zeuge hat in dieser Zeit nicht weniger als eintausendzweihundert Pflastersteine für den Vorplatz des im Bau befindlichen neuen Schlosses zu Weimar auf ordentliche Kanten zurechtzuschlagen, andernfalls die Strafe verlängert werde. Strafe in vier einzelnen Teilen bereits verbüßt.« Zweitens hat er seine frühere Magd Johanna Katharina Höhnin während ihres Aufenthaltes im Gefängnis oder im Zuchthaus so gut zu versorgen, als sei es zu seiner eigenen Verpflegung. Dieser Verfügung wird ordentlich nachgekommen, bescheinigt durch Zeugnis der Haftbehörde und bestätigt durch den wohlgenährten Zustand der Inhaftierten, allseits hier zu betrachten. »Und«, so setzt er aufblickend hinzu, »durch den soeben erlebten Überschuss an körperlicher Kraft.« Drittens hat er dem Staat den erlittenen Steuerschaden zu ersetzen, was dadurch geschieht, dass sämtliche Steuern, die in den folgenden fünf Jahren in der Niedermühle fällig werden, doppelt anzusetzen sind. Vollzug der Strafe bereits begonnen. Viertens verfügen Seine Hochwohlgeboren, der Herzog von Sachsen-Weimar-Eisenach – die übrigen Titel verliest wiederum der Schreiber –, den Zeugen von seinem unseligen Mannesdrange zu befreien. Auszuführender Beschluss dieses Gerichtes: In einer nicht öffentlichen Exekution, nur unter Anwesenheit ausgewählter Studenten und zweier Beamter, ist ihm in der Anatomie zu Jena der männliche Zeugungsapparat vollständig und unwiderruflich zu entfernen, das Datum ist auf den morgigen Tag angesetzt, die entnommenen Organe stehen der anatomischen Wissenschaft zur Verfügung. Bereits gerichtlich unterschrieben, bestätigt und damit für Recht erkannt.

Der Müller schreit und wirft sich zu Boden. Johanna spürt Hass und Verachtung für den Mann, der sich vor ihren Füßen windet, aber nun hat sie nicht mehr die Möglichkeit, sich auf ihr Gegenüber zu stürzen. Sie zittert am ganzen Leib. Er ist es, der sie hierher geführt hat, er ist es, der sie ins Gefängnis gebracht hat, er ist es, der ihr all die Gewalt angetan hat, unmittelbar und durch andere. Er ist ihr Tod, und sie wäre gern Zeugin, wenn ihm morgen alles Männliche entfernt wird. Sie möchte seine Schreie hören, seine Qual erleben, sein Blut sehen und sein widerliches Gemächt verschlingen. Sie möchte selbst das Messer führen, jetzt und hier.

Doch jetzt gibt sie nur die eine letzte Schmach zurück,

die die Müllerin ihr angetan hat: Sie spuckt auf ihn, und es befriedigt ihren Höllendurst nicht.

Es geht auf Mittag zu, Johanna kann nur noch unter großen Schmerzen stehen, Hände und Arme sind taub, doch sobald sie schwankt, bekommt sie einen Stoß von einem ihrer Bewacher. Es werden noch weitere zehn Zeugen gehört, Gesinde meist, die Aussagen sind bereits getan und in den Akten, sie werden hier nur öffentlich wiederholt und bekräftigt. Immer wieder dieselbe Abfolge: Name, Geburtsname, Geburtsdatum, Geburtsort, Taufdatum, Paten. Verheiratet seit dann und dann. Aussage und die Frage: »Wurde das so ausgesagt, und ist das wahr?«, und die Bestätigung: »Ja, so habe ich es gesagt, und so ist es wahr.«

Kaum ein Zeuge bleibt ohne Strafe, denn eine böse Tat zieht andere nach sich, ja, sie gedeiht erst im Umfeld anderer Übeltaten. Es werden auch Zeugen vernommen, die bisher noch nicht befragt wurden, und sie antworten direkt. Ihre Aussagen dienen nur der Untermauerung der übrigen. So trifft es den Husaren, der ihr einmal das Wasser vom Ufer der Ilm bis ans Haus getragen hat:

Der Richter befragt ihn, warum er das getan habe. Es könne doch keine reine Menschenfreundlichkeit gewesen sein. Doch, versichert der Husar, es sei Erbarmen gewesen und ohne große Überlegung geschehen.

Ob er nicht die Absicht gehabt habe, die Gelegenheit zu einer schnellen Hurerei zu nutzen?

Der Husar wehrt ab und weist auf Johannas Erscheinung hin, ihren Schmutz und ihren Geruch, der damals noch schlimmer gewesen sei als jetzt.

Ob er sich denn nicht schäme, in herzoglicher Husaren-Uniform eine niedere Arbeit getan zu haben, um einer Mörderin einen Dienst zu erweisen.

»Sie war zu dieser Zeit noch keine Mörderin, Herr.«

Der Richter sieht ihn streng an. »Dennoch bleibt die Tat. Ihm wird aufgegeben, seinen Dienst als Husar freiwillig zu quittieren und auf eine Abfindung zu verzichten.«

Dann kommt die Hebamme, die Bieberin. Doktor Vogel hat Johanna erklärt, dass er große Hoffnung für sie auf diese Aussage gesetzt habe, da die Bieberin die einzige sei, die niemandem verpflichtet ist, aber was er in den Akten gelesen habe und was dadurch heute allein zur Sprache kommen könne, sei enttäuschend.

Die Hebamme hat ausgesagt, sie sei bei einer anderen Geburt gewesen, als man sie gerufen. Ihre Schwester, die als ihre Gehilfin immer dabei sei, habe dann dort zurückbleiben müssen, und sie selbst sei zur Niedermühle geeilt. Dort habe Entsetzen geherrscht über das viele Blut in der Kammer. Die Höhnin sei im Stroh gelegen wie tot, habe aber geatmet, und sie, die Hebamme, habe angeordnet, sie auf die Seite zu schieben und sie zu waschen. Es sei sofort eindeutig gewesen, dass hier eine Geburt erfolgt sei. Man habe deshalb nach dem Kind gesucht, aber nirgends gefunden, bis die Höhnin beiseite geräumt war. Da habe es tief im Stroh gelegen und nicht mehr gelebt. Sie könne nicht sagen, ob das Kind vorsätzlich erstickt oder vom Körpergewicht der Bewusstlosen zerquetscht worden sei. Außerdem habe es am Hals des Neugeborenen drei Einstiche von einem Messer gegeben. Die Nabelschnur sei durchtrennt gewesen, aber an der falschen Stelle. Sie könne nicht sagen, auf welche Weise das Kind zu Tode gekommen sei, aber es habe für alle ausgesehen wie Mord.

Ob es möglich sei, dass das Kind tot auf die Welt gekommen sei?

Aussage: Das könne sie nicht mit Sicherheit sagen, sie vermute aber, dass das Kind geschrien und daher geatmet habe. Die Rötung der Haut weise darauf hin.

Die Zeugin wird, nachdem sie die verlesene Aussage bestätigt und als wahr bekräftigt hat, entlassen, da ihre Dienste in Weimar bald wieder gebraucht werden. Der Richter ruft den Arzt auf, der das tote Kind untersucht hat.

Es ist ein junger Arzt, erst seit Kurzem in Weimar approbiert und dort wegen seiner neuartigen Methoden und Ernährungslehren umstritten, Verdacht auf Freimaurerei, aber ein anderer Arzt sei nicht rechtzeitig zur Stelle gewesen. Name: Hufeland – Vornamen, Geburtsort, Taufe, Familienstand, alles bereits protokolliert. Ob er die Kindsleiche gleich nach der Geburt untersucht habe? Und was seine Ergebnisse seien?

Aussage: Er sei erst Stunden nach der Geburt gerufen worden, da sei das Kind bereits tot gewesen. Ein schwächlicher Knabe, etwa zwei Mannsfäuste zu wenig an Gewicht. Er habe den Leichnam sofort untersucht und dann später noch einmal im Beisein eines Medizinalbeamten bei Hofe. Das Neugeborene habe eine schwere Quetschung erlitten: Auf einer Seite sei der Brustkorb vollständig eingedrückt, die Rippen gebrochen. Dazu hätten sich drei Einstiche am Hals befunden, zwei dicht beieinander in der Falte direkt unter dem Kinn, linksseitig, die andere tiefer, in Höhe der linken Clavicula, wie wenn das Messer abgerutscht sei.

Aussage auf die Frage, ob das Kind denn gelebt und geatmet habe: Ja, gewiss. Die rechte Lunge sei entfaltet gewesen, bei der linken habe er das nicht mehr feststellen können. Die Gesichtsfarbe habe darauf hingewiesen, dass das Kind mindestens ein- bis zweimal geatmet habe. Es gebe drei mögliche Todesursachen. Welche die nämliche sei, könne mit den heute anerkannten Methoden nicht mit Gewissheit festgestellt werden.

Auf die Frage, ob das Kind aus den Wunden am Hals

geblutet habe, sei die Antwort nein gewesen. Bestätigt durch den anwesenden Medizinalbeamten, nachträgliche Aussage der Hebamme, der Müllerin und anderer Zeugen. Es sei jedoch in der Kammer so dunkel gewesen, dass niemand es beschwören könne, und außerdem sei überall Blut gewesen, sodass es keine Gewissheit gebe.

Wie denn seiner Meinung nach die Minuten nach der Geburt abgelaufen seien?

Aussage: Er könne es nur vermuten, aber er stelle es sich so vor, dass die Beschuldigte das Kind ohne Hilfe in der dunklen Kammer zur Welt gebracht und dabei das Bewusstsein verloren habe, wie sie selbst auch ausgesagt. Das Kind sei mindestens eine Viertelstunde an der Nabelschnur geblieben. In einem lichten Moment habe sie diese zu durchtrennen versucht und dabei wieder die Sinne verloren.

Hinweis des Richters, zu Protokoll genommen: Er habe sich nicht nach den Aussagen der Beschuldigten zu orientieren, sondern an seinen eigenen ärztlichen Eindrücken.

Es sei aber wahrscheinlich, beharrt der Zeuge. Der Beweis sei die falsche Durchtrennung der Nabelschnur, woraus man zumindest eine große Verzweiflung oder Verwirrung erkennen könne. Sie könne dabei auf das Kind gefallen sein und es zerquetscht haben, ohne es zu wollen.

Und die Einstiche?

Diese können durch einen Sturz oder andere unwillkürliche Bewegungen der Bewusstlosen entstanden sein, da sie das Messer vielleicht noch in der Hand gehalten habe. Ihr Körpergewicht habe den Leichnam ins Stroh gedrückt.

Der Richter weist darauf hin, dass die Aussage des Arztes zu viel »könnte« und »vielleicht« enthalte und dass ihr auch aufgrund seiner medizinischen Unerfahrenheit und bekannten fachlichen Absonderlichkeit nicht viel Wert beizumessen sei. Der Arzt verlässt ohne Erwiderung seinen Zeugenkreis unter übertriebenen Ehrerbietungen und Verneigungen.

Johanna liegt am Boden. Man hat ihre Ketten gelöst und die Handfessel gelockert. Ihr Leib schmerzt, ihre Hände sind wie abgestorben. Sie hört ein Rascheln, öffnet die Augen, sieht die zwei Strohpuppen vor sich im Zeugenkreis liegen, sie versinkt in einer kurzen Ohnmacht.

Sie hört die Stimme des Richters, die in ihren Ohren lauter und leiser wird, manchmal ganz verschwindet. Die beiden Strohpuppen sind stellvertretend für Margaretha und Josefa, die zuerst mit ihr im Verlies gewesen. Man habe sie gleich nach der Tat zusammen mit zwei Mörderinnen eingesperrt, liest der Richter, da viele Mörder unter Ihresgleichen offene Geständnisse ablegen, um sich zu brüsten oder sich zu erleichtern und nach Auswegen vor der Strafe zu suchen. Die beiden Zeuginnen seien aber vorzeitig aus dem Leben geschieden und hätten sich damit ihrer Aussage entzogen, dürften daher einer Strafe nicht entgehen. Ihre Gräber außerhalb der Friedhofsmauern seien deshalb an den nächsten drei Sonntagen zur Zeit des allgemeinen Kirchgangs mit jeweils einem Eimer Schweinejauche zu übergießen.

Johanna hört nicht, wie der Richter nun eine Pause anordnet. Die Herren des Schöppenstuhls dürfen sich zum Mahl begeben, das Volk habe sich zu zerstreuen und in zwei Stunden wieder auf dem Marktplatz einzufinden. Johanna wird auf einen Karren geworfen.

* * *

Man reißt sie aus ihrer Ohnmacht hoch, am Boden steht ein Kump mit Brei, den sie nicht angerührt hat. Ihre Hände, noch immer taub, werden hinter ihrem Kopf gefesselt, man führt sie hinaus auf den Markt. Das Volk ist bereits wieder versammelt, das Gericht und der Schöppenstuhl auf den Plätzen. Johanna wird auf das Podest und in ihren Kreis gezerrt. Jetzt muss sie mit dem Rücken zum Richter stehen, das Gesicht dem Volk zugewandt, ihr fast nackter Körper in der zerrissenen Kleidung den Blicken ausgesetzt. Ihr Schamgefühl hat sie nie verlassen.

Verlesung aus dem Protokoll der Vernehmungen: Sie ist Johanna Katharina Höhn, geboren den fünfzehnten April 1759 zu Tannroda, Sachsen-Weimar, als Tochter des Johann Friedrich Höhn, Hofmeister zu Cottendorf, in erster Ehe verheiratet mit Christiana Sophia Leudolph, verstorben 1762, als das Kind drei Jahre alt gewesen. Selbiges ist getauft den 17. April 1759, die Paten haben sich aus Gründen des Leumundes losgesagt und werden hier auf ihre Eingabe hin nicht genannt. Die Inquisitin habe vier Geschwister aus der ersten Ehe des Vaters, von denen eines kurz vor dem Tod der Mutter verstorben, und zwei Geschwister aus der zweiten Ehe, die sich ebenfalls von ihr losgesagt. Der Vater hat ein drittes Mal geheiratet, in dieser Ehe vier Kinder und ist verarmt. Er kann hier nicht vor Gericht erscheinen, da er sich in seiner Schlafstube aus Scham erhängt hat. Die Inquisitin hat somit keine Angehörigen, die für sie sprechen.

Protokolle zur Tat. Die Inquisitin Johanna Katharina Höhn kam, da ihre Familie sie nicht mehr ernähren konnte, ihre zweite Stiefmutter eine größere Distanz verlangte und sich in Tannroda auch keine Dienststellung für sie fand, nach Weimar in die Niedermühle. Dort hat sie gleich am ersten Tage ihrem Dienstherrn zum Zwecke des Ehebruchs ihren jungfräulichen Leib überlassen. Sie sei in der Folgezeit ihrem Herrn ausgewichen, und dieser habe sie nicht mehr bedrängt bis zu ihrem einundzwanzigsten Lebensjahr. Da habe ihr Dienstherr sie erneut fleischlich begehrt und ihr eine bessere Stellung im Haushalt versprochen, einen eigenen Platz am Esstisch und einen leichteren Dienst, wenn er sie als seine Zweitfrau besitzen dürfe. Auch habe er sie damit umworben, dass er ihre Körperfülle gelobt habe, während sie von allen anderen deswegen gehänselt worden sei. Die gegebenen Versprechen habe ihr Dienstherr niemals eingelöst, aber sie habe auch von Anfang an nicht so recht daran geglaubt. »Hat Sie das ausgesagt, und ist das wahr?«

Johanna starrt in die Menschenmenge auf dem Marktplatz, die Blicke auf ihrem Körper wie gierige Berührungen, und kann kein Wort sagen. Sie hat es ausgesagt, und so steht es in den Protokollen, lässt der Richter von zwei Schreibern bestätigen.

Die Verteidiger hat angeführt, so der Richter, dass die Inquisitin sich ihrem Dienstherrn nur unter Zwang hingegeben habe, immerhin sei sie von ihm abhängig gewesen und habe seine Versprechungen geglaubt. Außerdem sei sie sich der Folgen ihres Handelns nicht bewusst gewesen. Dem hält das Gericht entgegen, dass heute jede Dienstmagd durch das Geschwätz unter Ihresgleichen wohl weiß, woher die Kinder kommen, dass man aber der Wollust nachgehe, um sich einen Ausgleich zur harten Arbeit zu gönnen, derlei sei in den niedersten Ständen weit verbreitet. Die Inquisitin habe den Versprechungen eines der Trunksucht ergebenen Mannes nicht glauben müssen, vielmehr sei es ihre Pflicht gewesen, sich der Müllerin, ihrer eigentlichen Dienstherrin, anzuvertrauen und dadurch das Ansinnen des Mannes zu vereiteln.

Dieser Pflicht sei sie nicht nachgekommen, weshalb das Gericht hier von ihrer Schuld auszugehen habe.

Weiter in den Akten:

Seit wann hat die Inquisitin von ihrer Schwangerschaft gewusst? Sie gibt an, erst wenige Tage vor der Geburt des Kindes davon erfahren zu haben. Zwar habe ihre monatliche Reinigung ausgesetzt, aber das sei schon öfter passiert, und sie habe dem keine Beachtung geschenkt. Erst bei einer Auseinandersetzung mit ihrer Dienstherrin, bei der diese sie zu Boden geworfen und getreten habe, sei die Schwangerschaft offenbar geworden. Die Müllerin habe ihren Leib betastet und gesagt, sie bekomme ein Kind, doch die Höhnin habe ihr zunächst keinen Glauben geschenkt. Nein, sie habe nicht daran gedacht, sich strafbar machen zu wollen, indem sie ihre Schwangerschaft verheimlichte. Sie habe vielmehr darüber nachgedacht, ob es wahr sei, und was mit ihr geschehe, wenn sie wirklich ein Kind zur Welt brächte. Sie habe sich vor ihrer Umgebung sehr geschämt, und die Angst, aus dem Dienst vertrieben zu werden und im Straßengraben mit ihrem Kind zu verrecken, sei groß gewesen. Wegen der Schande hätte sie aus Weimar fortgehen müssen und hätte sich auch in ihrer Heimat Tannroda nicht sehen lassen dürfen. Sie habe auch Angst gehabt vor dem Hurenhaus, mit dem die Müllerin ihr gedroht. Sie könne sich nicht vorstellen, mehreren Männern am Tag zu Willen zu sein, dazu noch völlig Fremden, und schon der eine, der Müller, sei ihr zuwider gewesen. Aber sie habe daran gedacht, sich zu fügen, falls sie keinen anderen Weg fände, sich und ihr Kind am Leben zu erhalten. Sie wisse, dass es eine Menge Frauen gebe, die dieses Schicksal ertrügen und dabei ihre Hoffnung und ihren Glauben an Gott nicht verlören.

An dieser Stelle wird die Lesung durch Protestrufe aus

dem Volk unterbrochen: Eine Mörderin habe nicht das Recht, vom Glauben an Gott zu sprechen.

Was sie denn vorgehabt habe, fährt der Richter mit den Protokollen fort. Antwort: Sie habe ihr Kind zur Welt bringen und dann fortgehen wollen, um zu betteln. Die Müllerin habe mehrfach von Naumburg gesprochen, wo die Besucher des Domes freigebig sein sollen, aber die Höhnin habe daran gedacht, weiter fortzugehen, damit niemand aus der Heimat sie zufällig entdecken könne, in eine Weltstadt wie Hannover, Frankfurt oder Augsburg. Sie wisse, dass dort schwer hinzukommen sei, und es sei auch nur ein Wunschtraum gewesen. Sie habe aber alle Strapazen auf sich nehmen wollen, um das Kind zu retten.

Und dann habe sie sich ein Messer besorgt, um es bei der Geburt zu töten? Und einen Sack, um den Leichnam in der Ilm zu versenken? Der Richter lässt seine Stimme scharf über den Platz klingen und macht eine Pause, bis das Raunen in der Menge verklingt und er weiter verliest.

Der Leinensack: Die Müllerin habe ihn ihr aufgedrängt und sie aufgefordert, ihr Kind damit in der Ilm zu versenken. Die Katzen habe die Inquisitin auch nur auf Geheiß der Müllerin ertränkt. Das Gericht erklärt das als Lüge, um den eigenen Hals zu retten und die ehrbare Dienstherrin in den Schmutz zu ziehen und ohne Recht Schuld auf sie zu laden.

Das Messer: Nein, sie habe es sich nicht besorgt, um ihr Kind zu töten. Sie habe es von der Nabelschnur trennen wollen, damit es leben könne. Die Hausmagd Marie habe es ihr gegeben und ihr erklärt, wie es gemacht werden müsse. Ja, sie, die Höhnin, habe gewusst, dass das Messer von der Marie und anderen Mägden gelegentlich benutzt worden sei, um eine Leibesfrucht zu töten und zu entfernen.

Von welchen Mägden sie rede? Das habe sie vergessen, es sei nur Geschwätz gewesen. Über solcherlei Dinge werde viel gemunkelt, und das meiste sei nicht wahr.

Die Verteidigung hat angeführt, diese Aussage stimme mit den Worten der Hausmagd Marie überein, was als Beweis dafür gelten könne, dass keine Kindstötung geplant gewesen sei, doch das Gericht ist der Ansicht, dass diese Aussage wie verabredet klinge, um die Hausmagd nicht zur Mittäterin werden zu lassen, weshalb das Gericht die Herren des Schöppenstuhls bittet, den Worten der Inquisitin und ihrer Zeugin keinen Glauben zu schenken.

Frage: Was nun geschehen sei am Tag der Geburt?

Besagte Johanna Katharina Höhn habe ausgesagt, ihr sei bereits seit Tagen unwohl gewesen, und sie habe sich schwach gefühlt, aber nicht an die Geburt gedacht, da diese nach Meinung der Müllerin und auch der Hebamme, die sie einmal untersucht, erst einen Monat später bevorstehen sollte. Sie habe starke Schmerzen gehabt, im Unterleib und vor allem im Rücken, doch seien diese immer wieder zurückgegangen, und sie habe ihnen daher keinen Wert beigemessen. Dann sei dieses große Gewitter gekommen, alle Mägde seien vor den Fenstern niedergekniet und hätten gefleht und gebetet, sogar die Müllerin habe laut gebetet und, obwohl Protestantin, die Muttergottes angerufen, aber sie, die Höhnin, habe besonders große Angst gehabt, da es erst kurz zuvor zwei große Brände gegeben habe. Bei einem davon sei sie zugegen gewesen, weil sie eine Besorgung zu machen gehabt habe, da sei alles in Flammen gewesen, Tier und Mensch hätten geschrien, und ein Knabe sei als flammender Engel auf sie zugelaufen und dann vor ihren Füßen verbrannt wie trockenes Laub, und sie träume oft von seinen Schreien. Da habe sie vor Angst ihr Wasser lassen müssen, es habe ihr fast den Körper zerrissen, weil sie versucht habe, es noch zu halten, und voller Scham sei sie aus der Stube geeilt, um den Abtritt zu erreichen. Es sei ihr aber so übel gewesen, dass sie nur bis zu ihrer Kammer gelangen konnte.

Was dann dort geschehen sei?

Aussage: Sie wisse es nicht genau. Sie sei vor Schmerz und vor Angst von Sinnen gewesen, das Gewitter habe sie draußen hören können und in ihrem Leib zugleich ein viel schlimmeres verspürt – sie habe geglaubt, sterben zu müssen. Sie wisse nicht, wie lange sie in einem Todesschlaf gewesen, aber dann habe sich ihr Körper anders angefühlt, und überall sei warme Nässe gewesen, da habe sie sofort an Blut gedacht und an die Geburt. Sie habe nach dem Kind gesucht und es erst nicht gefunden. Es sei unter ihrem Leib gelegen und sei viel kleiner gewesen als erwartet, als sie es eilig hervorgeholt. Sie habe an die Nabelschnur gedacht und daran, dass sie sie zerschneiden müsse, damit das Kind leben könne. Auf eindringliches Befragen gibt sie an, dass sie das Kind nicht habe töten wollen. Sie habe nach dem Messer gesucht und es im Stroh gefunden, das Kind sei ihr mehrmals aus den Händen gerutscht. Sie habe einen winzigen Herzschlag gespürt, aber keinen Atem, und das Kind habe nicht einen einzigen Schrei von sich gegeben. Auf Befragen gibt sie an, vielleicht habe das Kind einmal Atem gezogen, vielleicht auch gezappelt, als sie es gehalten, aber das könne sie nicht beschwören, da sie außer sich vor Angst gewesen sei. Die Nabelschnur sei schwer zu durchtrennen gewesen, sie habe sich dafür auf die Knie aufrichten müssen, wisse aber nicht, ob ihr der Schnitt gelungen, das blutig nasse Kind sei kaum zu halten gewesen. Ja, vielleicht habe es sich auch in ihrer Hand bewegt. Sie sei aber wieder von Sinnen gewesen, sie glaube, dass sie nach vorn gefallen, könne es aber nicht bestimmt sagen. Das nächste, was sie wisse, sei, dass Menschen in ihre Kammer gekommen seien, und dann sei ein großes Geschrei über Mord gewesen, aber sie habe es nicht auf sich bezogen, sondern zuerst nur gedacht, durch die Aufregung werde ihr auch jetzt niemand mit der Nabelschnur helfen.

Der Richter verliest eine Einlassung des Verteidigers: Das Kind könne durchaus tot geboren sein, man wisse von schweren Geburten, da mache das Kind einen Atemzug, das sei aber ein natürlicher Mechanismus, der häufig auftrete, wird behauptet. Der untersuchende Arzt bestätige dies, aber man wisse ja, was generell von dessen Ansichten zu halten sei. Weiterhin: Die Messerstiche im Hals seien nicht in Absicht der Tötung geschehen, sondern bei ihrem Sturz nach vorn, und das Kind könne nicht mehr gelebt haben, da aus den Wunden kein Blut gekommen sei. Die Inquisitin wisse ja nicht einmal, ob es ein, zwei oder drei Stiche gewesen seien, sie erinnere sich nur an einen, der unwillkürlich passiert, und sie habe nur zugegeben, was man von ihr auszusagen verlangt habe. Es sei vielmehr davon auszugehen, dass das Kind bereits bei der Geburt erstickt oder erdrückt worden sei, als es unter den Körper der Mutter gerutscht sei – diese sei aber ihrer Sinne nicht mächtig gewesen, wie dem Gericht bekannt, sondern sie habe übermäßige Angst und Schmerzen gelitten, sodass sie zunächst auch gar nicht gewusst habe, dass sie das Kind bereits zur Welt gebracht.

Hierauf gibt der Richter den Mitgliedern des Schöppenstuhls zu bedenken, dass die besagte Inquisitin Johanna Katharina Höhnin bereits alles zugegeben habe, wie in mehreren Protokollen nachzulesen. Der Herr Verteidiger sei ein Fantast, der zu viel mit absonderlichen Überlegungen und Möglichkeitsformen arbeite und überdies dem Gericht während des gesamten Verfahrens, vom ersten informatorischen Verhör an, äußerst lästig gefallen sei. Daher ergebe sich, wenn man die einzelnen Gesichtspunkte zusammenzähle, schon mathematisch die Wahrscheinlichkeit der höchsten Schuld. Es müsse davon ausgegangen werden, dass dieses niedere Weibsstück ihr Kind heimlich und heimtückisch zur Welt gebracht und von vornherein geplant habe, dieses zu töten, sie habe das Ertränken mit einem Sack an Katzenjungen geprobt und sich zur Sicherheit ein Messer besorgt. Auch dies sei von vornherein Absicht gewesen, wie sie gestanden habe, als man ihr die Werkzeuge der Folter gezeigt und erklärt habe. Alles spreche gegen die Inquisitin, die folglich nach Maßgabe des Paragrafen einhunderteinunddreißig der »Carolina«, der hochnotpeinlichen Halsgerichtsordnung von 1531 und sämtlichen späteren Kommentaren, zum Tode zu verurteilen ist. Wer einen anderen Menschen tötet, muss selbst mit dem Tode büßen, wie es schon im Alten Testament der Heiligen Schrift geschrieben steht. Demnach ist eine Mörderin eines engen Verwandten wie dem eigenen Kinde mit dem Säcken zu bestrafen, lebendig mit mindestens drei dem Teufel verwandten Tieren zu begraben und durch Einschlagen eines zugespitzten hölzernen Pfahles zu töten, womit dem gemeinen Volke die Angst vor dem Wiedergängertum genommen werde. Wo Wasser zur Verfügung stehe, könne auch ertränkt werden, um Zeit und Kosten zu sparen. Das Gericht billige der Inquisitin zu, von ihrer Schwangerschaft erst spät erfahren zu haben, weshalb der Tatteil der Verheimlichung milde zu bewerten sei, außerdem erkenne es einige der vom Herrn Verteidiger angeführten Gründe der Form halber an, weshalb es vorschlägt, die Strafe zu mildern und die Inquisitin durch Köpfen mit dem Schwert zum Tode zu befördern. Diese Strafmilderung gelte als eine Begnadigung in Teilen, womit das Gericht eine weitgehendere

Begnadigung zu erschweren und auszuschließen beabsichtige. Hierüber mögen die rechtsgelehrten Herren des Schöppenstuhls befinden.

Daraufhin erhebt sich der Richter, schlägt im Stehen seine Akten zu und nimmt die Mitschriften der Protokollanten entgegen. Er tritt vor den Tisch, wohin ihm der Vorsitzende des Schöppenstuhls entgegenkommt. Er reicht diesem die Akten: »Unter Zeugnis aller Anwesenden dem Schöppenstuhl zu Jena übergeben und damit übersandt. Mögen die Herren Rechtsgelehrten jedes Protokoll und jede Aussage zur Kenntnis nehmen, ihre Bücher studieren und unser hiermit vorgeschlagenes Urteil mit anderen, ebenso gelagerten Fällen vergleichen. Das für Recht befundene Urteil ist dem Gericht zu Weimar zuzustellen und Seiner Exzellenz, dem Großherzog Karl August zu Sachsen-Weimar, zur Unterschrift oder zur Abänderung nach seinem durchlauchtigsten Willen und Anerkennen zu übergeben.«

Der Vorsitzende des Schöppenstuhls übernimmt die Akten, die beiden Herren des Rechts verbeugen sich voreinander.

5

Er hat nach Goethe geschickt, aber der Freund und liebste Ratgeber ist nicht zu erreichen: Der Geheime Rat sei auf Forschungsfahrt, wird dem Boten mitgeteilt, den Karl August in das Haus am Frauenplan geschickt hat. Das kann alles bedeuten, weiß der Herzog: Kann sein, dass Goethe als der Herr Minister über die Dörfer reitet und unangemeldet Steuerkontrollen macht oder Außenstände anmahnt. Kann sein, dass er als Herr Bergbau-Inspekteur seinem augenblicklichen Lieblingsprojekt nachgeht und auf »Poesie«, seinem schnellsten Pferd, nach Ilmenau unterwegs ist, um dort im Bergwerk nach dem Rechten zu sehen. Kann aber auch sein, dass er ohne Vorankündigung auf botanische oder geologische Exkursion in den Thüringer Wald gewandert ist oder in den alten Gemäuern der Wartburg bei Eisenach herumklettert, auf der Suche nach der wahren Geschichte. Sein Diener Seidel ist auch verschwunden, da liegt dieser Gedanke nahe – noch näher aber der, dass Goethe sich in seinem Gartenhaus an der Ilm verschanzt hat, um vor dem Rest der Welt seine Ruhe zu haben. »Forschungsfahrt« nennt Goethe auch dies, wenn die Reise nach innen geht.

Der Herzog beschließt, niemanden zu schicken, der an der Tür abgewiesen werden könnte, sondern selbst nachzusehen. Er lässt seiner Frau ausrichten, dass er nicht zur Morgentafel erscheinen werde, lässt sich seine beiden Lieblingshunde bringen, die ihn vor Freude anspringen und ihn vor eine Wand taumeln lassen, an der ein kostbarer Spiegel zerbricht. Es stört ihn nicht. Jemand wird ihn ersetzen. Hier ist so vieles zu richten, da fällt ein Weiteres nicht ins Gewicht. Bis zu seinem nächsten Geburtstag, dem siebenundzwanzigsten, soll hier alles glänzen, damit wird Louise schon die richtigen Leute beauftragen, auch wenn sie zurzeit in ihren ersten Sohn, diesen blassen Würmling, so vernarrt ist, dass sie kaum an etwas anderes zu denken scheint. Wenn das neue Schloss in wenigen Jahren endlich bezugsfertig sein wird, kommen hier in diesem Provisorium zuerst die Zimmerdecken an die Reihe, sie hängen schon an vielen Stellen durch, und ständig fällt irgendwo Stroh, faulendes Holz oder Gips herab. Karl August ist aber durch sein Vorhaben, einen Morgenspaziergang zu machen, derart gut gestimmt, dass ihn sein »mürbes Heim« kaum interessiert. Nur hinaus!

Es ist ein schöner Herbsttag, es hat mehr als eine Woche nicht geregnet, der Schlamm in den Straßen ist getrocknet, der Fäkalgeruch erträglich. Während Karl August durch die Stadt schlendert, jagen seine Hunde den Hühnern nach und treiben sie in die Gärten. Die Weiber am Brunnen drehen sich zu ihm um, verneigen sich tief und tuscheln ihm nach. Er ist kein stattlicher Mann, allenfalls erfüllt sein Bauch dieses Kriterium, aber er ist der Herzog, und ein Wink würde genügen, und diese Weiber liefen ihm nach wie Katzen in ihrer Hitze. Er greift in einen Birnbaum, pflückt eine reife Frucht und ruft der alten Magd im Garten zu, man möge ihm die Rechnung dafür ins Schloss bringen lassen. Der köstliche Saft klebt noch an seinen Händen, als er endlich das Gartenhaus außerhalb der Stadtmauern erreicht.

Zum Haus führen schmale Holzbrücken über das Wasser, sie sind mit geschlossenen Gattern versehen, zu denen nur Goethe selbst die Schlüssel hat, oder vielleicht auch sein Diener Seidel. Ein seltsames Verhältnis ist zwischen

Goethe und diesem Mann, der seine Post öffnen darf, überall Zugang hat und seine Briefe oft selbstständig beantwortet, sodass Goethe sie nur noch unterschreibt – ein Diener, der seinen Herrn duzt und nächtelang mit ihm in der Schlafkammer philosophiert.

Auf dem hölzernen Altan, den Goethe im ersten Stock hat anbauen lassen, sieht Karl August einen unordentlichen Haufen Decken und vermutet, dass Goethe wie so oft die Nacht im Freien verbracht hat und vielleicht jetzt noch dort oben schlummert.

Karl August versucht, von der Seite her auf das Grundstück zu gelangen. Hier gibt es kein Tor, ein üppiges Rosengebüsch versperrt die Sicht auf das Haus. Im Garten blüht eine Vielfalt herbstlicher Stauden. Karl August kehrt zum Eingang zurück, befiehlt seinen Hunden, in Wachstellung zu gehen, schaut sich nach allen Seiten um und flankt mit Schwung über das erste Tor, landet dumpf mit den Stiefeln auf den Bohlen der Brücke, nimmt gleich das zweite Tor und landet mit dem Hinterteil auf dem Pflaster des schmalen, fast zugewucherten Gartenweges, da das Tor nicht verschlossen ist und sich mit seiner Bewegung öffnet. Der Herzog erhebt sich aus seiner unrühmlichen Lage, massiert seine Hüfte und fährt herum, als er ein Lachen vernimmt.

Da taucht Goethe als junger Neptun aus dem Wasser der Ilm auf, Strähnen von Flussgras spaßhaft ins Haar gesteckt, und schüttelt sich die triefenden Fransen aus dem Gesicht. Er kommt aus dem Fluss gewatet und macht, nackt wie er ist, am Ufer eine gespielte Verbeugung. »Geh nur nach oben voraus«, sagt er, »auf dem Altan stehen noch zwei Flaschen Wein, und ich habe noch polnische Räucherwurst, dazu einen Rest Wildschweinbraten und Brot von gestern. Das wird uns als Frühstück reichen.«

»Ich habe auch Seidel hier vermutet.«

»Der ist mit Fritzen voraus nach Clausthal, um mir Zugang zu einem der Silberbergwerke zu verschaffen und Quartier zu besorgen.« Er greift nach einem Tuch, das über einem Stapel Feuerholz ausgebreitet ist, und legt es um seine Hüften. »Ich werde ein paar Tage bleiben, mich in der Bibliothek in den bergrechtlichen Akten umsehen und dem jungen Hardenberg, einem Dichter mit weitschweifender Fantasie, etwas über die Gedichte und Romanauszüge sagen, die er mir geschickt hat. Es wird ihm wenig gefallen, aber umso mehr nützen. Vielleicht lade ich ihn nach Weimar ein und mache ihn hier mit Herdern bekannt. Was Volkspoesie und Völkerkunde betrifft, scheinen sie verwandte Seelen zu sein.« Er verschwindet im Haus.

Karl August steigt in das obere Stockwerk. Er kennt die Unordnung, die hier herrscht, schon seit Jahren, aber sie verblüfft ihn immer wieder. Manchmal neidet er Goethe diesen Platz, an dem niemand hinter ihm aufräumt, sondern alles so lässt, wie der Zufall es gerichtet hat. Es ist eine innere Ruhe in all dieser Verwüstung: Da sind mehrere Zeichentische mit angefangenen Arbeiten, es liegen zahllose Skizzen herum, die, einmal verworfen, in anderer Stimmung wieder zur Hand genommen werden und im neuen Licht neue Bedeutung bekommen. Goethe sagt manchmal, er wäre lieber Maler geworden statt Dichter. Es gibt Stapel von Umschlägen mit Briefen, notierten Verszeilen, Gedanken, und an der Wand lehnen Tüten voll beschriebenen Papiers, manchmal einfach hineingeknüllt oder zerrissen: seine Manuskripte. Unter den aufgeplatzten, an manchen Stellen schimmligen Zimmerdecken hängen trocknende Pflanzen, überall liegen Federn, Steine, Muscheln, bizarr geformte Holzstücke auf den Tischen und Stühlen aus rohem Kiefernholz. Selbst wenn man täglich in diese Räume käme, könnte man, wenn man sich umschaut, ständig etwas Neues entdecken. Und selbst wenn man Goethe das große Bürgerhaus am Frauenplan vollständig überlassen würde, worauf dieser schon lange hinspekuliert, würde er dieses Gartenhaus wohl nicht aufgeben – er braucht seine Zuflucht in das äußerliche Chaos, wenn er ein innerliches zu ordnen gedenkt.

»Mein Sammelsurium schlägt dich also, wie immer, in den Bann«, sagt Goethe hinter ihm. Er trägt einen großen Teller mit Fleisch- und Wurstbrocken und ist in den dunkelroten Hausmantel gehüllt, den er aus Frankfurt mitgebracht hat, ein verschlissenes Stück, von dem er sich nicht trennen kann. Er hat seinem Diener Seidel verboten, es wegzugeben oder reparieren zu lassen. »Komm«, sagt er und geht hinaus auf den Altan, lässt sich auf einen Haufen Decken fallen und macht neben sich Platz.

An die Hauswand gelehnt starren sie zusammen auf die Wiesen am Fluss. Die Septembersonne steht noch ziemlich hoch, es ist fast sommerlich warm. Schmetterlinge tanzen im Garten bis hier herauf an die Brüstung, eine Gabelweihe zieht hoch über ihnen ihre Runden. Die beiden Männer trinken den Wein aus den Flaschen und essen Fleisch. »Du bist nicht im Amt«, sagt Karl August. »Ich habe heute früh deinen Rat gesucht.«

»Ich bin immer im Amt«, sagt Goethe. »Ein Amt ist keine bloße Tätigkeit, sondern eine Eigenschaft. So wie ich immerzu Denker bin und Maler, Dichter, Dramaturg, Geologe, Botaniker und Mensch. Was besorgt dich?«

Karl August zieht einen gefalteten Bogen Papier hervor. »Das Urteil. Es wurde heute früh überbracht.«

Goethe wirft nur einen Blick darauf, ohne es entgegenzunehmen. »Ich weiß, was darin steht. Dem Gesetz nach gibt es nur ein einziges mögliches Urteil. Das ist juristisch korrekt.«

»Aber nicht menschlich.«

»Deshalb liegt es nun bei dir. Du bist der Souverän. Du hast die letzte Entscheidung.«

Karl August nimmt einen Schluck Wein, starrt auf eine Biegung am Fluss, wo mehrere Frauen knien und auf großen Steinen Wäsche walken. »Wenn nur alles so einfach wäre«, sagt er. »Ganz gleich, wie ich mich entscheide, ich werde eine Menge Stimmen gegen mich haben. Die einen werden sagen, ich bin zu grausam und noch dem Mittelalter verschrieben, die anderen werden mich zu milde nennen und sagen, dass ich damit dem Verbrechen und der Unmoral freie Bahn gebe. Du weißt, ich habe bereits im Frühjahr bei allen Mitgliedern der Regierung angefragt, und die Stimmen hielten sich die Waage. So ist es auch im Volk.«

»Auf das Volk musst du nicht hören.«

»Aber es ist gut, wenn es auf meiner Seite steht. Doch du hast recht: Zunächst brauche ich die Unterstützung meiner Regierung und meiner engsten Berater, sonst ist mein Herrscheramt nichts wert.« Er leert den Rest aus seiner Weinflasche mit einem Zug.

»Vergiss nicht«, sagt Goethe, »dass du jetzt ein ganz anderes Ansehen genießt. Deine Frau hat den Erben zur Welt gebracht, mag er auch noch so schwach und hässlich sein. Damit hast du deinen Beamten und Ministern sowie dem ganzen Volk eine Angst genommen: Was geschieht, wenn du dir bei einem wilden Ritt den Hals brichst und es ist kein Erbe da? Bisher musste man fürchten, dass das Herzogtum bei deinem Tod unter fremde Herrschaft kommt, wahrscheinlich Coburg, und das hieße, die Zahl der Beamten würde um die Hälfte reduziert, der hiesige Hof ganz abgeschafft, die Gehälter würden niedriger und noch seltener gezahlt, die Menschen würden noch weiter verarmen. Jetzt hast du aber einen Sohn gezeugt, und ganz gleich wie schwächlich er ist, du musst für sein Überleben sorgen. Damit hast du dem Volk und den Bediensteten des Staates ihre größte Sorge genommen.«

Karl August nickt. »Aber ich muss genau wissen, was ich tun soll. Ich hasse es, allein über Leben und Tod eines Menschen zu entscheiden. Das sollte kein Herrscher tun dürfen.«

»Wer dann?«

»Gott allein.«

»Wenn es einen gibt. Die Kirche würde sich zu seinem Sprecher machen und Seine Höchste Entscheidung verkünden. Das hatten wir doch schon.«

»Vielleicht sollte es vom Halsgericht eine grundsätzliche Begnadigung zu einer milderen Strafe geben. Wie oft hat ein Gericht schon geirrt? Und wie schwer ein Verbrechen wiegt, sollte sich erst nach dem natürlichen Tod eines Menschen entscheiden. Du erinnerst dich an das Reskript, das ich im Mai habe verfassen lassen? Darin habe ich alle Argumente aufgeführt, die für die Abschaffung der Todesstrafe bei diesem Delikt und bei bestimmten anderen sprechen. Das wäre ein Anfang. Ich habe als Ersatz eine lebenslange Zuchthausstrafe mit Zwangsarbeit vorgeschlagen …«

»Ja«, unterbricht Goethe ihn, »ich habe das Reskript selbst paraphiert. Du hast die Zusatzstrafen so hart vorgeschlagen, dass sogar ein Befürworter der Todesstrafe auf deiner Seite stehen kann.«

»Nach dem schwedischen Vorbild.«

»Man müsste herausfinden, welche Erfahrungen man in Schweden inzwischen gemacht hat.«

»Das weiß ich schon«, sagt Karl August. »Ich habe im Frühjahr bei meinem Besuch am Braunschweiger Hof mit dem schwedischen Botschafter sprechen können. Es hat keine Zunahme von Kindsmorden gegeben. Die

Zahl der unehelichen Geburten ist gleich geblieben, die Zahl der Tötungen ebenfalls. Man kann nach zwei Jahren noch nicht sagen, ob es sich dabei um einen Erfolg oder einen Misserfolg handelt.«

»Das heißt, man muss abwarten. Hier, nimm.« Er hält dem Herzog den Teller mit dem letzten Stück Fleisch hin.

Karl August greift zu und sagt kauend: »Aber in diesem Fall haben wir keine Zeit. Alle Welt redet über die Sache, und man erwartet eine Entscheidung von mir.« Er steht auf, wendet Goethe den Rücken zu, schaut auf seine Hunde hinunter, die in der Sonne dösen. »Ich werde noch einmal um Rat fragen, und zwar mein ganzes Kabinett. Und dann soll das Geheime Consilium tagen.«

»Das gibt uns Zeit«, sagt Goethe.

»Und jedes Votum will ich schriftlich.«

Goethe schaut zu ihm auf und nickt, dann leert auch er seinen Wein.

* * *

Das spätsommerliche Wetter hält die ganze folgende Woche an und bringt die Menschen in heitere Stimmung. An einem Samstag lässt Goethe zwei Zeichenbretter in seinem Garten am Frauenplan aufbauen, er hat Charlotte für den Nachmittag zur Zeichenstunde eingeladen. Sie haben vor einigen Tagen verabredet, beide ihre Vorstellungen einer arkadischen Landschaft zu Papier zu bringen, sie zu vergleichen und gemeinsam zu verbessern.

Charlotte kommt mit einer ihrer Hausdamen, einer ältlich wirkenden Frau um die vierzig, die sich wie immer in einen Winkel des Gartens zu begeben hat, um dort zu lesen, bis sie gerufen wird. Seidel, der mit guten Ergebnissen aus Clausthal zurückgekommen ist, kommt in den

Garten, baut einen Tisch zwischen den Zeichenbrettern auf, stellt zierliche Tassen aus weißblauem Kahla-Porzellan darauf, Goethe hat es bei der Besichtigung der Manufaktur während seiner letzten Reise nach Rudolstadt und Naumburg geschenkt bekommen. Charlotte macht eine Bemerkung über die Schönheit und Eleganz des Porzellans, und Seidel, der Goethe auf der Reise begleitet hat, erzählt beim Herrichten des Tisches von der aufwändigen Arbeit der Künstler in der Manufaktur, von der gesagt wird, sie sei älter als die in Meißen.

Charlotte breitet ihre Zeichnung unterdessen auf einem der beiden Bretter aus, fragt nach Goethe und erfährt, dass dieser gerade dabei ist, einen schwierigen Brief zu beenden, den er noch am Abend zu versenden beabsichtigt. Es muss ein sehr wichtiger Brief sein, sonst ließe er sie nicht warten.

Sie nutzt die Zeit, um Kleinigkeiten an ihrem Entwurf auszubessern. Im Zeichnen spürt sie dann plötzlich seine Anwesenheit. Er steht hinter ihr, sieht ihr zu, sie gibt vor, ihn nicht zu bemerken. Dabei spürt sie seine Blicke auf ihrer Haut, er verfolgt ihre zeichnende Hand, betrachtet das Spiel feinster Muskeln um ihre Schulter, gleitet in Gedanken an ihrem Hals hinauf bis zur seitlichen Rundung ihres Kiefers, weiß, dass seine Fantasie nach ihren Lippen sucht, um sie zu küssen. Nie würde er es wagen, sie tatsächlich zu berühren, selbst wenn sie allein sind, er hat es nie versucht – er respektiert, dass sie einem anderen vermählt ist, aber seine Blicke sind wie der Schopf einer feinen Feder, die unter ihrer Haut einen zarten Kitzel verursacht. Sie dreht sich um, sieht ihn verträumt lächeln.

»Schönes Porzellan«, sagt sie und deutet auf das Geschirr. »Ich sollte den Tisch mit den Tassen in meine Zeichnung einbauen, hier in den Vordergrund.«

»Zu irdisch«, sagt er. »In Arkadien trinkt man Nektar aus hauchfeinen Kristallgefäßen.«

»Ach so. Nektar? Keinen Wein?«

»Nektar ist Wein«, sagt er, »und wenn er nicht von deinen Lippen kommt, sogar ein sehr saurer.«

Mit einer Drehung ihres zierlichen Körpers windet sie sich aus seiner Nähe und steht auf der anderen Seite des Tisches, blitzt ihn aus ihren dunklen Augen an. »Wir haben uns Arbeit vorgenommen. Wo ist dein Blatt? Ich will es sehen, wenn du schon meins betrachtest.«

»Philipp bringt es, wenn der Kaffee fertig ist.« Er hat gestern frische arabische Bohnen aus Nürnberg geliefert bekommen, erzählt er, es sind in der Küche ein paar davon geröstet worden, das ganze Haus ist voll von exotischem Wohlgeruch.

»Ja, es duftet bis hierher«, sagt sie. »Du hast noch bis jetzt gearbeitet?«

»Nur einen kleinen Brief geschrieben«, erwidert er. »Eine Entschuldigung an Fritsch.«

Sie lacht. »Hast du der alten Trockenbohne wieder einmal auf die Füße getreten? Er wird es nie verkraften, dass Karl August dich gegen sein entschiedenes Anraten mit einem Amt betraut hat und nicht einmal sein Rücktrittsgesuch deswegen angenommen hat. Was hast du ihm diesmal angetan?«

»Ein bedeutsames Wörtchen nachlässig benutzt.«

»Das kann allerdings wirklich beleidigend sein, besonders wenn es aus deinem Munde kommt.«

»So schlimm ist es nicht gewesen.« Goethe erzählt, dass er den Herzog in Gegenwart der beiden anderen Mitglieder des Geheimen Consiliums über den Ankauf einer Büchersammlung für die Landesbibliothek in Kenntnis gesetzt und dabei erwähnt hat, er werde ›seine Kameralen‹ anweisen, die Bezahlung vorzunehmen. Darauf sei

Fritsch aufgesprungen und habe ausgerufen, der Landesfürst sei immer noch Seine Exzellenz, der hochwohlgeborene Herzog Karl August von Sachsen-Weimar-Eisenach, woraufhin er mit einer Verbeugung in dessen Richtung bat, sich zurückziehen zu dürfen. Niemand habe so recht gewusst, was in Fritsch gefahren sei, der Herzog habe ihn gehen lassen, ihn aber später allein zu sich gerufen. Dabei habe Fritsch erklärt, es sei ihm anmaßend erschienen, dass Goethe von Dingen, die dem Staate zuzurechnen seien, wie von seinem Privatbesitz gesprochen habe. ›Meine‹ Kameralen, und das in Gegenwart Seiner Exzellenz, das sei doch wohl zu viel gewesen, da habe er eingreifen müssen.

Charlotte schüttelt den Kopf. »Der arme Fritsch, da hat er sich vergeblich ereifert. Er kennt dich eben nicht so gut wie ich. Du hast ihm hoffentlich diplomatisch geschrieben, dass er sich irrt, oder?«

»Sehr behutsam. Hör es dir an.« Philipp Seidel hat bei Beginn des Gesprächs bereits geahnt, dass Goethe Charlotte den Brief zeigen würde, und ihn geholt. Goethe nimmt ihn aus seiner Hand entgegen, sucht eine Passage und liest vor: »Man bedient sich des Wortes ›mein‹, um ein Verhältnis zu Personen oder Sachen anzuzeigen, mit denen man aus Neigung oder Pflicht verbunden ist, ohne sich darüber eine Herrschaft oder Eigentum anzumaßen.«

»Richtig.«

»Ein Kassier sagt ›meine Kasse‹, man sagt ›unsere Finanzen‹ und so weiter, obgleich doch alles des Fürsten oder des Landes ist. ›Meine Kameralen‹ konnte also nichts weiter heißen als: die Herren von der fürstlichen Kammer, die durch Serenissimi Willen in gewissen Sachen an mich gewiesen sind, mit denen ich öfters zu tun habe …« Er lässt das Blatt sinken. »Dann habe ich ihm geschrieben, wie sehr ich gerade sein Urteil schätze und wie bedeutend mir alles sei, was von ihm komme und so weiter, und dann: ›Erhalten Sie mir Ihre unschätzbare Gewogenheit‹, Gruß und Unterschrift.«

»So diplomatisch wärest du früher nicht gewesen«, sagt sie. »Geschickt, geschickt. Aber jetzt drücke dich nicht länger davor, deine arkadische Zeichnung vor meinen kritischen Blicken auszubreiten.«

Goethe hat allen Anlass, mit Fritsch vorsichtig umzugehen und dessen Empfindlichkeiten besondere Beachtung zu schenken, denn auf sein mehrmaliges Bitten hin hat Fritsch ihn in die hiesige Freimaurerloge eingeführt, und Goethe hat den alten Minister danach oft bedrängt, ihm auf dem Weg zum Meistergrad sein Geleit zu geben. Die Loge ist für Goethe ein Mittel, in die Welt der Geheimgesellschaften, von denen es in Weimar etliche gibt und die er für den Herzog im privatesten Auftrag auskundschaften soll, eingeführt zu werden und zugleich Fritsch, den erfahrensten Mann des Staates, dessen Vertrauen er noch immer nicht völlig gewonnen hat, noch mehr für sich einzunehmen. Fritsch hat sein Ministeramt nicht nötig, er ist vermögend und könnte jederzeit Abschied davon nehmen, ohne dass er einen nennenswerten finanziellen Schaden hätte. Diese ungewöhnliche Unabhängigkeit macht die Meinung Fritschens für Goethe wertvoll.

Von solchen Überlegungen ahnt Charlotte nichts: Wegen der Geheimgesellschaften ist er ohnehin durch einen Eid an seine Schweigepflicht gebunden, und seine Gedanken über Fritsch möchte er auch ihr nicht so unverblümt mitteilen, denn sie könnte ihn für einen Intriganten halten. Er fürchtet ihren Spott darüber.

Jetzt nimmt Goethe die Rolle mit der Zeichnung, die Seidel bereitgelegt hat, und breitet sein Blatt aus. Bald sind sie in ein Gespräch über Fantasien, Perspektiven und Zeichentechniken vertieft, verbessern hier und da etwas auf beiden Blättern, probieren eine Schraffur, nippen ihren Kaffee nur beiläufig und bemerken nicht, wie die Zeit vergeht. Erst als ein dunkler Wolkenschatten über Charlottes Zeichnung weht, blicken sie einander an.

»Wo ist eigentlich mein Sohn?«, fragt sie. »Er hat mich noch gar nicht begrüßt.«

»Das ist allerdings seltsam.« Goethe sieht sich um. »Am Mittag hat er noch gesagt, er wolle etwas vorbereiten, um es dir zu zeigen.« Sein Blick sucht nach Seidel, doch der muss im Haus sein. Erst jetzt fällt ihm auf, dass sich der Himmel zugezogen hat. Ein kühler Wind fährt in den Garten und wirbelt Laub in die Höhe.

»Wir müssen einpacken«, sagt er. »Es wird regnen.«

Schnell raffen sie ihr Zeichenzeug zusammen, Charlotte ruft ihre Hausdame, gemeinsam schaffen sie die Zeichenbretter und den kleinen Tisch mit dem Geschirr unter das Vordach. Goethe ruft nach Seidel, doch der erscheint nicht. Ein Donnergrollen ist zu hören, nicht sehr weit entfernt. Eine Gewitterfront hat sich genähert, durch das Haus verdeckt und nun plötzlich sehr nah.

»Gehen wir hinein?« Charlotte hat ihr Zeichenblatt zusammengerollt und reicht es ihrer Hausdame. »Ich käme nicht mehr trocken heim.«

»Warte.« Goethe hält Charlotte zurück und deutet zum Himmel. »Sieh doch nur! Ist das nicht eine Pracht?« Das Brodeln und Wogen dunkler Wolken, das Zucken der ersten Blitze zieht ihn wie immer in den Bann. »Die Urgewalten! Von keinem Menschen je erforscht und doch von unbekannten Gesetzen bestimmt. Das ist das Göttliche, an dessen Macht und Wahrheit ich glaube! Was sind das für Gewalten! Ob man sie je einfangen und nutzbar machen kann? Stell dir vor, der Mensch hätte die Fähigkeiten der Titanen, könnte die Stärke der Blitze und die Kraft des Donners bändigen! Was für eine Aussicht!«

Der einsetzende Regen lässt ihn wieder an Charlotte denken, er lässt sie vorausgehen in die Sicherheit des Hauses.

Fritz kommt ihnen entgegen. »Gott zum Gruße, Frau Mutter!«, ruft er, breitet die Arme aus, läuft auf Charlotte zu, doch sie legt ihm nur die Hände auf die Schulter, gibt ihm einen flüchtigen Kuss auf die Stirn und sagt: »Mein Junge! Warum bist du nicht hinausgekommen, um mich zu begrüßen? Ich bin schon den ganzen Nachmittag da.«

»Ich wollte nicht beim Zeichnen stören«, sagt Fritz. »Da braucht man Konzentration. Außerdem musste mein Kosmos fertig werden, den ich Ihnen zeigen will, Frau Mutter. Onkel Philipp hat mir dabei geholfen, aber nur bei der Arbeit. Geplant habe alles ich.«

Philipp Seidel ist in den Raum gekommen und stellt zwei Weinbecher auf eine Anrichte, gießt Wein aus einer Karaffe, schweren, süßen Roten. »Es ist der Wein aus Messina, der letzte Woche eingetroffen ist«, sagt er.

»Ein wirklich edler Tropfen.« Goethe reicht Charlotte einen Becher, stößt mit ihr an.

»Schwer wie ein Likör, erinnert an den Marsala vom letzten Jahr«, sagt sie. »Aus Messina also. Kommt denn von da noch Wein? Liegt die Stadt nicht in Trümmern?«

»Man ist sicher inzwischen recht weit voran mit dem Aufbau, und das umliegende Land ist fruchtbar. Der Wein hat noch dieselbe Sonne, denselben Vulkanboden, dieselbe Fülle. Koste mehr davon.«

Sie nippt an ihrem Becher. »Ja, ausgezeichnet. Der rechte Wein zu deiner arkadischen Landschaft. Ich gebe zu, dass du diesmal die bessere Zeichnung angefertigt hast. Du hast wohl dabei an Messina gedacht. Dazu hast du ja eine besondere Verbindung.«

»Was meinen Sie damit, Mutter?« Fritz zupft Charlotte am Ärmel. »War Onkel Wolfgang denn schon einmal in Messina? Er hat mir doch von allen seinen Reisen erzählt.«

»Nein, aber er hat ein großes Erdbeben geträumt, und es ist dann eingetroffen.«

»Wirklich?«

»Nein«, sagt Goethe. »Es hat stattgefunden, und ich habe es gespürt.«

»Wie ist denn das gekommen? Kannst du hellsehen?« Der Junge blickt mit Bewunderung zu ihm auf.

»Das glauben seitdem viele Leute von ihm«, sagt Seidel.

»Erzähl! Ich will es genau wissen!« Fritz drängt sich an seinen Ziehvater. »Wie konntest du es spüren?«

»Im Schlaf. Es war wie ein Traum. Ich spürte eine Bewegung, als ob jemand meine Schulter ergriffen hätte, um mich zu wecken, und dann hatte ich das Gefühl, als rücke mein Bett von der Wand, aber als ich die Augen öffnete, war nichts dergleichen. Im Zimmer war alles unverändert. Ich lief ans Fenster, Philipp war neben mir, weil ihn meine Unruhe geweckt hatte. Es war ein Uhr nachts. Ich sah die Sterne und hatte den Eindruck, als machten sie einen Ruck, einen zehntel Fingernagel breit nur, kaum wahrzunehmen, doch ich wusste, in diesem Moment hat sich die Welt bewegt, es muss etwas Großes passiert sein. Ich dachte gleich an ein Erdbeben, irgendwo auf dem Globus, vielleicht in Chili oder bei den Indern. Ich notierte die Zeit genau und ließ Philipp die Umstände dazu aufschreiben. Zwei Wochen später traf die Nachricht ein, in Messina auf der Insel Sizilien habe es ein Erdbeben gegeben, die ganze Stadt sei zerstört und viele Menschen tot. Der Zeitpunkt stimmte genau mit dem überein, an dem ich nachts aufgewacht und ans Fenster gestürzt bin.«

Der Junge steht mit offenem Mund vor ihm. »Du bist wirklich ein Hellseher.«

»Nein, das bin ich nicht. Die Welt ist ein Ganzes, ein einziges riesiges Stück. Wenn sie irgendwo einen großen Stoß bekommt, ist es möglich, dass man diesen Stoß anderswo spürt, so wie die Wände in meinem Arbeitszimmer zittern, wenn du unten die Tür heftig zuwirfst. Es sind Naturkräfte, genau wie die des Gewitters da draußen. Eines Tages wird man sie vielleicht messen und katalogisieren können, und das ist der erste Schritt auf dem Weg, sie zu beherrschen.«

»Den ganzen Kosmos!«, ruft Fritz. »Kommt! Ich zeige euch meinen.«

Charlotte und Goethe sehen sich an und folgen dem Jungen hinauf in seine Kammer. Nachdem Goethe weitere Zimmer des Hauses hinzugemietet hat, hat er dem Jungen einen größeren Raum überlassen, damit er sich darin besser entfalten kann. Dort hat Fritz seine ganze Steinsammlung ausgebreitet, sorgfältig geordnet und wie eine Spirale mit vielen unterschiedlich langen Armen ausgelegt. »Sehen Sie diese Reihe hier, Frau Mutter, da ist Calcit, Dolomit, Kalkspat, Milchquarz, Rosenquarz, und da drüben, das ist ein echter Bergkristall. In diesem Spiralarm sehen Sie Kohlegesteine: Torf, Braunkohle, Fettkohle, Steinkohle, Anthrazit. Glänzt der nicht prächtig? Fast schon wie ein Diamant, wenn ich ihn nur ein paar hunderttausend Jahre später gefunden hätte, wäre einer daraus geworden. Hätte ich einen, müsste er am Anfang dieses Arms liegen, da, fast in der Mitte der Spirale. Eines Tages werde ich einen finden. Man muss mich nur tief genug in die Kohlengrube steigen lassen. Ich habe keine Angst.«

Charlotte spürt die Begeisterung ihres Sohnes und blickt seinen Ziehvater an. »Du machst einen kleinen

Goethe aus ihm«, sagt sie. »Und so wie du heute bist, ist mir das recht. Er muss ja nicht deine stürmische Zeit durchmachen.«

Goethe lacht. »Das wird nicht zu verhindern sein, wenn er in die ersten Mannesjahre kommt.« Er sieht Charlotte in die Augen, Fritz steht stumm neben ihnen, man hört nur das Tosen des Unwetters draußen und das Rütteln des Sturms an den Fenstern.

Und dann kommt da ein weiterer Lärm: Die Eingangstür klappert laut, als wolle der Sturm sie aus den Angeln reißen, und es dauert eine Weile, bis sie bemerken, dass jemand Einlass begehrt. Seidel eilt nach unten, man hört seine Stimme und die eines anderen Mannes.

Goethe lässt Charlotte bei ihrem Sohn zurück und sieht nach. Es ist ein Husar, der gekommen ist, seine Uniform ist triefend nass. Seidel ruft in die Küche hinüber und lässt einen heißen Trank für den Mann herrichten. Dann reicht er Goethe einen Brief mit herzoglichem Siegel, den der Bote überbracht hat.

Goethe liest und schüttelt den Kopf. Als Charlotte kommt, sagt er: »Vom Herzog, dienstlich. An die Mitglieder des Geheimen Consiliums. Er will unsere Voti zum Urteil gegen die Höhnin schriftlich haben, und dann will er das Consilium erneut tagen lassen. Wozu das alles noch? Und wozu die Eile? Er weiß doch, was ein jeder von uns denkt. Wir haben immer wieder darüber gesprochen. Er hat die Regierung befragt, seine höheren Beamten, den Hof, die Juristen, und er hat Erfahrungsberichte aus anderen Ländern. Die Schriften verschiedener Philosophen aus ganz Europa habe ich ihm besorgt. Was will er denn noch?«

»Gewissheit«, sagt sie. »Und Rückhalt.«

* * *

Seit das Todesurteil und die Bestätigung des Schöppenstuhls zu Jena bekannt geworden sind, herrscht in Weimar Aufruhr. Es wurde zuvor schon viel diskutiert, jetzt aber trennen die Meinungen Gegner und Befürworter. Gemeines Volk freut sich auf ein Spektakel, unter Bürgern und Gebildeten hat man Bedenken, Amtsträger sehen Recht und Ordnung in Gefahr, Geistliche die Moral.

Von Herder, dem höchste Geistlichen im Staate Weimar, wird gesagt, er habe erst kürzlich in einer Predigt verkündet, es sei nicht des Menschen Sache, über Leben und Tod zu richten, wenn Gott aber diese Aufgabe einem Souverän übertragen habe, müsse dieser nach dem Gewissen urteilen, das ihm eingegeben sei, und dieses komme von Gott. Es sei daher nicht die Sache des gemeinen Volkes, daran etwas zu ändern, denn dieses sei wankelmütig und in seiner Gesinnung leicht zu beeinflussen.

Vor dem Weimarer Gefängnis ist nun von früh bis spät eine beständige Menschenmenge. Man spottet, ruft, tratscht. Jemand vermietet Schaukelpferde zur Belustigung der Kinder, es wird gedünstetes Gemüse, frisches Dampfbrot und billiges Sauerbier verkauft. Man handelt mit frommen Bildchen und Amuletten wie in einem katholischen Land, und ein Bänkelsänger berichtet von grausigen Morden und noch grausigeren Todesstrafen in fernen Ländern, wo Menschen gekocht und gefressen werden, von wilden Tieren zerrissen oder langsam zerstückelt. Bettler präsentieren für ein paar Kupferlinge ihre Arm- und Beinstümpfe, die sich, wenn die Darsteller sich vom Platz entfernen, auf wundersame Weise zu gebrauchsfähigen Gliedmaßen entfalten. Es ist wie ein Jahrmarkt, doch ohne Fröhlichkeit. Gesinde aus den umliegenden Dörfern trifft ein, versucht, Neues für ihre Herrschaft in Erfahrung zu bringen, streut neue Gerüchte. Schon spricht man von der Hinrichtung, als stehe sie fest. Tod durch das Schwert? Das wäre ja ein kurzes Vergnügen. Vielleicht wird daran noch etwas geändert. Der Herzog soll sich etwas einfallen lassen. Säcken, Pfählen, Ertränken, vielleicht aufs Rad flechten? Da gäbe es mehr zu sehen, mehr zu hören: Die Schreie, wenn die Knochen mit dem Hammer gebrochen werden oder die Krähen Stücke aus dem Fleisch hacken. Vielleicht gibt es auch eine Vierteilung mit dem Schwert oder mit Pferden, die in unterschiedliche Richtungen zerren, wie es in Bayern üblich sein soll? Oder lebendiges Häuten mit kochendem Öl? Das Volk kennt viele Möglichkeiten, eine Hinrichtung spannend und unterhaltsam zu gestalten, und jeder übertrifft den anderen mit detailreichen Schilderungen, die er gehört haben will. Es gibt nicht mehr so viele Halsvollstreckungen wie früher, vielleicht wird alle zwanzig Jahre mal jemand vom Leben zum Tod befördert, jedenfalls in Weimar, und da sollte man doch ein richtiges Schauspiel daraus machen, meint das niedere Volk.

Andere sprechen ihr Entsetzen deutlich aus. Da ist von Barbarei die Rede, von einem Rückfall ins Mittelalter, und man hofft, der Herzog möge von seinem Recht auf Begnadigung Gebrauch machen. Jeder weiß, das dies nicht eine Milderung der Strafe sein muss: Begnadigung von der Todesstrafe bedeutet lebenslang Zuchthaus unter schwerster Arbeit, dazu jährlich am Tag der Tat eine öffentliche Auspeitschung und eine ganztägige Zurschaustellung am Pranger, was in Weimar eine Fahrt durch die Stadt bedeutet: Der Pranger wird auf einem Karren errichtet und durch die Straßen gezogen. Meist stirbt der Begnadigte schon nach wenigen Jahren Zuchthaus. Es gibt jedoch auch die Möglichkeit, einen Häftling in einem Nachbarstaat unterzubringen, wenn die Kosten dort geringer sind. Herzog Karl August hat mehrmals davon Gebrauch gemacht und würde es im Fall der Höhnin vielleicht wieder tun. Das hieße, dass die Mörderin frühzeitig entlassen werden könnte, da man woanders sie wohl nicht auf Staatskosten durchfüttern wollte, wenn sie schwach oder krank würde.

Die meisten Bürger wissen, welches Regierungsmitglied welcher Ansicht ist – die konservativen Älteren sind für die Beibehaltung der Todesstrafe und für eine öffentliche Hinrichtung. Vom Geheimen Rat Goethe weiß man, dass er aufseiten des jungen Herzogs steht. Er hat sich mehrfach öffentlich für die Abschaffung ausgesprochen.

* * *

Ihr ist, als wäre sie schon tot. Sie ist nur noch rohes Fleisch auf einer Lage von Stroh. Man hat ihr Essen und Trinken zur Genüge hingestellt, als wolle man sie mästen, meist rührt sie nichts an, doch will man es wieder wegnehmen, dann ist sie gierig wie ein Tier, sie trinkt, frisst, stopft in sich hinein, was nur geht. Ihr Körper ist aber nur ein vorübergehendes Behältnis, das alles wieder von sich gibt, wüst vermengt, faul und flüssig. Oben und unten heraus.

Johanna Katharina Höhn. Geboren: Ja. Vater: Nein. Mutter: Nein. Getauft: Weiß nicht mehr. Pate: Der Henker. Ihren Namen will sie vergessen, er wird von fremden Menschen im Mund geführt, die über sie bestimmt haben, als wäre sie nichts als ein Gegenstand, um den man handelt, er steht in einem Urteil, er steht in Protokollen, die etwas wiedergeben, das längst zu einem anderen Leben gehört, das nicht mehr wahr ist oder niemals wahr gewesen. Sie sieht die Sonne nicht mehr, wird sie vielleicht nur noch ein einziges Mal sehen, dann ist es für immer vorbei. Vorbei auch mit dem Gestank des faulenden Strohs, vorbei mit dem Fäkalgeruch in ihrem Verlies, vorbei mit den Männern, die Nacht für Nacht kommen und ihre lebende Leiche schänden. Vorbei mit Schmerzen und Angst. Sie ist wie ein Grashalm, der darauf wartet, gemäht zu werden, ohne Fühlen und Verstehen.

Manchmal hört sie in ihrem Verlies Stimmen. Es sind die Wächter vor der Tür, die sich über eine Person unterhalten, die nicht mehr sie ist. Sie flüstern oder reißen derbe Witze, dann lachen sie, es klingt wie das Dröhnen leerer Fässer. Und andere Stimmen sind da, sie kommen mit dem Geschrei der Vögel durch das Luftloch unter der Decke, Stimmen, die von Mord und Sühne reden und von grausamen Dingen, vom Pfählen, Köpfen, Zerfleischen, Zerstückeln. Da ist Kindergeschrei und Musik, verzerrter Gesang wie auf einem Jahrmarkt, dann Stille, das Schreien der Krähen, die sie nach drüben rufen, in die Nacht des Todes. Sie weiß nicht, ob die Geräusche wirklich sind oder Wahn. Lebt sie noch, oder ist dies schon die Hölle? Vielleicht gibt es in der Hölle gar kein Feuer, in dem die Menschen Qualen leiden. Vielleicht hat jeder seine eigene Marter, und ihre ist dieses Warten, ähnlich dem, in dem sie schon immer gelebt hat, und diese Angst vor dem Tod – nein, nicht vor dem Tod, nur vor dem Sterben.

Am schlimmsten ist die Hoffnung. Es gibt Momente, da treiben ihre Träume ein böses Spiel mit ihr. Da hört sie Doktor Vogel von Begnadigung sprechen, von der Milde des Herzogs, von der neuen Zeit, die ins Land weht wie ein frischer Wind, dem Leben zugewandt. Da hört sie ihn von der Frau erzählen, die ihr Kind an der Wand zerschlagen hat und doch selbst leben durfte und sogar die Freiheit zurückbekam. Da hört sie die Müllerin über das Hurenhaus reden, von einer Frau, die dort gelebt hat und später eine angesehene Dame in Hannover geworden ist. Dann sieht sie sich wieder als Kind vor dem Haus sitzen, sieht Josefa mit den roten Haaren im Sonnenschein, Josefa, die ihren Vater erschlug und ihm das Höllenfeuer persönlich entfachte, Josefa, deren Körper hier im Stroh verfault ist, neben ihr, keine drei Armeslängen entfernt. Dann weiß Johanna wieder, dass ihre Hoffnung eine Lüge ist, die ihr das Leiden erschwert.

* * *

In diesen Tagen ist Karl August übel gelaunt, herrisch, ungeduldig. Wer ihm mit Eingaben kommt, wird abgewiesen, wer hartnäckig bleibt, wird bestraft. Es gibt nur eine Sache, die ihn beschäftigt, die ihn quält.

Er will möglichst schnell eine Klärung der Angelegenheit. Die Höhnin ist wieder in Weimar, wird im hiesigen Gefängnis durchgefüttert, das Volk rottet sich täglich davor zusammen. Wer weiß, wann es unruhig wird, und ob sich dann nicht die Stimmung gegen ihn richtet. Ein Funke reicht. Selbst ein kleiner Aufstand wäre staatsgefährdend, denn andere warten nur darauf, sich das schwache Herzogtum Sachsen-Weimar-Eisenach einzuverleiben, zum Beispiel die thüringischen Fürsten, die gern ihre Grenzen abgerundet sähen, oder Karl Augusts Onkel Friedrich von Preußen, der das Land ohnehin als Vorfeld für seine Kriege kreuz und quer durchzieht und hier sogar Soldaten rekrutiert, sodass in Weimar die besten Leute fehlen. Leichte Beute wären wir, denkt er. Für jeden, der zugreift. Das wusste schon Anna Amalia, seine Mutter, die nur eine Möglichkeit sah, das kleine Weimar überleben zu lassen, indem sie es in den Mittelpunkt der Aufmerksamkeit rückte. Theater, Dichtung, Philosophie, Kunst – wenn jeder im Reich auf den Musenstaat schaute, würde es Proteste geben und gewiss Hilfe von außen, wollte es jemand vereinnahmen. Er setzt dieses Werk im Sinn seiner noch jungen Mutter fort und er will etwas Eigenes hinzufügen: ein fortschrittliches, den Ansprüchen der modernen Zeit genügendes Staatswesen, das Vorbild im ganzen Kaiserreich sein könnte. Die Erneuerung der Rechtsprechung ist ihm daher ein besonderes Anliegen.

Er weiß, dass er mit seiner Haltung gegen die Todesstrafe keinen Rückhalt bei der Mehrheit seiner Regierung hat, rechnet aber damit, dass das Geheime Consilium hinter ihm steht. Deshalb hat er die Stimmabgaben schriftlich verlangt. Fritsch, Schnauss und Goethe sollen anschließend seinen Beschluss, den er der Regierung und der Justiz überstellen wird, mit ihren Handzeichen paraphieren. Es steht auf Messers Schneide, er weiß, dass Schnauss und Fritsch wahrscheinlich für die Todesstrafe und die Hinrichtung der Höhnin sprechen, dann stünde allein Goethe auf seiner Seite und müsste bei der abschließenden Besprechung einen der beiden anderen überzeugen. Am Ende wird es so kommen wie in den meisten Fällen: Der Beschluss des Geheimen Consiliums wird einstimmig sein und damit Kraft und Bestand haben.

Als Erster gibt Jakob Friedrich von Fritsch, der Vorsitzende des Consiliums, am fünfundzwanzigsten Oktober seine eigenhändig geschriebene Stellungnahme ab. Er ist von den Dreien am längsten im Dienst des Staats.

Das Ergebnis ist überraschend. Karl August war überzeugt, mit Fritsch in dieser Frage einen Gegner zu haben. Zunächst weist sein Minister ihn tatsächlich darauf hin, dass er die bisherige Strafe für angemessen halte: Das *ius talionis* oder Vergeltungsrecht, das für eine schwere Tat eine mindestens ebenso schwere Strafe vorsehe, sei als Abschreckung sehr gut geeignet, was man daran sehen könne, dass die Zahl der Kindsmorde im Vergleich zur hohen Anzahl der unehelichen Geburten sehr gering sei. In seiner bisher dreißigjährigen Amtszeit habe er insgesamt nur vier Fälle erlebt. Es gebe ja, so meint Fritsch, beispielsweise die Möglichkeit, dass der Landesherr die Umstände der Tat im Einzelfall genau abwäge und dann das Urteil mildere, und das sei in der Vergangenheit auch mehrfach geschehen. Fritsch sehe deshalb keine Veranlassung, schreibt er, das Gesetz generell zu ändern. Er, Fritsch, sehe, dass Serenissimus gerade vor einer ähnlichen Entscheidung stehe, und kenne dessen Auffassung bereits aus dem Reskript vom Mai. Er wolle sich der Meinung seines Dienstherrn also nicht entgegenstellen. Er frage sich lediglich, welche Strafe wirksamer und abschreckender sei als die Todesstrafe, und er habe nichts dagegen einzuwenden, wenn einmal die Probe aufs Exempel gemacht werde.

Im Übrigen hebt Fritsch die Strafergänzungen hervor, die Karl August in seinem Reskript vom Mai vorgeschlagen hat – diese erschienen ihm härter als die Todesstrafe und könnten zu Verzweiflungstaten, also zum Selbstmord der Delinquentin führen. Deshalb schlage er vor, diejenigen, die vor der Änderung des Gesetzes verurteilt würden, zwischen Todesstrafe und verschärftem Zuchthaus selbst wählen zu lassen.

Eine geschickte Überlegung! Karl August liest das Votum ein zweites Mal und lässt den Brief kopieren, um ihn Schnauss und Goethe zu übersenden, so ist es abgemacht. Vielleicht ist der Vorschlag am Schluss des Schreibens bereits der Kompromiss, mit dem alle einverstanden sein können. Es ist eine großzügige Geste von Fritsch, diese Möglichkeit entgegen seiner eigenen Überzeugung ins Gespräch zu bringen.

Schon am folgenden Tag kommt das ausführliche

Votum des einundsechzigjährigen Christian Friedrich Schnauss, einem Schreiber diktiert und eigenhändig unterzeichnet. Er weist zunächst darauf hin, dass das Geheime Consilium nicht das Gremium sei, das dafür zuständig ist, rechtliche Gutachten zu erstellen, und dass er sein Votum in erster Linie deshalb abgebe, weil es von Serenissimo ausdrücklich verlangt worden sei, obwohl die Stellungnahmen jedes einzelnen Mitglieds der Regierung bereits vorlägen und er ein solches Votum eigentlich für unmaßgeblich halte.

Er führt im Folgenden an, dass es in der Diskussion der Vergangenheit so viele unterschiedliche Ansichten gebe, dass man sich darin kaum zurechtfinden könne. »Die Ursache ist wohl«, schreibt er, »weil der Theologe einen anderen Standpunkt einnimmt, von welchem er die Sache ansieht, als der Philosoph, und dieser wieder anders denkt als der Jurist«, und er führt als Beispiele zwei Vertreter extremer Ansichten an, Carpzow und Beccaria.

Beide Namen sind Karl August hinreichend bekannt. Der berüchtigte Jurist Benedikt Carpzow wirkte im vorigen Jahrhundert an der juristischen Fakultät in Leipzig und trat allgemein für harte Bestrafungen ein, was er in zahlreichen Schriften vertrat, deren Einfluss noch bis in diese Zeit nachwirkt. Es heißt, er habe zwanzigtausend Todesurteile gefällt, vor allem in Hexenprozessen.

Beccaria hingegen ist der neuen Zeit zugewandt, und Karl August hat nicht nur viele seiner Schriften gelesen und mit Goethe, Wieland und anderen darüber diskutiert, er hat auch seine Ansichten maßgeblich mitgeprägt: Cesare Marchese de Beccaria tritt für die generelle Abschaffung der Todesstrafe ein. Seine vor zwei Jahren erst neu bearbeitete Schrift aus dem Jahre 1764 wird in ganz Europa nicht nur von Juristen und Philosophen, sondern besonders von Staatsmännern diskutiert, die über Modernisierungen in ihrem Gemeinwesen nachdenken. An den Universitäten kursieren zahlreiche Streitschriften und Kommentare dazu.

Schnauss arbeitet in seiner Stellungnahme weiter sorgfältig auf seine Entscheidung hin und bemerkt, dass die Todesstrafe im Allgemeinen nur verhängt werde, wenn sie notwendig oder nützlich sei, und sie sei deshalb da erforderlich, wo der Staat oder die Gesellschaft sich in Gefahr befinde. Verräter, Aufrührer oder Mordbrenner könne man von Weimar aus nun mal nicht nach Sibirien verbannen.

Bei Kindsmord sei diese Gefahr, stellt Schnauss fest, bei einem Einzelfall nicht vorhanden, sie könne aber entstehen, wenn das Verbrechen überhandnehme. Jetzt stellt sich die Frage, ob die Todesstrafe ein wirksames Mittel dagegen biete. Der alte Grundsatz der Vergeltung sei hier einmal beiseite gelassen.

Aufmerksam liest Karl August Zeile für Zeile, hält inne, denkt über eine Formulierung Schnaussens nach, die ihm besonders ausgefuchst vorkommt, der Beamte wird offenbar deshalb so weitschweifig, damit ihn jeder versteht. Karl August kämpft gegen seine Verärgerung an, als er sich vergegenwärtigt, dass dieser »jeder« zunächst einmal er selbst ist. Er weiß aber, dass Schnauss nicht das Talent zur Ironie hat, sodass diese ausholende Argumentation wohl daher rührt, dass Karl August den Mann schon häufiger in Sitzungen aufgefordert hat, er möge seine Ansicht bitte genauer erklären.

Genau das macht Schnauss hier. Er nennt verschiedene Gründe, weshalb eine Frau auf den Gedanken kommen könnte, ihr eigen Fleisch und Blut zu ermorden: Ehrverlust und Schande durch die uneheliche Schwangerschaft, die Last der Versorgung des Kindes, der Verlust der Heiratsmöglichkeit, die Gelegenheit, den Mord zu verheimlichen, aber auch die Hoffnung, begnadigt zu werden, mit dem Beispiel vor Augen, dass andere Kindsmörderinnen ebenfalls nicht hingerichtet wurden.

Karl August erhebt sich, als er diese Worte liest, geht unruhig im Zimmer umher. Er kann Schnauss bei diesen Argumenten nicht folgen. Wie sollte eine Frau auf den Gedanken kommen, ihr Kind zu ermorden, nur weil sie die Möglichkeit hat, dabei unentdeckt zu bleiben? Warum sollte die Hoffnung auf Begnadigung sie zu einem Mord an ihrem eigenen Kind verleiten? Vielleicht in Verbindung mit den ersten Motiven, die Schande und die Aussicht, niemals heiraten zu können. Aber spielt das für die niederen Stände überhaupt eine Rolle? Welche Dienstmagd hat schon die Möglichkeit, sich zu verheiraten?

Er muss mit jemandem reden. Er wünscht, seinen engsten Berater zu sehen, ruft einen Diener und schickt nach Goethe. Der soll sofort kommen, so wie er ist, und sich nicht erst höfisch kleiden.

Gerade will er sich wieder in das Schreiben von Schnauss vertiefen, da kommt Louise herein. Seine Frau hat sich in den letzten Wochen kaum mit ihm befasst, sie hat nur noch Augen für ihren Sohn, nimmt daher auch nur eingeschränkt am höfischen Leben teil. Er hat sie in den letzten Wochen kaum zu sehen bekommen. Ihr Gesicht ist schmaler geworden, ihre Züge wirken jetzt noch härter und abweisender.

»Ist es nicht an der Zeit«, fragt sie ohne einen Gruß und offenbar durch ein vorhergehendes Gespräch aufgebracht, »dass Sie sich einmal um Ihren Sohn kümmern? Immerhin ist er der Erbprinz, den Sie so lange von mir gefordert haben. Er hat gerade ein schlimmes Fieber überstanden, da sollte man doch erwarten, dass sein Vater einmal nach ihm sieht.« Ihre Stimme zittert, sie will mehr sagen, hält aber inne, als sie ihm ins Gesicht sieht.

Karl August starrt sie an und sagt: »Ja. Ich bin den ganzen Tag nicht dazu gekommen. Ich habe wichtige Amtsgeschäfte. Bringen Sie mich zu ihm.«

»Wichtige Amtsgeschäfte also.« Louise hebt den Kopf, wendet sich um, geht ihm voraus. Er stellt sich vor, dass sie sich bereits Argumente für einen längeren Streit zurechtgelegt hat und jetzt verärgert ist, weil sie keinen Satz davon anbringen kann. Er betritt hinter ihr das kleine Gemach, in dem der Erbprinz schläft, Tag und Nacht behütet von Kammerzofen, die eigens für ihn angestellt wurden.

»Seien Sie bitte leise, er ist eingenickt«, sagt Louise und macht eine Geste, die ihn einen Schritt auf Abstand halten soll.

»Niemand schläft, wenn der Herzog sich persönlich zu ihm bemüht«, sagt Karl August, beugt sich über die fast zugezogene Wiege, erblickt das kleine graue Wesen mit dem verquollenen Gesicht. Sein Sohn also. Wie hässlich! Er nimmt ihn aus den Tüchern, hebt ihn hoch und drückt ihn an sich. Das Kind wird wach, verzieht erst die Miene, als ob es greinen wollte, streckt dann die Ärmchen aus, strahlt über das ganze Gesicht. Die Augen schielen. Es versucht, nach des Vaters Nase zu greifen, doch noch gehen diese Griffe ins Leere. Karl August ist gegen die heiße Woge von Zuneigung, die in diesem Augenblick in ihm aufsteigt, nicht gewappnet.

Wie leicht dieses Kind ist, und wie zerbrechlich es wirkt! Bei der Geburt war es noch winziger, vielleicht zwei Hände lang, völlig wehrlos und völlig auf die vertrauend, die es zu schützen haben. Für einige Sekunden gehen Karl August Bilder durch den Kopf – eine Frau, die ein solches Kind mit dem Gesicht ins Stroh drückt, bis es nicht mehr atmet, eine Frau, die solch kleine Froschbeine ergreift und diesen Kopf gegen eine Wand schlägt und das tote Stück Fleisch in einen Zuber wirft, eine Frau, die ein Messer nimmt und es in den faltigen Speckhals bohrt, immer wieder. Er sieht Louise an. Könnte sie so etwas tun?

Sie ist hässlich wie ihr Kind, ihr Gesicht ist abweisend wie ein Stück Holz, doch er denkt: Niemals. Er hält ihr das Kind mit ausgestreckten Armen entgegen, sie nimmt es und drückt es an sich.

»Der Erbprinz«, sagt Karl August. »Ein künftiger Herzog, vielleicht sogar einmal Großherzog. Er soll das Handwerk des Regierens rechtzeitig lernen. Sobald er sich darin geübt hat, trocken zu bleiben und zu schweigen, wenn er nicht gefragt ist, wird er mit uns an der Tafel sitzen und bei meinen Audienzen zugegen sein. Im siebten Jahr kommt er in die beste Kadettenschule Preußens, selbst wenn ich für die Kosten ein paar Beamte entlassen muss.«

Er will Louises Lächeln nicht sehen, dreht sich um und geht. Ein Lakai tritt ihm entgegen und meldet: »Der Geheime Rat von Goethe.«

»Ins Amtszimmer bitte. Besorge Er zwei Flaschen Wein vom Guten. Keine weitere Störung heute.« Er begibt sich in seine Diensträume.

Goethe ist schon da, dienstlich gekleidet, die Perücke mit dem kurzen Zopf auf dem Haupt. »Exzellenz«, sagt er und verbeugt sich.

Karl August schickt den Schreiber, der sich an einem Pult bereithält, hinaus. »Hinweg mit der Perücke. Jetzt sind wir unter uns«, sagt er. »Die Voti von Fritsch und Schnauss sind bereits da.«

»Fritsch habe ich gelesen«, sagt Goethe. »Er ist unserer Sache nicht sehr gewogen, zeigt sich aber loyal. Wir werden uns schnell einigen.«

»Das weiß ich nicht.« Karl August greift nach dem

Bogen mit der Stellungnahme von Schnauss, reicht ihn Goethe, der sich sofort darin vertieft und beim Lesen die Lippen bewegt.

Es dauert eine ganze Weile, bis er das Blatt sinken lässt. »Ein harter Gegner, der gut zu argumentieren weiß«, sagt er. »Ich verstehe seinen Standpunkt, und ich habe dergleichen oft zu hören bekommen. Er ist überzeugt, dass eine Mutter ihr Kind von Natur aus liebt, weil es ein Teil von ihr ist – ihr eigen Fleisch und Blut, sagt er. Deshalb ist das Töten des eigenen Kindes das schlimmste Verbrechen, das er sich vorstellen kann, und er votiert eindeutig für die Beibehaltung der Todesstrafe, besonders in diesem Fall, da die Höhnin nicht ein einziges Argument zu ihrer Verteidigung geäußert habe, sodass er ihr einen klaren Vorsatz unterstellen kann. Hier. Er schreibt: ›… Halte ich dafür, dass es zur Abschreckung vor dergleichen überhandnehmenden Verbrechen nötig und nützlich sei, die Höhnin, welche ohnehin nicht die geringste Entschuldigung ihrer mit rechtem Bedacht verübten Grausamkeit für sich hat, nach dem eingegangenen Urteil mit dem Leben bestrafen zu lassen.‹ Das ist eindeutig und unverrückbar.«

»Also gegen eine Begnadigung.« Karl August nickt und trinkt einen langen Schluck von dem Wein, der inzwischen auf dem Tisch steht. Das Bild, das er vor wenigen Minuten vor sich hatte, sein Sohn auf dem Arm und die schrecklichen Visionen, erscheint vor seinem inneren Auge. »Es fehlt noch dein Votum«, sagt er. »Ich möchte es schriftlich haben.«

Goethe steht am Fenster und starrt hinaus in die frühe Dunkelheit. Er hat beide Hände in den weiten Taschen seiner Hose, eine Ungebührlichkeit, die er sich als Einziger in der Gegenwart des Herzogs zu erlauben wagt. »Das ist nicht so leicht auszuformulieren. Ich bitte um Aufschub.«

»Nicht mehr als ein paar Tage. Und dieses Gesuch um Aufschub möchte ich auch gern in den Akten haben.«

»Ich werde beides schriftlich nachreichen.« Goethe bemerkt erst jetzt, dass der Wein da ist, nimmt einen Schluck, lobt seine Ausgewogenheit. »Ich habe eine Menge Schriften zur Verfügung, und noch mehr Argumente. Ich werde dir einen Aufsatz einreichen, der besser ist als alles, was zu diesem Thema je geschrieben wurde, und der auch für die Zukunft Bestand haben wird. Die Leute werden noch lange von der ›Schrift an Karl August für das Leben‹ sprechen.«

»Ja«, sagt Karl August. »Schreib es auf für die Ewigkeit, und vergiss dabei nicht einen Aspekt.«

»Ich brauche aber Zeit dafür.«

»Doch nur ein paar Tage. Es wurde bereits viel darüber nachgedacht, und deine Schrift wird nur mehr eine endgültige Zusammenfassung sein, der Punkt eines langen komplizierten Satzes.«

»So habe ich es gedacht.« Goethe ist froh, dass dieses Thema erst einmal beendet werden kann. »Wir sollten wieder einmal zusammen über Land ziehen«, sagt er.

»Auf die Jagd! Gleich morgen!« Karl August hebt seinen Becher. »Es ist gerade die richtige Jahreszeit!«

* * *

Der Ausritt mit Karl August am folgenden Tag wird keine große Veranstaltung. Goethe ist froh darüber, denn der Aufwand einer allgemeinen Jagd ist ihm zuwider geworden, da er später stets mit den Kosten und Schäden zu tun hat und sich mit den berechtigten Eingaben und Forderungen der Bauern abgeben muss. Sie gehen an diesem Tag nur auf Fasane und Hasen, dazu sind nicht viele Vorbereitungen nötig. Es kommen ein paar Bedienstete zum Einsammeln der Beute mit, dazu ein Schreiber und vier Husaren – jeweils ein Dutzend Leute, Pferde und Hunde.

Der Herzog ist nicht ganz bei der Sache. Er hat schlecht geschlafen. Ohnehin ein schlechter Reiter, macht er an diesem Morgen etliche Fehler, von denen einer zu einem üblen Sturz führt. Es wäre nicht das erste Mal, dass er sich einen Knochen bricht, doch er kommt mit einigen Prellungen davon. Goethe rät zum Abbruch der Jagd, und die starken Schmerzen zwingen den Fürsten, einzuwilligen. Sie haben aber Glück gehabt und gute Beute gemacht, auch etliche Wachteln sind als willkommene Zugabe dabei, und bereits am Mittag ziehen sie sich in Goethes Gartenhaus zurück, lassen die Beute zur Hofküche schaffen und bleiben mit ein paar Flaschen Wein allein. Gegen die Schmerzen verabreicht Goethe seinem Freund und Landesherrn einen Kräuterlikör, der so gut hilft, dass Karl August diesem gleich mehr zuspricht als nötig.

Wein und Likör bringen den Herzog in rührselige Stimmung. Er berichtet von seinem Erlebnis am Vortag, als ihm sein eigener Sohn wie ein Wunder vorgekommen und ihm die Liebe zu diesem Kind im Innern emporgestiegen sei wie Wasser in einem Brunnen, erst bis zum Bauch und dann zum Herzen bis über den Kopf hinaus, ohne dass er sich dagegen wehren konnte, und dass er gern in dieser Zuneigung ertrunken wäre. Dann habe er die Mütter vor Augen gehabt, die ihre neugeborenen Kinder erstickten und grausam erschlugen. Er berichtet von Albträumen, die er in der letzten Zeit gehabt hat, und von den grimmigen Gefühlen, die ihn dann am Morgen weckten, sodass er sich manchmal gefragt habe, ob er tatsächlich auf dem richtigen Weg sei, wenn er verhindere, dass Menschen, die solcher Taten fähig seien, vom Leben zum Tod befördert werden.

»Es ist eine Entscheidung, die Humanität erfordert«, sagt Goethe. »Ist denn ein Mensch berechtigt, einen anderen zu töten und so das Leben, das einmalig und bei Verlust nicht wiederherstellbar ist, nach seinem Gutdünken zu beenden? Liegt diese Entscheidung nicht bei höheren Mächten?«

»Die sie an mich delegiert haben«, sagt Karl August. »Hat meine Geburt mich nicht zum Herrscher über dieses Land bestimmt, und habe ich nicht die Macht des Höheren hier zu vertreten?«

»Nicht die ganze. Dazu wäre kein Herrscher auf Erden im Stande. So wie du kein Leben schaffen kannst außer durch Zeugung, bei der die Natur als höhere Macht beteiligt ist, so solltest du auch nur unter Beteiligung dieser Natur den Tod von Menschen zulassen, die dir wie deine Kinder anvertraut sind.«

»Gut pariert«, sagt Karl August. »Aber jetzt will ich nichts mehr davon hören. Ich muss mich um meine Schmerzen kümmern. Ist noch Kräuterlikör da?«

»Nein.«

»Aber sicher etwas von diesem Birnenbrand, den du aus dem Markgräfler Land mitgebracht hast und der so gut gegen Zahnschmerzen hilft. Ich glaube, ich bin bei meinem Sturz direkt auf die Zähne gefallen.«

* * *

Der nächste Tag bringt Goethe einigen Verdruss. Er ist frühmorgens in seinem Dienstzimmer und überprüft einige Rechnungen, die er sich vom Amt hat herüberschaffen lassen, da bringt ein Bote aus Ilmenau die Nachricht, dass es einen neuen Wassereinbruch im Hauptschacht des Bergwerks gegeben hat, zwei Männer sind ertrunken, ein weiterer wird vermisst. Einige Frauen von Bergarbeitern haben sich vor dem Eingang zusammengerottet und versucht, das hölzerne Göpelwerk, mit dem die Pumpen betrieben werden, zu zerschlagen. Eine sofort zusammengerufene Miliz hat dies gerade noch verhindern können. Verletzte werden nicht gemeldet. Gerade als Goethe dieses Schreiben mit einem Beileidsbrief an die Witwen der Verunglückten und einer Anweisung von Hilfsgeldern beantworten will, kommt ein Husar vom Schloss herüber und bringt ein kleines Billett mit dem herzoglichen Privatsiegel, das ihn an die Erledigung seines Aufsatzes erinnert. Er hat gar nicht damit gerechnet, dass Karl August sich vor Mittag aus dem Bett erhebt, und schon gar nicht, dass dieser ihn so früh ermahnt. Er teilt mit, er werde sich mit seinem Aufsatz beeilen, wie versprochen, und ihn heute noch überbringen lassen.

»Soll ich bereits mit dem Entwurf beginnen?«, schlägt Philipp Seidel vor, dem der Unmut seines Dienstherrn nicht entgeht.

»Ja, gut.« Goethe ist dankbar für das Angebot. »Trage schon einmal einige der Argumente von Fritsch und Schnauss zusammen, jeweils nur die wichtigsten Punkte ihrer Voti, mit großem Abstand, damit ich meine Kommentare dazwischen geben kann. Meine eigene Argumentation und Entscheidung setze ich darunter. Dann muss das Ganze nur noch einmal abgeschrieben werden, damit ich es unserem Fürsten übersenden kann. So wird es für alle Zeiten in den Akten liegen. Schreibe aber nicht Votum darüber.«

Seidel nickt. »Da ist auch noch die Post vom gestrigen Nachmittag.«

»Etwas Besonderes? Nachricht von Charlotte?«

Er wartet täglich auf einen Brief von ihr, schon ein »Zettelchen« würde ihn glücklich machen. Sie ist in diesen Tagen zu einer Nichte gefahren, und sie fehlt ihm, auch das trägt zu seiner Unruhe bei.

Seidel schüttelt den Kopf. »Ein Ersuchen des Wegebau-Aufsehers Vulpius.«

Goethe erinnert sich an den Mann. Dienstvergehen, nicht nachgewiesen, das Verfahren verschleppt. Eine der vielen Nachlässigkeiten, die es unter seinem Amtsvorgänger gegeben hat.

»Was will er?«

»Fürsprache beim Herzog«, sagt Seidel. »Er hat bisher vergeblich bei verschiedenen Dienststellen darum ersucht, dass man sein Amt mit bescheidenen Mitteln ausstattet und dass man ihm ein kleines Gehalt zahlen möge.«

»Er darf Gebühren verlangen«, sagt Goethe.

»Davon schreibt er auch. Und dass die Bauern nicht zahlen, sondern ihn vom Hof vertreiben. Er solle seine Gebühren von dem abziehen, was sie noch an Schadenersatz für die letzte große Jagd zu bekommen hätten.«

»Recht haben sie. Und wenn dieser Vulpius seine Sache ordentlich macht, steht ihm auch Geld zu. Ich werde mit Serenissimo über ihn sprechen. Gab es sonst noch etwas Wichtiges?«

»Eine Beschwerde wegen des Bergwerks. Es hat nichts mit dem Unglück zu tun.« Er reicht Goethe das Schreiben, auf dessen Umschlag das Siegel eines bekannten Frankfurter Advokaten zu sehen ist. Goethe kennt und verabscheut den Mann seit seiner eigenen Juristenzeit in der Heimatstadt, und er ahnt Schwierigkeiten.

Er nimmt das Blatt heraus und sieht seine Befürchtung bestätigt. Irgendein Bauer aus dem nassauischen Idstein, der offenbar durch die Zufälle der Geburt, der Schwägerschaft und der komplizierten Erbteilungsgesetze in den Besitz eines Adelstitels gekommen ist – Goethe schätzt, es könne nicht mehr als ein Sechzigstel eines Adelstitels sein – beansprucht einen Anteil am Ilmenauer Bergwerk und verlangt für die Überlassung der Bergbaurechte bis zu dreißig Metern Tiefe die Hälfte der Erlöse. Bei größerer Vertiefung des Schachtes müsse jeweils neu verhandelt werden.

Es ist nicht das erste Schreiben dieser Art, das Goethe erhält, jeder wittert plötzlich Geld, die Leute verlangen übermäßig viel, um wenigstens einen kleinen Anteil zu erhalten. Da gibt es wirklich komplizierte Fälle, die ihn noch lange mit kleinlichem Hin und Her aufhalten werden. Doch gleich die Hälfte des Gewinns für einen verschwindend geringen Besitzanspruch, der bis jetzt nicht einmal glaubwürdig nachgewiesen ist, zu fordern, das erscheint ihm unverschämt. Da muss er hart reagieren. Er hat in einer Aktenabschrift die ständig ergänzte Aufstellung der bisherigen Gesamtkosten für das Bergwerk: Baumaßnahmen, Gerätschaften, Arbeitslöhne, behördliche Kosten – da kommt eine Menge zusammen. Er setzt eine Rechnung auf, verlangt die Hälfte der Kosten als Beitrag, setzt zur Sicherheit noch einen Anteil an Verpflegungsgeldern für die Sträflinge, die im Bergwerk gearbeitet haben, und ein Drittel seines offiziellen Ministergehalts darunter und teilt dem Absender der Forderung mit, er möge doch zuerst seinen Anteil an den Kosten begleichen, dann könne man sich über den Anteil am Gewinn unterhalten. Der Herr Advokat könne sich und seinem Mandanten getrost Zeit lassen, der erste Gewinn sei in frühestens zehn Jahren zu erwarten. Der werte Herr Mandant möge doch bitte mitteilen, bis zu welcher Höhe er seine Beteiligung an den laufenden Kosten garantiere, und dann gleich mit den Überweisungen an die weimarische Staatskasse beginnen. Über seine wirtschaftliche Befähigung zur laufenden Zahlung möge der Herr doch postwendend Nachweise einreichen, es genügen auch Bürgschaften.

Mit Genuss unterschreibt und versiegelt Goethe den Brief, da ertönt aus der oberen Etage ein lauter Knall und ein Poltern. Seidel läuft die Treppe hinauf, Goethe folgt dicht dahinter. In seiner Kammer sitzt Fritz auf dem Fußboden, das Gesicht geschwärzt, das Haar über der Stirn angesengt, an einer Hand Blutspuren.

»Was hast du gemacht!« Seidels Ausruf ist mehr Vorwurf als Frage.

»Ein verbessertes Sprengpulver für den Bergbau«, sagt Fritz. »Es funktioniert! Man braucht kein Feuer mehr, um es zu entzünden, dabei ist gar nicht viel Veränderung nötig. Ich habe in einem Buch etwas darüber gelesen. Bei meinem letzten Besuch im Bergwerk habe ich eine Handvoll Pulver in die Tasche gesteckt und es mit ungelöschtem Kalk vermischt, den hat mir der Apotheker Heinrich am Markt besorgt. Man braucht nur einen einzigen Hammerschlag – seht her!«

Goethe bekommt gerade noch den kleinen geologischen Hammer zu fassen, den Fritz bereits wieder erhoben hat, und reißt ihn dem Jungen aus der Hand. Es hätte ihm gerade noch gefehlt, dass der Sohn, den Charlotte ihm zur Erziehung anvertraut hat, sich in seinem Hause selbst in die Luft sprengt. Er widersteht dem Impuls, den Jungen, den er so liebt, zu züchtigen. Das hat er noch nie getan. Stattdessen setzt er sich zu ihm, hält ihm einen langen, beide Seiten ermüdenden Vortrag über die Gefahren von Sprengpulver, verschont ihn nicht mit grausamen Schilderungen von abgerissenen Fingern, herausgesprengten Unterkiefern und sonstigen grotesken Entstellungen und lässt Fritz im Anschluss daran noch ein paar Berechnungen über Pulvermengen, Mischungsverhältnisse und Sprengkraft anstellen – eine nützliche und wirksame Strafe.

»Wie man die Kinder im Kleinen erziehen muss, hat

es das Volk im Großen nötig«, sagt Seidel. »Ich habe einige Zeilen für den Aufsatz vorbereitet. Er liegt bereits am Stehpult im Studierzimmer.«

»Danke. Ich werde mich wohl jetzt darum kümmern müssen. Ich hätte das gern aufgeschoben, denn es ist eine schwierige Entscheidung, die da von mir verlangt wird.«

»Mich dünkt sie nicht so schwer«, sagt Seidel. »Jeder weiß doch, wie ein Herr Goethe darüber denkt.«

»Der Dichter Goethe und der Mensch Goethe, ja. Doch der Staatsmann hat ganz andere Dinge zu erwägen.«

Als er sich an seinem Stehpult über das Schriftstück beugt, das Seidel entworfen hat, stellt Goethe fest, dass dieser die Auswahl der Argumente neutral gehalten hat, als wisse er nicht, wie Goethes Entscheidung aussehe. Er ist dankbar für diese Vorgabe, er wird ihr folgen und seinen Aufsatz unentschieden halten. Das Gespräch mit Karl August fällt ihm ein, in dem dieser von der plötzlich erwachten Liebe zu seinem Sohn gesprochen hat. Dabei hat Goethe den Eindruck gewonnen, als sei der Herzog im Begriff, seine Einstellung zur Todesstrafe noch einmal zu überdenken. Wenn er selbst jetzt seinen eigenen Standpunkt allzu deutlich hervorhebt, ruft er damit womöglich nur den Trotz Karl Augusts hervor, und dieser wird sich dann auf sein Recht als Herrscher berufen. Er kennt ihn.

Goethe hat einen ereignisreichen Tag hinter sich, der seine Aufmerksamkeit und seine Gefühle in Anspruch genommen hat, zudem ist Charlotte nicht da, mit der er stets alles Wichtige bespricht. In Grundsätzlichem ist sie fast immer seiner Meinung, doch sie ist für ihn wie ein Spiegel, vor dem er spricht und der ihn seine Gedanken klarer fassen lässt. Jetzt fehlt ihm ihre Stimme besonders. Er hätte ihr gern diesen Aufsatz vorgelesen und mit ihr besprochen, um danach noch einmal an den

Inhalten und Formulierungen zu feilen. Also lässt er das Ergebnis jetzt unentschieden, entspricht damit der allgemeinen Meinung bei Hof und im Volk. Er gedenkt, sich in der Besprechung des Geheimen Consiliums mit seiner Meinung zu äußern, Fritsch wird sein Votum beibehalten, Schnauss sich wahrscheinlich der Stimme enthalten, und die Ansicht des Herzogs lässt sich zuvor in einem privaten Gespräch wieder festigen.

So ist Goethe der Ansicht, mit seiner unentschiedenen Haltung keinen Schaden anzurichten. Bisher hat er sich immer in der Beratung durchgesetzt, wenn es ihm darauf ankam. Er unterschreibt den kleinen Aufsatz, schiebt ihn in einen Kanzleiumschlag, versieht ihn mit seinem dienstlichen Siegel. »Sofort überbringen lassen«, sagt er zu Seidel.

Kurz darauf steht er am Fenster im ersten Stock und sieht zu, wie ein Bote das Haus verlässt. Dann wendet er sich um und geht in Fritzens Kammer, um sich dessen Berechnungen anzusehen.

* * *

»Du hast mich also im Stich gelassen.« Karl August nimmt den Scherenschnitt mit dem Porträt Goethes, das dieser ihm im letzten Jahr gewidmet hat, von der Wand und betrachtet es. »Ich habe auf deinen Beistand gebaut, und nun weiß ich nicht mehr, ob ich ihn bekomme.« Er lässt das Bildnis sinken, legt es umgekehrt auf den Tisch. Mit einem kurzen Schnellen seiner Hand scheucht er zwei Bedienstete aus dem Raum und lässt ausrichten, dass er nicht an der Frühstückstafel zu erscheinen gedenkt.

Die Unentschlossenheit Goethes macht ihm zu schaffen. Warum kann er sich nicht festlegen, obgleich er sich bisher eindeutig geäußert hat? Sind auch ihm Zweifel gekommen? Überwiegen in diesem Fall die Argumente für die Hinrichtung? Karl August setzt sich an seinen Schreibsekretär, schiebt einige unbedeutende Schriftstücke beiseite, die er heute zu unterzeichnen hat, Zahlungsanweisungen, Order für die neue Bibliothek, eine Forderung an seinen Onkel, den preußischen König, wegen eines Schadens, den dessen Soldaten auf weimarischem Gebiet angerichtet haben. Nichts als belanglose Alltagsaffären.

Er greift nach den Büchern, die sorgfältig auf der Oberseite des Sekretärs aufgereiht sind. Goethe hat sie ihm im Laufe der letzten Monate besorgt, juristische und philosophische Werke, die sich mit dem Thema befassen, das ihn zurzeit am meisten beschäftigt. Er braucht sie jetzt nicht mehr, nimmt einen Band nach dem anderen herunter, er will sie in die Bibliothek schaffen lassen. Er zieht die langen Papierstreifen heraus, die als Lesemarke eingelegt sind. Da ist der Göttinger Philosoph Feder, dessen Satz Schnauss in seinem Votum diskutiert hat, dass »überhaupt bei Weitem den meisten Menschen nichts über das Leben gehe und der Tod das größte Übel zu sein scheine« – Karl August hat diesen Satz immer so gelesen, dass man dem Menschen das höchste Gut nicht ohne Weiteres nehmen dürfe, höchstens, wenn sonst das Gemeinwesen, der Staat und damit das Leben anderer Menschen in Gefahr sei. Man kann ihn aber auch so lesen, wie Schnauss ihn versteht: Wenn das Leben das höchste Gut ist, wird der Mensch es nicht leichtfertig aufs Spiel zu setzen versuchen. Also wird die Todesstrafe als Abschreckung geeignet sein und schwere Verbrechen zu verhindern helfen. Der Mensch hat einen freien Willen. Er kann selbst entscheiden, ob er sein Leben riskiert. Vielleicht ist Goethe selbst zu dieser Ansicht gelangt, er zitiert genau diesen Satz von Feder in seinem Aufsatz, der keiner der beiden Seiten zuneigt und sich so die Entscheidung offen hält.

Dann hält Karl August ein anderes Bändchen in der Hand, ebenfalls mit einer langen Lesemarke, *Die Rechtmässigkeit der Todesstrafen aus Grundsätzen des allgemeinen Staatsrechts vertheidigt*, von Runde vor sechs Jahren veröffentlicht. Darin wird sehr anschaulich geschildert, wie begnadigte Verbrecher hinter den Zuchthausmauern ein leichtfertiges Leben führen, bei ihrer Arbeit frohen Mutes sind und erstaunlich scherzhafte Reden führen, sodass das Zuchthaus allein keine abschreckende Wirkung haben könne. Ein anderes Beispiel wird angeführt: Da lebt ein Verbrecher vierzig Jahre im Zuchthaus, in das er für den Rest seines Lebens gesteckt wurde, hat seine schwere Arbeit ohne Murren getan und erhält deswegen zu seiner Überraschung die Freilassung angeboten. »Aber er verbat sich diese Gnade und wünschte in seinem Zustande zu bleiben, damit er auf den Rest seines Lebens nicht in Mangel geriete.« Kann das Zuchthaus also als hinreichende Abschreckung gelten?

Karl August legt auch dieses Buch auf den Stapel und lässt abräumen. Dann ruft er nach einem Schreiber. Er ist jetzt entschlossen, die Höhnin nicht zu begnadigen. Ein letztes Mal soll ein Exempel zur Abschreckung gegeben werden, mit großem Aufwand, das Schauspiel soll dem Volk unvergesslich bleiben. Danach wird er die Änderung des Gesetzes vorantreiben, auch gegen allen Rat. Die Höhnin eignet sich gerade als Exempel, weil sie nach den ersten eindringlichen Verhören nichts bestritten hat und weil ihre Tat besonders schwerwiegend erscheint. Sie hat bereits eine besondere Gnade vom Gericht zugesprochen bekommen, indem die Qual des Säckens und Pfählens durch die viel humanere des Köpfens ersetzt wird, sodass eine zusätzliche Begnadigung dem

Volk vielleicht als besondere Bevorzugung vorkommen könnte, auch das gilt es jetzt zu bedenken.

Er lässt sich vom Geheimen Kanzlisten Burckhardt das Todesurteil vorlegen und zeichnet es ab. Eine Beratung des Consiliums scheint ihm jetzt nicht mehr erforderlich. Dann diktiert er dem Kanzlisten eine Mitteilung an seine Regierung, er habe alles Für und Wider gegeneinander abgewogen, »die Gründe für die gewöhnliche Todesstrafe dennoch am Ende bei uns das Übergewicht erhalten und uns nicht nur zu deren Beibehaltung überhaupt, sondern auch in dem gegenwärtigen Höhnischen Fall zur Confirmation des wider sie gesprochenen Urteils determiniert haben«.

Nun werden die zuständigen Stellen beauftragt, alles Nötige in die Wege zu leiten und den Termin festzusetzen. An der Hinrichtung haben alle Einwohner von Weimar teilzunehmen, damit die abschreckende Wirkung möglichst große Verbreitung finde, und es soll im feierlichen Rahmen stattfinden und für die öffentliche Sicherheit gesorgt sein, wozu eine Miliz zu bilden ist. Er lässt die Akten bündeln und zurücksenden und wendet sich anderen Regierungsgeschäften zu.

6

Kaum jemand hat damit gerechnet, dass der Landesherr das Urteil des Jenaer Schöppenstuhls bestätigt, doch die allgemeine Aufregung, die nun einsetzt, gilt nicht der Entscheidung selbst, sondern der Verfügung, dass jeder, der in Weimar oder in einer der umliegenden Gemeinden seinen Wohn- oder Amtssitz hat, als Zeuge an der Hinrichtung teilzunehmen hat, es sei denn, triftige Gründe verhinderten das. Kinder unter sieben Jahren und Greise, die nachweislich gebrechlich sind, sind ausgenommen. Eine Miliz soll die Menge auf dem Platz beisammenhalten, ein Trupp Husaren wird die Hinrichtungsstätte vor dem Zudrängen des Volkes schützen. Der Tag der Hinrichtung wird auf den vierundzwanzigsten November 1783 festgesetzt. Besonders die gehobenen Stände empfinden die Anwesenheitspflicht als eine Zumutung.

Wer es sich leisten kann, sucht sich für den vorgesehenen Tag eine Verabredung, die ihn möglichst weit von Weimar wegführt. Es sind erstaunlich viele Geschäfte in Leipzig oder Nürnberg zu tätigen, Verwandte, die in Dresden oder in entlegenen Dörfern wohnen, Hauptsache jenseits der Grenze, möchten gerade vor Weihnachten noch ihre Enkel, Nichten, Neffen oder Patenkinder sehen. Es ist am Tag vor der Hinrichtung ein allgemeiner Aufbruch der oberen Schichten zu erwarten, sodass wahrscheinlich nur Gesinde in der Stadt sein wird, zu dessen Warnung die grausige Vorführung auch bestimmt ist.

Die Behörden, die mit der Vorbereitung befasst sind,

tun ihre Pflicht genau. Jedes Dorf muss einen Schultheißen als Zeugen entsenden und mehrere Bauern für die Miliz abstellen, jeder Einzelne wird auf seine Unbescholtenheit und Fürstentreue überprüft. Eine eigens eingesetzte Kommission erarbeitet einen genauen Ablaufplan der Zeremonie, in dem jede Einzelheit genau festgelegt ist. Es werden frühere Hinrichtungsprotokolle zum Vorbild genommen, es gibt etliche Beispiele in den Archiven.

Es ist zunächst das Halsgericht auf dem Marktplatz zu wiederholen, so, wie die Verhandlung in Jena stattgefunden hat, die ja ihrerseits nichts weiter als eine Vorführung für die Herren Rechtsgelehrten des Schöppenstuhls gewesen war.

Das Halsgericht soll angeführt werden vom »Amtscommissarius«, dem Amts- und Landrichter Michaelis. Ihm zur Seite stehen der »Amts-Actuarius«, Hofadvokat und Kammerdirektor Rühlmann, sowie zwölf Schultheißen und Gerichtsschöppen. Es wird in einem schriftlichen Plan der genaue Ablauf und der Wortlaut dessen vorgegeben, was gesagt werden darf und soll:

»An dem zur Exekution bestimmten Tag ist zunächst ganz früh am Morgen, noch vor Tagesanbruch, eine für vierzehn Personen vorbereitete, schwarz gestrichene Tafel auf dem örtlichen Marktplatz aufzustellen und dazu vierzehn Stühle mit schwarz gestrichenen Lehnen so, dass ein Stuhl an der oberen Schmalseite, auf der rechten Längsseite sieben und auf der rechten Längsseite sechs Stühle stehen.«

Sodann wird verfügt, dass um diese Tafel herum bis um acht Uhr früh von den »Amts-Unterthanen« ein weiter Kreis zu bilden und zu schließen ist, eine halbe Stunde später dann ein innerer Kreis von der Miliz. Zur gleichen Zeit haben der Amts-Commissarius, der Amts-Actuarius und die zwölf Schultheißen und Schöppen in schwarzer Kleidung sich in der fürstlichen Amtsstube zu versammeln, den Degen an der Seite, sodass sie sich Schlag neun Uhr auf den Weg an die vorbereitete Tafel machen können. Der Amtsfrohn hat voranzugehen, das Gewehr an der Seite und mit beiden Händen ein Kissen vor sich her tragend, auf dem ein weißer Stab und das Richtschwert kreuzweise präsentiert werden. Es ist genau vorgeschrieben, welcher Schöppe neben welchem Schultheiß zu gehen hat, und so sollen sie sich in feierlichem Zug dem versammelten Volk präsentieren und an der Tafel nach vorgeschriebener Sitzordnung niederlassen.

Der Scharfrichter hat sich bereits vorher in einiger Entfernung an zuvor beschriebener Stelle hinter dem Tisch einzufinden. Ihm fällt die Rolle des Anklägers zu, der auf Zuruf vorzutreten und sich an die leer gebliebene Seite des Tisches zu begeben hat, um dort laut die Anklage zu verlesen.

Alles verläuft nach einer regelrechten Choreografie. Der Richter hat jeden Schöppen einzeln zu fragen, ob es nun an der Zeit sei, im Namen des Herzogs – unter Nennung aller seiner Titel – hier Gericht zu halten, und jeder Schöppe hat dies einzeln in vorgeschriebener Reihenfolge – unter Nennung aller herzoglichen Titel – zu bejahen.

Nun steht der Richter mit den Schöppen auf, zieht das auf der Tafel liegende Schwert aus der Scheide und nimmt, sobald dies entblößt ist, den weißen Stab in seine rechte Hand und spricht: »So hege ich demnach des Durchlauchtigsten Fürsten und Herrn, Herrn Karl Augusts zu Sachsen, Jülich, Kleve und Berg, auch Engern und Westfalen, Landgrafen in Thüringen, Markgrafen zu Meißen, gefürsteten Grafen zu Henneberg, Grafen zur Mark und Ravensberg, Herrn zu Ravenstein, unseres gnädigst regierenden Fürsten und Herrn hochnotpeinliches Halsgericht mit Urteil und Recht zum ersten Male, ich hege es mit Urteil und Recht zum andern Male, ich hege es mit Urteil und Recht zum dritten Male. Ich gebiete Recht und verbiete Unrecht und Dinges Unlust und dass niemand vor diese gehegte Gerichtsbank zu- oder abtrete, es sei denn mit meiner Erlaubnis, und gebiete, dass keiner ein eigenes oder eines anderen Wort rede, außer mit meiner Erlaubnis und Aufforderung.«

Daraufhin setzen Richter und Schöppen sich wieder, wobei der Richter aber Schwert und Stab in der Hand behält und die Schöppen und Schultheißen weiter befragt, ob seine Worte richtig seien und den Vorschriften entsprächen, worauf der Befragte wiederum mit vollem Herzogtitel genau antworten muss. Nun muss der Amtsfrohn befragt werden, der daraufhin sein Gewehr präsentiert und die Bestätigung laut in die Menge ruft. Erst jetzt tritt der Scharfrichter in den Kreis, wendet sich an den Richter und bittet ihn, die Anklage vortragen zu dürfen, was der Richter ihm erlaubt. Vorschriftsgemäß sagt dann der Scharfrichter als peinlicher Ankläger:

»Herr Richter, ich klage peinlich an zum ersten Male, ich klage peinlich an zum andern Male, ich klage peinlich an zum dritten Male die hier anwesende arme Sünderin Johanna Katharina Höhn aus Tannroda, dass sie gegen das fünfte Gebot gehandelt und das von ihr geborene Kind vorsätzlich ermordet und um das Leben gebracht habe. Herr Richter, ich frage, ob ich meine drei Anklagen in einer so vollbracht habe, wie es sich zu Recht und nach peinlicher Art gebührt.«

Dies wird ihm bestätigt, der Richter nimmt Rücksicherung bei den Schöppen, die bestätigen es dem Richter und dieser noch einmal dem Scharfrichter als Ankläger, jedes Mal in aller Ausführlichkeit.

Nun sieht der Plan die öffentliche Vernehmung der Angeklagten vor, wodurch dem Volk bestätigt werden soll, dass diese bei ihrer Aussage bleibt. Der Ankläger schlägt dem Richter daher die nochmalige Vernehmung der Angeklagten vor, dieser sagt zu und fordert den Amts-Actuarius auf, die Fragen vorzulesen, die von der Angeklagten jeweils mit einem Ja beantwortet werden müssen.

Der Actuarius fragt also die Verurteilte: Hast du nicht bereits bekannt und gestehst noch einmal, dass du am elften April dieses Jahres 1783 mittags zwischen zwölf und ein Uhr im Bett liegend ein Kind geboren? Hast du nicht eingeräumt und bereits bekannt, dass du dieses Kind eine Viertelstunde lang an der Nabelschnur hast hängen lassen, dieses aber nachher mittels eines Messers von derselben abgelöst hast und dass das Kind dabei geheult und sich bewegt habe? Hast du nicht gestanden und bekennst nochmals, dass du hierauf dem Kinde mit demselben Messer, mit dem du es von der Nabelschnur getrennt hast, drei Stiche in den Hals, und zwar zuerst einen und dann noch zwei hintereinander gegeben, dieses dabei mit der einen Hand gehalten hast, wobei dieses aber geschrien und sich mit den Händen bewegt habe? Hast du nicht bereits bekannt und gestehst es noch einmal, dass du das Kind ins Bettstroh gedrückt, um es so, falls es etwa noch nicht ganz tot sein sollte, vollends zu ersticken?

Diese Fragen muss die Verurteilte einzeln laut mit Ja beantworten, worauf das Urteil mit der gesamten Begründung noch einmal zu verlesen ist. Dieses Geständnis wird ihr dann sechsmal vorgehalten. Anschließend hat der Richter den weißen Stab, den er bis dahin in der Hand zu halten hat, in drei Stücke zu brechen und hinter sich zu werfen.

Schließlich fragt der Scharfrichter, wer denn das rechtsgültige und verkündigte Urteil an der vor ihnen stehenden und geständigen Frau vollstrecken solle, worauf der Richter zu antworten hat: »Das sollst du tun.«

Im Folgenden ist ein Dialog zwischen Richter und Scharfrichter vorgesehen, in dem der Scharfrichter den Auftrag noch einmal bestätigt bekommt, die Verurteilte hinzurichten, sowie die Zusicherung freien Geleits erhält, sofern ihm die Hinrichtung misslingen sollte. Dieses freie Geleit wird ihm zuerkannt und vom Amtsfrohn verkündet.

Erst dann wird die Delinquentin von ihren Ketten losgeschlossen, von den Knechten des Scharfrichters gefesselt und zum Richtplatz geführt. Danach fragt der Richter einen der Schöppen, ob er nunmehr die Sitzung aufheben soll. Wenn der Schöppe bejaht, hat der Amtsfrohn die Anwesenden zu befragen, ob jemand dem Gericht noch etwas vorzubringen hat. Anschließend kann der Richter die Sitzung formell schließen, was im Namen Gottes des Vaters, des Sohnes und des Heiligen Geistes geschieht. Nun werden Tische und Stühle umgeworfen, der Richter steckt das Schwert wieder ein und übergibt es dem Amtsdiener zur Aufbewahrung. Unter dem Geleit von Miliz und Husaren begeben sich alle, die auf dem Marktplatz zugegen sind, zum Richtplatz.

Solche Formalien sind für alle Hinrichtungen vorgeschrieben, aber nur in diesem Fall sollen sie so vollständig und ermüdend ausführlich angewendet werden, das gehört zu der vorgesehenen Abschreckung. Auch für die Hinrichtung selbst ist alles geregelt: dass am Tag zuvor ein Haufen Sand anzufahren ist, dass die Miliz einen großen Kreis darum zu bilden hat, dass der Scharfrichter die Sünderin dort auf einer Bank mit einem Schwert vom Leben zum Tode zu befördern hat. Nach der Exekution ruft der Scharfrichter: »Herr Richter, hör!«

Der Richter fragt: »Was ist dein Begehr?«

»Habe ich recht gerichtet?«

»Du hast getan, was Urteil und Recht mit sich gebracht.«

Damit ist der Scharfrichter dagegen abgesichert, dass er nicht eines Tages von einer anderen Instanz wegen Mordes belangt werden kann. Mit diesem Satz ist auch die Exekution beschlossen, die bewaffneten Mannschaften werden abgeführt, das Volk darf auseinander gehen.

* * *

Man hat ihr am Abend frisches Stroh auf den Boden geschüttet, aber Johanna kann nicht schlafen. Sie zittert, sie weint, sie betet, sie flucht, sie schlägt mit dem Kopf gegen die Wand, sie wirft sich zu Boden, sie heult wie ein Hund, und die Stunden verrinnen. Jeder Glockenschlag verkürzt ihr Leben um eine weitere Stunde.

Könnte sie doch einfach so sterben, jetzt und hier!

Könnte Gott sich nicht erbarmen und sie einfach zu sich rufen, sie hier erfrieren lassen, bevor es auf so grausame Weise geschehen muss?

Kann sie nicht einfach verrecken, wie Josefa?

Sich selbst zu richten, wie Margaretha es getan hat, dazu besitzt sie nicht den Mut, und doch zerreißt sie ihr Kleid in Fetzen, krallt ihre Fingernägel in ihre Brüste und kratzt sich blutende Streifen, deren Brennen wohltuend schmerzt. Ja, jede Marter tut ihr jetzt gut, macht sie bereit für jenen großen Schmerz, der ihr allerletzter sein wird. Je größer die Qualen jetzt sind, desto geringer wird ihr der eine große Schlag vorkommen. Sie glaubt nicht an Hölle und Himmel, sie hat auf Erden genug Hölle erlebt. Schlimmer kann es im Jenseits nicht werden. Es gibt Augenblicke, da ist sie froh, diese Welt zu verlassen, doch gleich darauf siegt von Neuem die Angst, und sie gerät immer wieder in einen Wahn, sieht das Schwert auf sich niedersausen.

Wenigstens lässt man sie heute in Ruhe. Seit dem Urteil ist es nahezu in jeder Nacht so gewesen, dass einer der Wachleute in ihr Verlies kam und sie schändete, manchmal waren es auch mehrere, die sich einer nach dem anderen über sie hermachten, sie verspotteten, beschimpften, schlugen und sie dann blutend liegen ließen. Sie nickt mitunter vor Erschöpfung ein, es sind nur kurze Momente, in denen sie schlimme Träume hat, kein wirklicher Schlaf. Einmal sieht sie ein kleines Lamm, ein richtiges Opferlamm, wie sie es sich immer vorgestellt hat, wenn der Pfarrer darüber sprach, ein Lamm, das vor wenigen Tagen geboren ist und doch schon auf eigenen Beinen steht, es drängt sich an Johanna und stößt ein helles Blöken aus. Sie sieht einen Schatten mit einem langen Messer, der auf das Lamm zuspringt, sie fährt hoch und starrt verwirrt um sich. Dann ist es plötzlich die Katze, die nur Katze heißt, in der Niedermühle, wie sie sich an Johanna schmiegt, die ihre zerrissene Kleidung repariert – die Katze, deren Junge sie hat ertränken müssen. Johanna hat die gleichen Tränen geweint wie heute. Da fängt sie an zu zittern: Sie sieht wieder das Schwert über sich. Sie schreit. Ihr Körper ist nass vom Schweiß, obwohl es sehr kalt ist in ihrem Verlies. Jetzt will man sie töten! Ermorden! Alle werden zusehen, niemand wird ihr beistehen, nicht einmal Gott, der dies alles zulässt.

Beim Glockenschlag zur dritten Morgenstunde wird die Tür aufgestoßen. Wachleute drängen herein, schweigend, jeder mit einer Pechfackel in der linken Hand, einen Säbel in der rechten.

Johanna erstarrt. Jetzt schon?

Die Männer stellen sich an den Wänden auf, zwölf an der Zahl, die Apostel des Todes.

Ein junger Mann mit einem Topfhaarschnitt trägt eine Schüssel mit Wasser und ein großes Barbiermesser herein. Über seinem Arm häng ein großes, schmutziges Tuch. »Niederknien!«, sagt er. »Das geht leichter.«

Johanna gehorcht. Gleich darauf spürt sie, wie Wasser über ihren Hinterkopf gegossen wird, und dann schabt das Rasiermesser über ihre Haut. Es ist stumpf, die Haare werden ihr mehr ausgerissen als abrasiert. Als Johanna zuckt, sind gleich zwei Wächter neben ihr und umklammern mit harter Hand ihre Arme. Dabei hat sie nicht versucht, zu fliehen, sie wäre ja nicht weit gekommen. Wohin auch? Das Leben ist zu Ende, so oder so. Sie kann nur noch hoffen, dass es schnell geht.

»Ich mache das zum ersten Mal«, sagt der junge Mann, der sie kahl rasiert. »Doch Sie muss keine Angst haben. Es wird mir nicht passieren wie meinem Großvater, der bei seiner ersten Hinrichtung mit dem Schwert mehrmals zuschlagen musste. Ich bekäme schlimme Träume, wenn mein Delinquent minutenlang schreit. Ein einziger Hieb muss es sein, das verstehe ich unter Sauberkeit. Ich habe mehrere Tage geübt, Kaninchen und Katzen gehen ganz einfach, Hunde sind schon etwas kräftiger. Kennt Sie den großen schwarzen Karo vom Oberstallmeister Stein? Der hatte es mit der Gicht und musste erlöst werden, mit einem Streich habe ich das geschafft. Und gestern gab es zur Sicherheit noch einen letzten Probeschlag – ein großes Schwein habe ich mit einem einzigen Hieb aus dem Leben befördert, zack, und Kopf ab, stelle Sie sich das einmal vor! Ein einziger glatter Schnitt, ein Gesellenstück! Sie kann also ganz sicher sein, dass es nachher da draußen ganz schnell geht, vielleicht ist Sie längst tot, wenn der Schmerz sich meldet. Ich gebe mir

Mühe, keine Angst.« Er redet und redet, und eine verklebte Locke nach der anderen fällt zu Boden. »Es ist ja eine Gnade gegenüber dem Säcken oder Pfählen. Ich werde es sicher besser machen als der Schwarze Jörg in Pleystein vor drei Jahren, Sie weiß schon, die Melkmagd, die drei ihrer Säuglinge heimlich zur Welt gebracht, gekocht und aufgefressen hat. Der Schwarze Jörg war nicht einmal ein Anfänger, so wie ich, aber mit dem Pfählen hatte er nicht viel Erfahrung. Er hat ihr das spitze Holz zwischen die Beine getrieben, da wo die unseligen Kinder herausgekommen sind, und als man den Pfahl mit der Melkmagd aufgerichtet hat, stak die Spitze zwischen ihren Brüsten heraus. Sie konnte nicht sterben, aber auch nicht schreien. Sie soll drei Tage später noch mit den Augen gerollt haben, wenn jemand an ihr vorüber kam. Nein, ich mache meine Arbeit richtig. Fertig! Aufstehen!« Er gibt ihr einen Schlag auf das Hinterteil, als wäre sie nur ein Esel, den es anzutreiben gilt.

Ihr Körper gehorcht. Sie blickt in das Gesicht eines Pfarrers, der vor ihr steht, in schwarzem Talar und mit sorgfältig gestärktem Beffchen, ein Fremder, den sie noch nie gesehen hat. Aus seinem Gesicht strahlt die einstudierte Güte. »Bevor du dich bereit machst für den letzten Gang, gibt es noch ein Abschiedsmahl, wie es jeder armen Seele zusteht«, sagt er. »Wir werden es in gläubiger Gemeinschaft einnehmen. Möchtest du beten, mein Kind?«

»Nein.« Ihre Stimme ist voller Trotz. »Dein Kind wird jetzt hingeschlachtet. Du lässt es zu und bist deshalb nicht besser als ich.«

»Dein Kopf ist wirr, meine Tochter. Ich bete für dich. Komm, folge mir.«

Der Pfarrer geht voraus, spricht Gebete, und die beiden Wächter, die sie festgehalten haben, schieben Johanna zur

Tür. Die Angst zerreißt sie beinahe, sie spürt plötzlich gewaltige Kraft in sich, reißt sich los, stemmt sich mit Händen und Füßen gegen die Türöffnung, und nur mit einer Gewalt, die ihr fast die Gliedmaßen bricht, bekommt man sie hindurch. Der Geistliche geht voraus und betet laut, als man sie jetzt die Treppe hinaufschleift.

Man bringt sie in den Raum, in dem sie oft verhört worden ist, doch wie anders sieht er jetzt aus! Der Tisch steht in der Mitte und ist festlich gedeckt, es stehen Teller aus feinem Porzellan da, wie es in Kahla gemacht wird, es gibt Schüsseln mit Bohnen, Erbsen, Karotten und gedünsteten Rübchen, in der Mitte eine Platte mit verschiedenem Fleisch und Geflügel, es gibt gebratene Fische, es gibt Eier von Wachteln, Hühnern und Enten, es gibt gebackene Birnen und verschiedene andere Früchte, die Johanna noch nie gesehen hat. Krüge mit weißem und rotem Wein stehen bereit, und an jedem Teller steht ein Becher aus Zinn. Johanna glaubt, ihre Begnadigung ist gekommen, man feiert das jetzt, und sie lässt sich auf einen der Stühle drängen. Sie friert. Ihr Körper erschlafft, und man muss sie mit zwei Leuten halten, damit sie nicht zu Boden sinkt.

Wittich, der junge Abdeckermeister und Henker, der ihr den Kopf rasiert hat, nimmt ihr gegenüber Platz, daneben der Pfarrer. Der Richter, der sie oft in diesem Raum verhört hat, kommt hinzu, und der Hauptmann der Wache. Ihr Verteidiger ist nicht da. Seine Aufgabe ist beendet, und er scheint weiter keinen Anteil an ihrem Wohlergehen zu nehmen.

»Bin ich nun erlöst?« In Johanna rührt sich ungläubige Hoffnung.

»In ungefähr zwei Stunden«, sagt der Richter. »Jetzt gibt es erst einmal ein gutes Essen, das gestern an der Tafel des Herzogs übrig geblieben ist. So etwas bekommt man nicht alle Tage. Hier, das sind vom Herzog selbst geschossene Wachteln, aber Vorsicht, bei denen muss man wegen des Bleischrotes ein wenig aufpassen. Die Knöchelchen sind jedoch so zart gekocht, dass man sie mitessen kann. Und diese grünen Pflaumen hier nennt man Oliven, die kommen aus Italien. Sie werden einmal im Jahr für den Geheimen Rat Goethe gebracht. Der grüne Wein ist aus dem Engadin in der Schweiz, dem höchsten Weinbaugebiet der Welt, eine Besonderheit aus dem Keller des Herzogs. Er hat ein paar Flaschen davon freigegeben. Genieße Sie das Mahl, das doch ihr letztes ist.«

Der Pfarrer, der leise gebetet hat, lässt seine Fürbitte aufwallen wie eine stürmische Flut, greift dann zu seinem Weinbecher und leert ihn auf einen Zug. »Greif zu, meine Tochter«, sagt er. »Man nennt das eine Henkersmahlzeit, weil der Henker sonst nie etwas so Gutes bekommt.« Er lacht über seinen eigenen Scherz. »Das Mahl ist aber für dich bereitet, damit dir vor Augen geführt wird, welch schöne Welt du verlässt. Es soll dir zugleich einen Hauch des Paradieses zeigen, das dir durch deine Übeltaten entgehen wird.« Er greift nach einem dicken Brotbrocken, tunkt ihn erst in Gänseschmalz, dann in seinen Wein und verschlingt ihn mit einem Schmatzen. Er hat das widerliche Gesicht eines Lebemanns auf Kosten anderer.

Johanna verspürt eine ungeheure Verachtung – für diesen Pfarrer, für diesen Henker, für diesen Hauptmann und für alle anderen hier. Diese Männer erlauben sich zu fressen und zu saufen, weil sie sterben muss? Was sind denn das für Kerle? Sie haben unter dem Bauch auch nichts anderes hängen als der stinkende Müller, der ihr das Balg in den Leib gepflanzt hat, das ihr jetzt das Leben nehmen soll. Plötzlich denkt sie nicht mehr an den Tod, sie giert nach dem Leben. Diese Wachteln, Spatzen,

Lerchen, Hühner und Fische sind ihretwegen gestorben? Dann soll sie auch kein anderer fressen dürfen! Noch gehört dieses Leben ihr!

Sie greift zu, sie nimmt, sie frisst, sie stopft. Das hat alles einmal gelebt, und sie muss jetzt so viel Leben in sich aufnehmen, wie sie nur kann. Das alles gehört nicht dem Pfarrer, dem Henker, dem Hauptmann. Es ist ihres. Vieles hat sie noch nie gegessen, manches ekelt sie, aber ekelt sie nicht auch dieses Leben? Ekelt sie nicht dieser Pfarrer, der immer mehr trinkt und isst und zwischen jedem Bissen betet, dass ihm der fromme Eiter aus den Zahnlücken tropft? Ekelt sie nicht dieser junge Mann, der das Morden zu seinem Geschäft gemacht hat, und dieser Richter, dessen Willen über Leben und Tod entscheidet, ungeachtet des Zwangs, dem seine Opfer vielleicht ihre Missetat geschuldet haben?

Sie isst, sie trinkt, spürt ein Rumoren in ihrem Leib, als wäre das Kind noch darin. Vielleicht ist es der Wein – sie hat noch nie zuvor Wein getrunken, er schmeckt erst bitter und sauer, dann mit jedem Schluck besser, ihr wird leicht im Kopf und leicht ums Herz, die Angst wird betäubt und macht einer Verwirrung Platz.

Draußen vor dem Fenster erhebt sich Lärm, das Gemurmel vieler Menschen, die sich auf dem Platz versammeln, dazwischen Befehle, das Klappern von Pferdehufen, ein Trompetensignal.

Der Richter erhebt sich vom Tisch. »Die Zeit ist gekommen«, sagt er.

Die Gebete des Pfarrers sind jetzt ohne Unterbrechung. Als sich an der Tür noch ein zweiter Geistlicher einfindet, der ein weißes Gewand in den Händen hält, werden sie laut und inbrünstig. Man ergreift Johanna, streift ihr das weiße Gewand über, schleift sie in Richtung Tür. Sie kann nicht mehr gehen.

Kälte weht herein.

Plötzlich stehen drei Soldaten vor ihnen. »Ein neuer Herzoglicher Befehl!«, bellt einer. »Die Hinrichtung wird aufgeschoben! Die Gefangene ist sofort in den Kerker zurückzuschaffen.«

Johanna hat das Gefühl, als habe der Himmel sich ihrer erbarmt und der Herrgott persönlich eingegriffen, an dessen Existenz sie eben noch gezweifelt hat.

Aufgeschoben! Heißt das, Seine Durchlaucht, der Herzog, wird das Urteil doch noch ändern und sie retten?

* * *

Es ist einer dieser eisigen späten Novembertage, an denen der Raureif im Gras blitzt, Hecken und Zäune mit weißen Kristallen überzogen sind und die Bäume weiße Hauben tragen wie frisch gepuderte Perücken. Es ist schon hell, die Sonne aber noch nicht aufgegangen. Sie wird sich erst spät zeigen, wenn überhaupt. Eine dünne Nebeldecke hängt über dem Tal der Ilm und verdeckt den Blick auf die Berge. Ein leichter Wind treibt den Menschen, die jetzt schon unterwegs sind, feine Nadeln ins Gesicht und die Kälte unter die Haut.

Am rechten Ilmufer in Tannroda wandert ein Mann die gefrorenen Wege entlang, den Filzmantel bis zum Kragen zugeknöpft, die weiten Aufschläge sorgfältig übereinander gelegt, den Hut mit der breiten Krempe tief ins Gesicht gezogen, sodass nur die Kinder, die ihm bisweilen auf ihrem Weg zum Dorf begegnen, seine wuchtige Nase und die braunen, hervorstehenden Augen zu sehen bekommen, deren flinker Kuhblick sie streift und ihnen Angst macht. Das muss der Rübezahl sein, denken sie, der gefährliche Berggeist aus Böhmen, von dem die Sage bis hierher gedrungen ist, da er den Eltern als geeignetes Erziehungsmittel gerade recht ist. Da sind ja auch die großen, warmen Stulpenstiefel, mit denen er sieben Meilen weit ausschreiten kann, wenn man gerade nicht hinsieht. Die Kinder drücken sich mit Abstand an ihm vorbei und fangen danach an zu laufen, als wollten sie sich jene sieben Meilen weit in Sicherheit bringen. Heute kommen sie einmal pünktlich ins Schulhaus.

Dass sie einem echten Minister begegnet sind, dem Geheimen Rat von Goethe, ahnen sie nicht. Er hat sich einige Tage frei genommen von seinem schweren Amt, offiziell ist er auf Inspektionsreise in Berka, Tannroda und dem Weiler München, doch in Wahrheit flüchtet er vor einem grausigen Spektakel, das in diesen Tagen in Weimar stattfindet: der öffentlichen Tötung eines Menschen durch Abschlagen des Kopfes. Er hat an diesem Spektakel, an dem jeder anwesende Einwohner der Stadt teilnehmen muss, einen nicht geringen Anteil, das weiß er wohl, und es ist ein Grund mehr, davor zu fliehen und sich des Anblicks zu verschonen.

Er wendet sich vom Talweg ab und wandert zum Waldrand hinauf, der zur Höhe des Lindenbergs und zur alten Burg führt. Im Wald umgibt ihn die Stille des Winters. Wie oft hat er im Spätsommer und im Herbst hier gejagt, wie oft ist er diesen Weg gewandert, der in den warmen Jahreszeiten eine Vielfalt an botanischen Besonderheiten zu bieten hat! Er lächelt vor sich hin, als er an Fritz denkt, der den Waldboden nach Leberblumen, Maiglöckchen, Waldmeister und Bärlauch abgesucht hat, um deren Blätter und Blüten sorgfältig zwischen Papier zu pressen und in sein botanisches Album einzusortieren. Die Begeisterung, mit der der Junge ihn, seinen Ziehvater und Lehrmeister, imitiert, macht ihm großes Vergnügen, und fast war er versucht, ihn mit hierher nach Tannroda zu bringen, aber dann hätte man ihm den Vorwand der

Inspektionsreise nicht geglaubt. Er hat gestern am Nachmittag seiner Pflicht Genüge getan und in der Amtsstube des kleinen Städtchens die Bücher durchgesehen, hat akribische Stichproben in den Aufzeichnungen über die Verwendung der Steuereinnahmen gemacht und dann die Bücher zugeschlagen, ohne etwas zu beanstanden. Der Schreiber war sehr erleichtert und hat ihn mit einer schier unendlichen Zahl von Bücklingen und Kratzfüßen verabschiedet.

Goethes wahres Ziel liegt hier oben auf dem Berg, ein Ort, an dem er ungestört sein wird und die Ruhe findet, die seine Seele braucht. Schon tritt er aus dem Wald heraus und findet den Zugang des Burggrabens, in dem Geröll und Reste von Seitenmauern mit kahlen Sträuchern und winterlichem Brombeergestrüpp überwuchert sind. Er folgt dem Trampelpfad in der Mitte und blickt zum Himmel auf, der jetzt frei von Nebel in blassem Blau erscheint. Die Sonne ist inzwischen aufgegangen und blendet ihn, als er aus dem Graben auf das Burggelände steigt. Der runde Bergfried ragt wie der Schornstein einer Schmiede in die Luft, zu beiden Seiten sieht Goethe zerfallene Wirtschaftsgebäude und Reste des »Roten Schlosses«, das irgendein Vorbesitzer vor Zeiten hier errichtet hat, es hat nicht lange gehalten. Die neuen Eigentümer, die Freiherrn von Gleichen-Rußwurm, wollen alles wieder aufbauen und dieses Gelände künftig als Rittergut bewirtschaften, aber das ist noch lange hin, erst einmal müssten sie eine ordentliche Straße anlegen. Bis dahin wird dies der ruhigste Ort in der ganzen Umgebung bleiben.

Er geht auf die Ruine des Wohnhauses zu, von dem nur noch zwei Wände und ein rundbogiger Zugang übrig sind. Goethe stellt sich die Wut des gemeinen Volkes vor, durch die diese Burg zerstört wurde. Hier hat einst der Raubritter Apel Vitzthum gehaust, der die örtliche Bevölkerung und die durchreisenden Kaufleute ausgeplündert hat bis auf die Knochen. Sein Ruf liegt immer noch wie ein Fluch über dieser Gegend, und reisende Kaufleute machen auch jetzt noch, nach Jahrhunderten, einen Bogen um weimarisches Gebiet – einer der Gründe dafür, dass sich niemand findet, der bereit ist, die schlechten Straßen auszubessern.

Er betritt den Winkel zwischen den Mauerresten, findet das Lager für Brennholz unversehrt. Mit Karl August oder mit einer ganzen Jagdmannschaft ist Goethe oft hier oben gewesen, es wurde schon vor Jahren ein kleiner Schuppen für das Holz hier gebaut, der immer gut mit Vorrat gefüllt sein muss. Auf der schwarzen Asche im Winkel zwischen den Ruinenmauern schichtet Goethe eine Feuerstelle auf und entzündet das Holz. Bald lodern die Flammen senkrecht empor, der Ostwind findet keinen Weg hier herein.

Es dauert nur Minuten, bis der Wanderer die Wärme spürt. Er holt frisches Brot und leichten Wein aus den Taschen seines Mantels. Er blickt ins Tal und über die bewaldeten Höhen gegenüber. Tannroda kann er nicht sehen, aber er hört die blecherne Glocke im Tal elf Uhr schlagen. Wenn alles nach Plan gelaufen ist, so ist das Ereignis, vor dem er geflohen ist, bereits vorbei.

Es kann durchaus etwas dazwischengekommen sein. Die Hinrichtung wurde bereits einmal verschoben, vor drei Tagen, als sich herausstellte, dass man die Miliz zur Bewachung der Volksmenge nicht rechtzeitig zusammenbrachte, es fehlten auch einige Schultheißen und Schöppen. Doch heute muss es sein, die Sache duldet keinen weiteren Aufschub, sonst stirbt die Delinquentin vor ihrer Hinrichtung an Durst. Da sie ihre Henkersmahlzeit bereits vor drei Tagen eingenommen hat, durfte sie danach nichts mehr zu essen oder zu trinken zu sich nehmen.

Goethe zieht einen Stapel Papier aus seiner Tasche. Es sind Unterlagen aus den Akten dieses Falles – die Voti von Fritsch und Schnauss und sein eigener Aufsatz, den er dem Herzog eingereicht hat. Die beiden Voti sind nur Abschriften, er liest sie noch einmal genau durch. Hat Schnauss nicht entschieden für die Beibehaltung der Todesstrafe gestimmt? Und Fritsch? Hat er nicht in erster Linie Argumente für diese geliefert, um dann gegen die Todesstrafe zu stimmen, weil er der Meinung war, es sei der Wille des Herzogs, die Höhnin zu begnadigen? Was hätte Goethe tun sollen? Er hat in seinem Aufsatz die Argumente für und wider aufgeführt, und die Argumente, die für die Beibehaltung der schwersten Strafe bei Kindsmord sprachen, haben überwogen. Seine Überlegungen waren rein akademisch und allgemein gültig, die Konsequenz hieß: Es sei seiner Meinung nach »rätlicher«, die Todesstrafe für dieses Delikt beizubehalten. Er ist nicht auf diesen speziellen Einzelfall eingegangen, er hat seinen Aufsatz auch nicht »Votum« genannt, sodass dieser keinen amtlichen Anstrich hat. Karl August hätte von seinem Begnadigungsrecht Gebrauch machen können, hat es aber nicht getan, weil er sich damit gegen seine gesamte Regierung gestellt hätte, gegen die Ansichten der Minister und der alten, erfahrenen, konservativen Beamten.

Goethe faltet sein Blatt zusammen. Der Aufsatz liegt ihm im Magen, auch wenn seine Zustimmung zur Hinrichtung folgerichtig ist. Er hat sich gegen die Meinung seines Dienstherrn und Freundes gestellt, hat das Votum formell nicht abgegeben, seine Meinung mündlich geäußert und in der schriftlichen Form nur einen Aufsatz vorgestellt, eine allgemeine juristische Abhandlung, an die sich niemand halten muss. Dieser Aufsatz ist als Votum aufgefasst worden, was ihn jetzt in eine unangenehme Situation bringt: Er weiß, dass sein literarisches Werk von

Dauer sein wird, also wird man in Zukunft auch all seine übrigen schriftlichen Äußerungen sammeln und literarisch bewerten. Dieser Aufsatz, der nur für die Augen von Karl August bestimmt war, darf nicht dazu gehören. Er widerspricht allem, was Goethe bisher zur Todesstrafe geäußert hat.

Er liest seine Worte noch einmal. Er hat sich zu sehr an die Voti der anderen Consiliums-Mitglieder angelehnt, hat sich zu sehr auf die vermeintliche Stimme Karl Augusts verlassen. Die Stimme, die er selbst gegeben hat, kein Votum, sondern eine reine Überlegung, hat vielleicht den Ausschlag gegeben.

Als ihm dies klar wird, mag Goethe die Papiere nicht länger in der Hand halten. Er wirft einen letzten Blick auf seinen Aufsatz, der niemals in der Sammlung seiner literarischen und naturwissenschaftlichen Werke auftauchen soll. Zu groß ist der Widerspruch zu seinen öffentlich geäußerten Meinungen. Wie könnte er die Figur der Margareta im *Faust* noch glaubhaft vertreten? Er rollt die Papiere zusammen, den Aufsatz und die Abschriften der beiden Voti, und wirft die Rolle ins Feuer.

Die Flammen züngeln gelb, blau und abscheulich grün. Die Tinte flieht nach allen Seiten gasig aus, als wären die Worte, die damit geschrieben wurden, reines Gift.

Das Papier zerfällt zu Asche. Die Sonne geht auf Mittag zu, Goethe lehnt sich an die Mauern der Ruine. Die Ruhe, die er hier ersehnt hat, steigt vom Tal herauf und umfängt ihn wie der morgendliche Nebel.

* * *

Ganz Weimar ist an diesem Tag auf den Beinen und strebt dem Marktplatz zu. Hier ist schon vor Tagen ein Brettergerüst mit einem schwarzen Tisch und schwarzen

Stühlen errichtet worden, eine Bühne für das »hochnotpeinliche Halsgericht«. Hier muss die Mörderin ihr Geständnis wiederholen, und es wird laut das Urteil verlesen. Es ist Pflicht, zu erscheinen, aber fast alle kommen ohnehin schon aus reiner Neugier, und sie bringen ihre Kinder mit, oft fünf oder sechs an der Zahl. Sollen sie ruhig sehen, was passiert, wenn man lügt, stiehlt oder vor der Heirat ein Kind bekommt.

Die Hinrichtung wird nicht hier stattfinden, sondern am Rabenstein vor dem Erfurter Tor. Man wird hinübergehen müssen, wenn es an der Zeit ist. Die Richtstätte ist um zwei Schuh Länge in der Rundung erweitert worden, damit der Scharfrichter, seine Gehilfen, die Geistlichkeit und die Delinquentin genügend Platz haben. Das Volk soll von allen Seiten gut sehen können.

Einen solchen Menschenauflauf, wie er jetzt auf dem Marktplatz zusammenströmt, hat es in Weimar seit vielen Jahren nicht gegeben. Die Einwohner der Stadt sind unter Androhung einer Strafe von sieben Tagen Zuchthaus verpflichtet worden, sich dieses Schauspiel, das der Abschreckung dienen soll, anzusehen. Es gibt Familien, die zum Zweck der Erziehung selbst ihre Kleinsten mitgebracht haben, und aus den Dörfern und Städten der Umgebung sind viele Schaulustige gekommen, denn es gibt im ganzen Herzogtum in den letzten Wochen kaum ein anderes Gesprächsthema. Die letzte Hinrichtung fand vor dreißig Jahren statt, und wer weiß, wann man wieder Gelegenheit bekommt, so etwas zu sehen. Es geht ja das Gerede, dass Hinrichtungen bald ganz abgeschafft werden sollen.

In langen Reihen stehen die Weimarer vor den Tischen der Schreiber, um ihre Namen in Anwesenheitslisten eintragen zu lassen. Sie frieren in der Novemberkälte, nicht alle sind dick vermummt, die meisten sind ärmlich und fadenscheinig gekleidet. Unruhe erhebt sich, als sie Einheimischen sehen, dass während ihrer Registrierung die angereisten Auswärtigen die besseren Plätze besetzen. Irgendwo droht ein Handgemenge zu entstehen, aber sofort greifen Husaren ein.

Der ganze Platz wird von hundert Leuten Miliz abgeriegelt, die aus der Bauernschaft der Umgebung rekrutiert wurde. Die herzoglichen Husaren halten eine Fläche rund um die Gerichtsbühne und um die Sitzplätze für die Angehörigen der Regierung frei.

Diese Plätze werden nicht alle besetzt: Mehrere Regierungsmitglieder sind durch Amtspflichten abgehalten, der Herzog weilt in wichtiger Angelegenheit außerhalb der Stadt und wird von seiner Frau Gemahlin vertreten, auch der Geheime Rat von Goethe ist nirgends zu sehen.

Ein Trompetensignal ertönt. Da kommt der Schinderkarren mit der schändlichen Mörderin! Die Menge macht eine Gasse, um ihn durchzulassen.

Sie ist überraschend fett, diese Frau. Die Leute murmeln bei ihrem Anblick. Man sollte meinen, man habe sie in der Haft hungern lassen, aber als man sie auf das Podium führt, muss sie ein schweres Hinterteil stemmen. Man hat ihr ein weißes Leinenkleid übergezogen, das man später mit ihrem Halsblut getränkt für einige Wochen am Schandpfahl zur Schau stellen wird, wie es üblich ist.

Auf dem Podest muss die Sünderin aufrecht stehen und dem Volk ins Gesicht sehen. Zwei Husaren lassen Trommelwirbel ertönen, dann betritt der Richter die Szene, angetan mit einer langen, weißen Perücke, die bis auf die Schultern seines schwarzen Fellmantels reicht. Auf einem Kissen trägt er den Richterstab und das Schwert, das bei diesem Ereignis eine grausige Rolle spielen wird. Ihm folgen die Schöppen aus Jena, ebenfalls in Schwarz, einige Schreiber und schließlich der Henker, der die Rolle des Anklägers übernehmen wird.

Seine Stimme schallt laut über den Platz, als er die Taten der Sünderin verkündet: Sie habe einem Mann außerehelich beigewohnt und ihn damit zum Sünder und Verbrecher gemacht, sie habe ihre Schwangerschaft verheimlicht, was allein schon unter schwerer Strafe steht. Sie habe ihr Kind heimlich zur Welt gebracht und es, nachdem es bereits gestrampelt und geschrien, mit drei Messerstichen in den Hals getötet, es mit ihrem Körpergewicht erstickt und schließlich in das Stroh ihres Lagers gedrückt, drei Tötungsdelikte an einem nahen Verwandten, von denen eines allein für eine Verurteilung zum Tode genügt hätte. Darauf stehe nach der karolingischen hochnotpeinlichen Halsgerichtsordnung die Todesstrafe durch lebendiges Begraben mit anschließendem Pfählen oder durch Ertränken, so denn Wasser zur Verfügung stehe. Ihr Eingeständnis, freiwillig und ohne Folter gegeben, habe zur Strafmilderung eines schnellen Todes geführt. Der Leichnam wird der Anatomie in Jena zu Lehrzwecken überlassen. »Geprüft und zu Recht erkannt durch den Schöppenstuhl zu Jena, den 25. September 1783, nach reiflicher Überlegung und Würdigung bestätigt durch den Gnädigst Regierenden Landesfürsten und Herrn, Durchlauchtigsten Herzog von Sachsen-Weimar-Eisenach. Gesteht die Inquisitin die genannten Taten, so sage sie Ja und wiederhole sie sie laut.« Der Scharfrichter wiederholt die Anklagepunkte einzeln, Johanna spricht sie nach und gesteht.

»Wir übergeben also die Mörderin nach diesem öffentlichen Geständnis ihrer für Recht erkannten Strafe, der Sünderin zur Sühne, den Anwesenden zur Abschreckung solch abscheulicher Taten.« Es ist der vorsitzende Richter, der diese Worte spricht.

Die beiden Geistlichen treten neben die Sünderin und beten laut, doch die Worte gehen in der Erregung der Menge unter. Man wendet sich dem Erfurter Tor zu, hinter dem der Richtplatz ist, eine Aufgeregtheit ergreift die Menge, jeder rennt, um einen guten Platz zu bekommen, die Miliz hat Mühe, Ordnung zu halten und zu verhindern, dass jemand zu Tode getrampelt wird. Johanna wird auf dem Schinderkarren transportiert und liegt im Stroh, als wäre sie bereits eine Leiche.

* * *

Es ist kalt. Sie zittert, aber der Durst ist schlimmer. Seit drei Tagen hat sie weder zu essen noch zu trinken bekommen. Sie gilt amtlich bereits als hingerichtet und weiß, dass nun kein Weg mehr daran vorbeiführt.

Ihr Körper ist schwerer als Blei. Ihre Beine können sie kaum tragen. Auf dem Podest zwingt man sie, sich aufzurichten und den Hals gerade zu halten, als wolle man ihn schon jetzt durchtrennen. Sie stellt sich vor, wie das Blut im Stehen aus ihr heraussprudelt und ähnlich der Fontäne im herzoglichen Lustpark ihr weißes Todesgewand übergießt. Sie schaut über die Menge, ein Meer von Köpfen. So viele Menschen hat sie noch nie auf einmal gesehen. Die beiden Geistlichen neben ihr sprechen ihr Mut zu.

Der Scharfrichter erhebt die Stimme. Sie hat das alles schon unzählige Male gehört. Sie erinnert sich nicht an das, was gewesen ist. Hat das Kind geatmet, geweint, gestrampelt? Hat sie mit dem Messer zugestochen, das Kind erstickt, ins Stroh gedrückt? Sie weiß nur noch von Dunkelheit, Angst und Schmerz. Aber alle sagen es, und so muss es stimmen. Es gibt auch keinen Ausweg mehr, es muss jetzt schnell gehen, ihre Angst zerreißt sie. Gott, wenn es dich gibt, lass es nur endlich vorbei sein!

»Hat Sie mit einem verheirateten Manne Unzucht getrieben?«, ruft der Scharfrichter.

Die Menge da unten ist ganz still. »Ja«, sagt Johanna. »Ja, ich habe mit dem Müller, meinem verheirateten Dienstherrn, Unzucht getrieben.« Ihre Stimme wird lauter, sie schreit es den Leuten entgegen.

»Hat Sie ihre Schwangerschaft verheimlicht?«

»Ja! Mein Leib hat mir die Schwangerschaft verheimlicht!«

»Sie soll richtig antworten«, sagt der Richter. »Hat Sie ihre Schwangerschaft verheimlicht?«

»Ja, das habe ich getan. Ich habe niemandem etwas davon gesagt.«

»Und hat Sie das Kind getötet, erdrückt, erstickt und mit dem Messer dreimal in den Hals gestochen?«

»Ja. Dreimal in den Hals gestochen, mit meinem Leib zerquetscht und es dann im Stroh erstickt.« Ihr Blick wird von Tränen getrübt, denn sie hat gerade die Sünde der Lüge begangen. Sie hat immer wieder gelogen. Sie weiß nicht, ob sie ihr Kind getötet hat oder ob es schon tot war, wie ihr Verteidiger gesagt hat. Sie weiß nicht, was bei der Geburt geschehen ist, denn sie war von Sinnen, erinnert sich nur noch an Leid, Finsternis und an ihre Angst – die Angst, die seitdem nicht mehr von ihr gewichen ist, bis jetzt.

Schließlich vernimmt sie aus dem Mund des Scharfrichters den Ausruf, sie, die Sünderin, werde nun nach ihrem Geständnis ihrer Strafe übergeben. Ihr letzter Gang.

Die beiden Geistlichen legen ihre Hände auf Johannas Schultern, sprechen Worte, die Trost geben sollen, aber nur die Angst verstärken. Die Menge da unten setzt sich in Bewegung. Aus Johanna weicht alle Kraft, und sie sinkt auf die Bretter des Podests. Sie spürt, wie mehrere Hände sie hochheben und in das Stroh auf dem Karren werfen. Um sie herum ist Aufruhr, Menschen rufen, Hufe klappern, sie wird auf dem Stroh hin und her geworfen wie eine Puppe, mehr ist sie auch nicht mehr, eine Hülle aus Fleisch, aus der das Leben bereits jetzt zu weichen beginnt.

Dann hält der Karren, sie wird wieder hochgehoben, man will sie zwingen, aufrecht zu gehen, aber es gelingt nicht, man schleift sie vom Karren, dann ein paar Stufen hoch. Man reißt ihren Kopf nach oben, hüllt ihn in einen schwarzen Beutel, ein Trommelwirbel ertönt, der die Gebete der beiden Pfarrer übertönt. Dann ein schriller Trompetenstoß und der Aufschrei vieler Stimmen zugleich.

Johanna hat plötzlich einen Durchfall, sie kann es nicht bei sich behalten. Vor all diesen Menschen schickt sie den Inhalt ihrer Därme dem hinter ihr stehenden Henker an die Beine. Ihr letztes Gefühl auf dieser Welt ist Scham.

Sie spürt die Bewegung des Schwertes über sich, aber noch keinen Schmerz. Sie denkt, Herrgott, lass es doch vorbei sein. Die Angst raubt ihr den Atem, ihr Herz setzt aus.

Epilog

Die Nachricht von der erfolgten Hinrichtung ist durch ganz Deutschland gegangen und hat überall Empörung ausgelöst. Goethe erhält Briefe von zahlreichen Juristen, Ministern, Dichtern und Philosophen, als sei er derjenige, der dieses blutige Geschehen veranlasst habe. Gerade bringt Seidel einen ganzen Stapel Post, der mit einem Boten aus Leipzig gekommen ist. Goethe mag nichts davon öffnen.

»Sieh nach, was dabei von Wichtigkeit ist. Ich gehe in die Amtsstube hinüber«, sagt Goethe. »Zum Mittagsmahl bin ich zurück.« Er lässt sich seinen weiten Filzmantel bringen, setzt die Amtsperücke auf und steckt sie fest, dann ist er schon aus dem Haus.

Es ist einer der Wintertage, an denen es nicht richtig hell wird. Die Wolken hängen tief, ein eisiger Nieselregen dringt durch die Kleidung. In der Amtsstube, die schlecht geheizt ist, warten Berge von Papieren darauf, dass sich der Herr Minister mit ihnen befasst. Alles fühlt sich klamm an. Goethe veranlasst, dass besser eingeheizt wird, doch bald ist es zu warm, sodass er es nicht aushalten kann. Ständig werden Leute angekündigt, die als Bittsteller vorsprechen. Goethe weist sie alle zurück, sie sollen in der nächsten Woche noch einmal kommen. Ihm wird die Stube plötzlich zu eng, die Arbeit zu kleinlich. Als er wieder einmal eine Steuerschätzung um einen halben Heller korrigieren muss, schlägt er die Akte zu und macht sich auf den Heimweg. Dieses Weimar ist ein düsteres, feuchtes, schlammiges Nest, dessen Horizont nur ein paar Schritte hinter den Häusern liegt. Es ist ihm alles eng hier, viel zu eng.

»Ich möchte Charlotte sehen«, sagt er zu Philipp Seidel. »Ich schicke ihr ein Billett und lade sie zum Mittagessen ein.«

Seidel reicht ihm Papier und Feder, Goethe schreibt ein paar Zeilen, bemüht, sie trotz seiner üblen Laune liebenswürdig klingen zu lassen. »Bitte bringe auch den kleinen Atlas von Italien mit, den wir uns kürzlich angesehen haben. Ich möchte eine Reise mit dem Finger auf dem Papier machen und mir eine große, richtige Reise überlegen.«

Er möchte fort von hier, möchte frei atmen, all diesen Ballast von Pflichten loswerden, den Alltag, der ihn hier gefangen hält. Nach Italien!

Nachbemerkung und Danksagung

Bei dem vorliegenden Buch handelt es sich um einen Roman, und ein solcher muss, anders als eine wissenschaftliche Arbeit, nicht detailgetreu wiedergeben, was schwarz auf weiß belegt ist, sondern er darf und soll ein Bild zeichnen, das wie ein Aquarell mit Nuancen, Übergängen und Möglichkeiten spielt. Ein Roman folgt anderen Gesetzen als eine wissenschaftliche Biografie, er darf ergänzen, was nicht bekannt ist, darf mit Ereignissen spielen, sie verdichten, variieren, kommentieren oder auch weglassen, wenn sie zu dem Bildnis, das entstehen soll, nicht passen.

Goethes Leben, besonders die Weimarer Zeit, ist bestens dokumentiert. Es gibt historische und germanistische Arbeiten zuhauf. Über beinahe jede Person in Goethes Umgebung existieren eine oder mehrere Biografien – über ihn selbst, Charlotte von Stein, seine spätere Frau Christiane, über seinen Sohn, über Herzog Karl August, Wieland, Herder, Schiller, Lenz, über Bertuch und zahlreiche andere, deren Namen sporadisch in diesem Buch auftauchen. Hätte ich den vielen wissenschaftlichen Biografien eine weitere hinzufügen wollen, wäre sie überflüssig gewesen, zudem hätte ich exakt dokumentieren müssen, statt spielerisch mit den Ereignissen umzugehen und einen Goethe zu skizzieren, wie ich ihn mir vorstelle – einen Menschen mit zahlreichen Vorzügen, einen Menschen aus Fleisch und Blut, der erstaunlich gut in unsere Zeit gepasst hätte und der, wie wir alle, seine Fehler und Schwächen hatte. Im Verlauf meiner Arbeit ist der ferne Unbekannte, der Goethe für mich gewesen war, mir sympathisch geworden, er ist mir näher, als er durch Schulunterricht oder die bloße Lektüre seiner Werke je hätte werden können. Diese Nähe meinen Lesern mitzuteilen, sehe ich als meine Aufgabe. Man möge mir deshalb historische Ungenauigkeiten wie zeitlich versetzte Verwendung von Briefen und anderen Zitaten zugunsten der Romanhandlung sowie den Gebrauch meiner Fantasie verzeihen.

Dank zu sagen ist eine undankbare Aufgabe. Die einen freuen sich, wenn erwähnt wird, welchen Anteil sie beigesteuert haben, andere wollen ihren Namen nicht genannt sehen. Um allen, die mir persönlich durch Empfehlung von Lektüre, Gegenlesen einiger Passagen und sonstigen Rat zur Seite gestanden haben, gerecht zu werden, sage ich hiermit ganz allgemein meinen herzlichen Dank. Besonders hervorheben möchte ich aber doch Markus Dosch, der mich auf die Dokumentation *Das kurze Leben der Johanna Catharina Höhn – Kindesmorde und Kindsmörderinnen im Weimar Carl Augusts und Goethes*, herausgegeben und eingeleitet von Rüdiger Scholz, aufmerksam gemacht und mir die Anschrift des Autors überlassen hat, sowie Professor Rüdiger Scholz, dessen vorgenannte Arbeit ich als eine der Grundlagen für meinen Roman verwendet habe. Einen großen Teil der verwendeten (und behutsam angepassten) Zitate habe ich seinem Werk entnommen. Ihm danke ich auch für die Überlassung zahlreicher Publikationen zur heutigen Diskussion des Falles. Weiterhin danke ich Professor Daniel Wilson, der das Manuskript über die Formalitäten und den Ablauf der öffentlichen Hinrichtung der Johanna Katharina Höhn in einem Weimarer Archiv entdeckt und 2008 erstmals publiziert hat – Teile daraus erscheinen hier erstmals sprachlich vereinfacht als modifizierte Zitate in Romanform. Weiterhin hat mir der großartig recherchierte Roman *Christiane und Goethe* von Sigrid Damm eine Fülle von Informationen über die Zeit Goethes und die damaligen Lebensumstände geliefert.

Nicht zuletzt danke ich meinen Lektoren Moritz Kienast und Florian Legner, die mit Geduld und ohne Drängen die Entstehung dieses Buches mit Ermutigungen und behutsamer Bearbeitung begleitet haben.

Im Mai 2009
Viktor Glass

ROTBUCH
»Ein fesselndes Buch!«
Kulturradio rbb
VIKTOR GLASS
DIESEL
ROMAN